MW00915436

Escamas de Sangre

Memorias de Nâgar I

M. Salazar

¡Gracias por leerme!

Mantente informado de los próximos libros a través de:
Web: m-salazar.com
Instagram: @TheMSalazar
Twitter: @TheMSalazar
Facebook: M-Salazar

Equipo:
Ilustración portada y personajes: Susana Conde
@eldogmadepandora
Mapas e iconos: Andrés Aguirre @aaguirreart
Ilustración criaturas: Alejandro Pizarro @alex_aps_6
Corrección: Francisco Lorenzo @susurroenlanoche e Isabel
Campillo @arkanantigua
Maquetación: Francisco Lorenzo @susurroenlanoche

DEDICATORIA

A mi padre, el ángel con las alas más grandes en el cielo.

A mi madre, la escritora de una inigualable historia de amor sobre la tierra.

A mis hermanos, por darle aventura a mi historia.

A Rogelio, mi hermano, al hatra que le entregaría mi kalï. Siempre juntos.

A Luis, el pequeño dragón dorado con el que llevo años volando.

A mis amigos, por ser la mejor raza mágica de mi mundo.

A Susana, Andrés, Alejandro y Fran, que han sido el mejor equipo y amantes de la fantasía con quienes he podido trabajar.

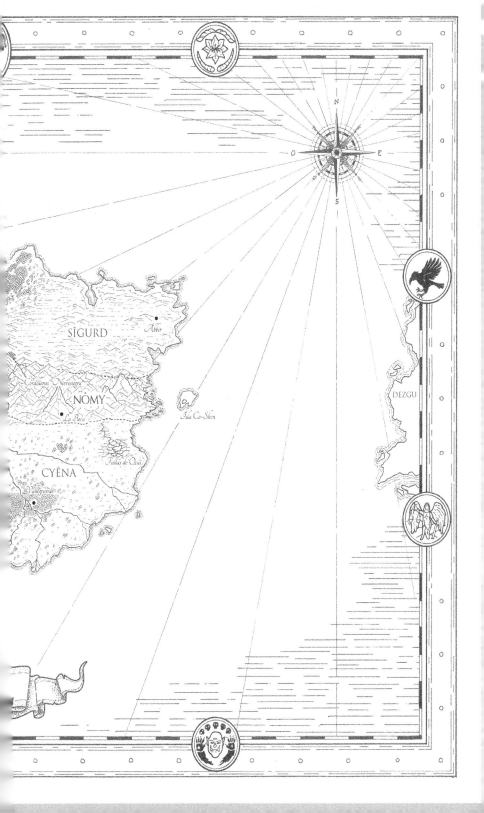

Melinda
La despedida. Año 205 d.P.

Aquella no era una de esas noches ordinarias de las que se solían vivir en la pequeña aldea de Peñanegra; era todo lo contrario. Era una noche extraordinariamente diferente. Parecía como si un manto de desolación hubiera caído sobre el antiguo poblado, envolviendo cada luz de vela que hubiera podido ser encendida.

El viento corría por las callejuelas, provocando un silbido atemorizante que se suicidaba al borde del risco sobre el que se establecía el pueblo. La espesa niebla de la noche cubría toda la vista alrededor; daba la impresión de que allí ya no vivía nadie. Solo una persona, una, en la sencilla cabaña que se recostaba al borde del desfiladero formado por el río que cruzaba Peñanegra.

Dicha cabaña, de cuya puerta colgaba el número ocho, era de piedra oscura y ventanas estrechas; como la mayoría de las casas, se camuflaba con el oscuro terreno que predominaba en aquel lugar marcado por el desfiladero. Tras las ventanas, escapaba el resplandor del fuego de la chimenea que luchaba por seguir encendido en la fría y oscura noche. Mientras tanto, la sombra de una esbelta mujer bailaba en los muros de la casa, al son de la luz que emitía la vela. Aquella mujer reposaba frente a la chimenea encendida, inerte, con la mirada perdida, sin esperanza.

La persona que habitaba el número ocho de Peñanegra era Melinda, la última chispa de esperanza contra la opresión del reino. En esa noche, la cara que alguna vez había desbordado alegría y compasión, se volvió el retrato de la crónica de un final anunciado. Era el rostro de la derrota.

Melinda se enfrentaba a una batalla en su cabeza y su corazón. Muy pronto, frente a aquella cabaña se detendría un carruaje al que debía decidir subir. La decisión de hacerlo le costaría un pedazo de su alma, pero si se quedaba frente a esa chimenea, solo lograría consumirse en vida. Tras derramar una lágrima y morderse el labio, se oyó la advertencia que lanzó un artefacto sobre la chimenea, un reloj que descansaba frente a ella, anunciando que el tiempo de Melinda seguía consumiéndose, y no terminaba de definir la situación a la que se enfrentaría el resto de la eternidad.

Ese escalofrío, que corría desde la parte más inferior de su espina dorsal hasta el principio de su mortificado pensamiento, se puso en alerta cuando el viento helado de aquella noche se coló por su ventana trayendo consigo olor a muerte; no podían ser más que los caballos negros y fuertes de aquel viejo carruaje que venía a por ella. En la entrada de Peñanegra se podía observar la estela de tierra y polvo que arrastraba el trote frenético de los corceles. Eran dos yeguas sin duda erûdianas; se notaba en la complexión maciza de sus músculos, así como en la altura y la crin voluminosa que caía por sus nucas.

El carruaje que arrastraban aquellas dos majestuosas criaturas tenía un delicado diseño cuidadosamente labrado en metal, con figuras que en la noche eran difíciles de divisar.

La entrada de semejantes bestias en el pueblo, con el sonido metálico sin freno que emitía la carroza, fue la señal del punto de quiebra en el corazón de Melinda. El golpe seco que emitió al detenerse frente a su casa hizo que perdiera el control de su cuerpo mientras caía de rodillas frente a la chimenea. Tras una pausa, Melinda posó su mano sobre el fuego ardiente, y aun así no logró sentir dolor. Aquello demostró que lo que estaba por venir no tenía comparación con el sufrimiento que podía sentir en ese momento.

En el umbral de la cabaña se observaba la perfecta figura de una mujer envuelta en un delicado vestido hecho jirones que caían al suelo y entrelazaban su cuerpo, como si un espíritu la abrazara. Ya no había escapatoria: el vehículo estaba frente a su puerta. Esa noche permanecería eterna en la mente de Melinda, la noche en la que ya no podría escapar a su destino.

Sin dudarlo, Melinda se subió al carruaje y tomó el recorrido más largo de su vida a través del bosque Rosagrís. El trayecto fue como una vuelta entera del reloj sobre la chimenea. Un reloj que no solo contaba las horas con su amarga y ya envejecida madera. Dentro del cristal se podían ver unas perfectas manecillas que parecían haber sido meticulosamente talladas en forma de espigas. El contraste del exterior del reloj, marcado por el tiempo, era radicalmente opuesto a lo que se observaba en su interior, perfectamente conservado, con sus símbolos y manecillas impecables; tanto que era como una ilusión.

El viaje no traía únicamente desesperación a Melinda, sino también recuerdos; recuerdos de los que había escapado, pero que en su momento final se habían vuelto su verdugo. ¿Moriría esa noche Melinda? ¿Y con ella sus recuerdos? Parecía que las emociones nublaban tanto su mente que sus habilidades eran solo un artefacto viejo que resonaba, pero que no funcionaba. El futuro era su mejor amigo, mientras que el pasado no era precisamente un aliado.

Estaba atravesando el bosque Rosagrís, lugar característico y bien conocido en el reino. Fue el escenario de la ejecución y el desvanecimiento de muchas vidas, y con ellas sus conocimientos;

gran parte de la herencia mágica había desaparecido allí. Las flores que crecían en aquel bosque eran de un color gris ceniza; cada ejemplar parecía el resultado del paso de varios milenios, que habían quedado atrapados en ellas. Se mostraban tan frágiles y marchitas que daba miedo tocarlas y verlas desvanecerse al tacto.

Melinda estaba ensimismada durante el trayecto, que más que un recorrido parecía el largo camino a un funeral donde lo que enterraría serían sus más profundos sentimientos. El brusco e inesperado frenazo que provocaron las yeguas la hizo salir del estado de letargo en que se encontraba. Su cuerpo se puso a la defensiva, tensando todos los músculos de su cuerpo; en la oscuridad trató de mirar qué había provocado que los corceles se detuvieran de esa forma. En medio del oscuro escenario pudo divisar frente al carruaje la estampa de un hombre cubierto por una larga capa gris. Si no hubiera sido por su corpulenta figura, habría sido imposible distinguir de quién se trataba.

Esa noche, en la vasta y espesa arboleda sobre la que se contaban tantas historias, solo se veían sombras que abrazaban las figuras colgadas de los árboles mientras estos se estremecían con el viento.

El carruaje en el que viajaba Melinda, aparte de proyectar una majestuosa imagen, también irradiaba una extraña bruma que recorría el suelo y se entrelazaba con las patas de las yeguas negras, lo que hacía casi imposible distinguir si el carro iba solo o empujado por el viento. Melinda susurró algo para sus adentros y la bruma se extendió rápidamente con el ritmo de su mirada hasta la figura de aquel extraño hombre que la impedía continuar y que fue golpeado por una especie de descarga.

Tras el doloroso e invisible impacto en su cuerpo, el hombre hundió sus rodillas en el suelo permitiendo a Melinda entrever con más claridad al ser que estaba frente a ella, ya que la capa que cubría el rostro cayó a sus pies. Era un hari de aproximadamente un metro noventa; se lograba distinguir un rostro de facciones fuertes, el iris de sus ojos era dorado, como si estuviesen iluminados a fuego; sus dientes tenían un pequeño grado de separación, y coronaba su cabeza un rebelde cabello de color rojizo. Su piel mostraba una tonalidad morena clara. La mirada del sujeto parecía la de una pantera al acecho esperando solo un movimiento en falso para atacar, atizar un golpe fulminante y robar la vida de su víctima.

Al ver el rostro del individuo, no hubo tiempo de pensar, ni mucho menos reflexionar, sobre las consecuencias de las próximas acciones. Como un rayo, Melinda salió con rapidez del carruaje y se arrodilló sosteniendo la cara de él. Sobre su rostro corrían dos gruesas lágrimas como diamantes que brillaban en aquel escenario tan sombrío.

—Mathïas, ¿a qué has venido? No hagas esto más difícil de lo que ya es —le dijo ella, con el rostro lleno de lágrimas, mientras colocaba la mano en sus labios.

—Melinda, perdóname. No he sido lo suficientemente fuerte para manteneros a salvo. No soy digno de tu amor. No he cumplido mi promesa y ahora estamos pagando por mi debilidad.

Aquel feroz y corpulento hari ahora no era más que un cachorro vulnerable y devastado. Las lágrimas seguían corriendo por su cara.

—No hay nada que se pueda hacer, Mathïas. Nos han encontrado, y no hay más solución que escapar. El futuro ya no depende de nosotros. La última esperanza que depositaron en nuestras manos hoy se apaga.

—Melinda… debe haber una forma, estoy seguro de que debe haberla; no es necesario que hagas esto —le rogó él.

—Siempre habrá un camino. Quizás ya no sea nuestro el destino, pero aquella chispa de esperanza ahora se va a las manos de otro.

Mientras Melinda decía estas palabras, posó sus labios sobre los del hari y con el corazón devastado dio la vuelta para caminar en dirección al carruaje, dejando a Mathïas derrotado de rodillas en el suelo.

Antes de que la mujer subiera al carruaje, Mathïas apareció detrás de ella sujetándola con un abrazo.

—Tan solo déjame despedirme —le rogó él.

—Sé breve, ya no nos queda tiempo.

Mathïas se asomó al carruaje y en el asiento pudo ver, dentro de una especie de cestilla, una pequeña mano que sobresalía entre las mantas. Se acercó, y con un beso depositó un fino collar de plata con una estrella que a simple vista parecía parte de la pálida piel de aquella pequeña criatura que dormía en la canastilla. Tras esto, salió del vehículo tomando a Melinda entre sus brazos.

—Siempre te amaré; a donde vayas mi corazón irá contigo —le dijo.

—Y el mío contigo —le respondió Melinda mientras le daba un último beso y subía al carruaje.

Sin más, la puerta se cerró ante Mathïas, y Melinda continuó su camino. El hari quedó de rodillas, abatido, en el suelo de aquel bosque. Su rojizo cabello cubría la pena de su alma, con los brazos alrededor de su cuerpo y copiosas lágrimas aún cayendo por su rostro.

Muchas horas después de dejar a Mathïas en medio del sombrío bosque, el carro que llevaba a Melinda se detuvo de repente frente a las puertas de un terreno donde reposaban unas ruinas, entre las que destacaba una vieja torre prácticamente destruida. Esta era conocida como Carode, la Torre de la Maga. Se contaban muchas historias de gloria y deshonra sobre ella. Era allí donde se había intentado firmar el último Crisol de Razas, el pacto que desataría la guerra. Después de esta, comenzaría la caída de Cyêna, el reino humano-mágico.

Tras la pausa del carruaje, la pequeña puerta se abrió y Melinda salió de él, sosteniendo en brazos a la pequeña criatura que transportaba en el cestillo. Mirándola con ojos benevolentes se dirigió a ella:

—Mi promesa seguirá aquí como el primer día que te vi nacer. Te protegeré, serás libre y vivirás la vida que estuvo destinada a ti; mi amor es tuyo y por ti voy a entregarlo todo —decía Melinda mientras ponía sus brazos alrededor del pequeño fardo envuelto en mantas grises.

Entre lágrimas vislumbraba una pequeña niña de cabello rojizo como el de aquel hari al que había dejado atrás, de ojos dorados como el ámbar, y a la que abrazaba con nostalgia y decisión.

Melinda entró rápidamente por la puerta conocida como la Puerta del Traidor, la más alta que resistía de Carode. Frente a ella se atisbaban las ruinas de una edificación de grandes terrenos, donde solo quedaban ahora muros cayéndose a pedazos y grandes extensiones de tierra vacía. Llegó a una torre de unas veinte plantas, negra como la noche, llena de cenizas y quemada hasta sus cimientos; pero aún se podía apreciar la exquisita arquitectura con la que fue elaborada. Tenía una disposición cuadrangular, contaba con las ruinas de pequeñas atalayas prismáticas coronadas con líneas de modillones. En sus muros, donde se suponía que debió de haber enormes ventanales, hoy solo se observaban extrañas figuras que estaban fundidas con lo que quedaba de esas vidrieras. La apreciación de la Torre de Carode era espeluznante, ya que cuanto más forzabas la vista tratando de entender las extrañas figuras, más humanas se comenzaban a hacer; parecían cuerpos humanos fundidos a ella durante algún tipo de macabro acto.

La palidez de Melinda con aquel vestido blanco era una visión cegadora en medio de lo que aún quedaba de noche. El viento soplaba tan fuerte que sus ropas ondeaban entre la negrura de las ruinas, dándole el aspecto de un espíritu. La larga y platinada, casi blanca, cabellera de la mujer lucía como una llama que se encendía en medio del oscuro escenario.

Los sentidos de Melinda estaban totalmente alerta, y así intuyó una figura que revelaba su posición al salir de una de las antiguas puertas de la torre. Enseguida preparó su defensa y se colocó en una posición de ataque.

La figura femenina iba cubierta por una capa negra, que tras destaparse dejó ver a una mujer que, aunque contaba con unos cuarenta y un años, aparentaba no tener esa edad; de piel blanca, ojos avellanados y cabello marrón sujeto con una cola. Tenía un brazo marcado por el fuego, pero aun así se apreciaba su belleza y lo poderosa que seguía siendo.

La voz de la mujer resonó de manera dulce y quebrada, haciéndose oír en medio del silencio.

—Es hora de irnos, Melinda. No podemos correr más riesgos. Si te quedas en Cyêna morirás, y contigo casi estará extinta nuestra clase. Las runas están en su sitio, abre el portal y vámonos con la niña ya, antes de que puedan detectar que estamos usando este arte prohibido.

—No iré contigo, Ruth —respondió Melinda.

—¿Qué? ¿De qué estás hablando? —le reprochó la mujer, con una mirada incrédula y llena de terror—. No es la hora ni el momento de jugar a ser la valiente, ni mucho menos de convertirte en una mártir; ¡tenemos que irnos ya!

—Ya vienen —protestó Melinda—. ¡Vete! No estoy tratando de se ser la heroína de esta historia, ni cometiendo actos sin sentido. Mi querida Ruth, a donde vaya me encontrarán; mientras yo esté con ella, nunca estará a salvo. Ni siquiera el sacrificio de Mathïas de quedarse con los suyos logró detenerlos. Nunca estará a salvo, mi querida amiga. Debo hacerlo por ella, está a tiempo de tener una vida sin peligros ni persecuciones. Críala como si fuese tuya, aléjala de Cyêna hasta que llegue su momento de volver. Entrégale la herencia de nuestra clase, adiéstrala y, sobre todo, no le ocultes la verdad.

Con lágrimas en los ojos Melinda entregó la pequeña niña a Ruth, poniendo en las manos de la mujer el collar que Mathïas le había entregado. Después, dibujó una línea de luz sobre las runas que formaban un círculo en el suelo, y el anillo que llevaba en el dedo índice brilló con su cristal negro.

—*Da'raz*—murmuró el hechizo y a continuación un portal se abrió, momento en el cual Ruth y la pequeña desaparecieron por él entre lamentos y dolor. Ella se quedó con la mirada perdida, devastada, viendo cómo ya no quedaba rastro de la niña en las mantas grises, ni tampoco de Ruth.

El amanecer estaba cerca, pero antes de que el sol se viera en el horizonte, se percibía que algo sombrío iba a ocurrir. Tras la desaparición de ambas, Melinda pudo observar cómo llegaban cinco haris a través de la misma torre por la que ella había entrado antes. Dos de ellas iban al frente del grupo, y detrás de ellas los otros tres, como sombras, uno de ellos más atrás y a un paso más lento.

—Melinda, querida, por fin doy contigo. Has sido muy astuta, mira que esconderte todo este tiempo bajo mis propias narices… Sabías que nunca sospecharía quedándote tan cerca, pero ya no puedes ir a ningún sitio. ¡No la dejéis escapar! —ordenó la hari de largo y liso cabello castaño, que hablaba desde atrás mientras los otros cuatro se acercaban. Era atractiva, de unos treinta y siete años de edad, ojos dorados como los del hari en el bosque y una intensa mirada feroz. Tenía una piel exóticamente morena. Aquella hari se dirigía a Melinda con una expresión de júbilo y victoria, como una serpiente que saborea el aire en busca de su presa.

Uno de los tres, con la vista hundida en el suelo, retiró su capa y reveló el rostro del mismísimo Mathïas. Miró a Melinda con vergüenza. Ella le devolvió la mirada con una mezcla de odio y decepción.

—Por favor, Melinda, entrégale la niña a Bëth —le pidió Mathïas.

—¿Dónde está la niña? —le gritó otro de los haris.

—Nunca pondréis una mano sobre ella —les gruñó Melinda.

En ese momento la otra hari del grupo se quitó la capa, mostrando unos cabellos lisos castaños a la altura de sus hombros y unos ojos dorados idénticos a los de la primera, idénticos a los de Mathïas. Su piel tenía aquel tono moreno intenso. Sacó una espada plateada y se abalanzó contra ella, pero en medio de su asalto una bola de fuego la derribó y la dejó agonizando en el suelo. Tras ello se oyó un rugido de dolor en la lejanía, si bien lo suficientemente fuerte y espeluznante como para sentirse en la Torre de Carode.

—¡Nooo! ¿Qué has hecho, Mathïas? —le gritó uno de los hombres.

Mathïas había sacado un anillo con un cristal naranja de su bolsillo, y tras colocarlo en su dedo índice invocó un hechizo lanzando una bola de fuego que salió de sus manos, dejando a todos sus compañeros perplejos.

—¡Me asegurasteis que no haríais daño ni a Melinda ni a mi hija! ¡No os permitiré que les causéis ningún mal! Bëth, ¿dónde está tu promesa de mantenerlas a salvo? —le respondió, enfurecido.

Melinda no entendía lo que estaba pasando. Mathïas había venido con ellos haciéndoles creer que estaba de su lado, y había acordado un salvoconducto para ambas si Melinda se entregaba y con ella, la niña. Esta fue la única forma que encontró para poder protegerlas.

—Así que traicionas a tus propios hermanos. No voy a permitir que esta escoria siga con vida, ni mucho menos esa niña, que no es más que el resultado de un insulto a nuestra raza y familia. ¡Todo ha sido culpa de ella! —le recriminó la hari de cabellera castaña—. Mathïas, siempre has sido débil, lo llevas en la sangre. ¿Cómo te atreves a usar magia? ¿CÓMO TE ATREVES? Debí ahogarte aquella noche que nuestro padre te trajo al castillo, debí acabar con tu vida. Nada de esto hubiese pasado. Ahora has traído al mundo a otra asquerosa sucia como tú.

—Bëth, no lo entiendes, es mi hija; no dejaré que le hagas daño, ni a ella ni a la mujer que amo —suplicó.

—Tu truco fue inútil; donde vaya la encontraré, y será el último día que la sangre de esta escoria viva. Será el final de la repugnante estirpe de las brujas. No te perdonaré que te hayas atrevido a derramar la sangre de nuestra hermana, la sangre de una Lagesa, una Lagesa pura —le reprochó, y mirándolo con desprecio movió su mano y dio la orden a sus dos hermanos, Bröm y Tärva, para que lo atacaran.

Los dos hombres avanzaron en dirección a Melinda y Mathïas. El más bajo de los dos, Tärva, era increíblemente idéntico a la hari, Bïonda, que había tratado de atacar a Melinda y ahora estaba tirada sin vida en el suelo. Estaba claro que ambos habían nacido gemelos bajo la misma estrella por ese parecido singular.

—¿Mataréis a vuestro propio hermano? —les dijo Melinda con un tono de odio.

—Mathïas es un traidor a nuestro linaje, una deshonra a nuestras costumbres. Hablas de matar cuando es nuestra hermana la que está sin vida en el suelo por tu causa, maldita mujer. Mathïas es un renegado; mira que involucrarse con una bruja, procrear con ella, y sobre todo rebelarse contra nuestra hermana Bëth, la señora y dueña de Cyêna... —respondió Tärva con una rabia incontenible. De no ser por el respeto que le tenía a Bëth y la autoridad que esta ejercía sobre él, se hubiese abalanzado al ataque cuando su hermana gemela cayó muerta en el suelo.

Con dos hachas cortas en forma de cabezas de dragón que tenía en sus manos, Tärva arremetió contra Mathïas, chocando contra un escudo de energía que Melinda había formado alrededor de él antes de que le alcanzara el ataque mortal de su hermano.

De un salto salió Bröm, el segundo hermano en la línea de los Lagesa, un hombre moreno, de gran corpulencia, con el cabello castaño casi rapado y de ojos dorados llameantes. Este salió corriendo y embistiendo con su espada ocre para darle una estocada de muerte a Melinda y así desvanecer el escudo mágico que había invocado para ayudar a Mathïas. Pero tras aquel intento de embestida, solo se observaban las manchas de sangre que caían al suelo desde el arma ensangrentada que atravesaba el cuerpo inerte frente a Bröm. El grito de Melinda revelaba la tragedia: el cuerpo de Mathïas estaba inclinado sobre su hermano como un escudo delante de Melinda para interponerse en aquel ataque mortal.

El corazón de Melinda se detuvo al ver a su amado atravesado por aquella espada. Las manos de Mathïas colgaban sin señal de vida, aún temblando. Bröm empujó a Mathïas de una patada, dejándolo rodar por la tierra mientras retiraba su espada ensangrentada para limpiarla con su pantalón.

Tras aquella escena, la ira de Melinda fue en aumento y sin control. La batalla entre ella, Bröm y Tärva empezó para terminar de forma breve. El poder que desató Melinda tras la muerte de Mathïas llegó a tal magnitud que los dos hermanos Lagesa se convirtieron en enemigos insignificantes. Se veían los estallidos de bolas de fuego y rayos que danzaban contra la espada de Bröm y las hachas de Tärva. El resultado de aquella contienda fue rápido. En el suelo se apreciaban los cadáveres de cuatro de los cinco miembros de la familia Lagesa: Bröm, el segundo hermano, alcanzado por un rayo de energía en la cara; Bïonda, la tercera hermana, quemada por una bola de fuego de Mathïas; Tärva, el cuarto hermano, con la espada de Bröm atravesada en el corazón por Melinda; y por último Mathïas, con el pecho lleno de sangre y tierra.

Al otro extremo del terreno, dentro de la torre, estaba Bëth, impasible, observando cómo caían sin vida sus hermanos, uno a uno, sin que su cara mostrase ninguna emoción. Un brillo en su mirada revelaba las ansias de entrar en el campo de batalla y acabar definitivamente con Melinda, por lo que, sin esperar más, comenzó a avanzar hacia ella sacando una larga espada negra, Sueñoeterno, de su vaina.

La hoja de doble filo de la espada parecía tragarse la luz con su oscuro fulgor. La guarda eran unos cuernos de metal en forma de u y la terminación de su pomo tenía el filo letal de otro cuerno.

Melinda enseguida lanzó varios de sus hechizos, solo para verlos rebotar contra el arma de aquella hari. Bëth continuaba el camino hacia su objetivo mientras dejaba atrás los cuerpos sin vida de sus hermanos.

Lanzó su primer ataque con la espada, pero Melinda lo esquivó rápidamente. Tras invocar varios hechizos y verlos chocar sin ningún efecto contra la espada de Bëth, Melinda notó que algo no iba bien.

Bëth embistió una vez más contra ella, dejándola tumbada y aturdida en el suelo.

—*Siloh.* —Melinda enterró los dedos en la tierra, sacando de esta una gran espada de color arcilloso.

Ambas se batieron en una gran contienda con sus armas, pero a cada choque la de Melinda perdía poder; era como si aquella espada negra absorbiera la fuerza de su hechizo. Sin perder tiempo, Bëth le asestó un puñetazo directo en la cara, haciéndola caer ensangrentada. Tras ello la cogió por el cuello levantándola en el aire, asfixiándola y dejando a la mujer casi sin aliento. En el cielo se vio una oscura sombra alada que acechaba y se dirigía en picado hacia ellas dos mientras la luz comenzaba a desvanecerse de la mirada de Melinda.

Ese fue el último día que se la vio con vida.

Pïa
El inicio y la prueba. Año 220 d.P.

Corría el otoño del año 220 en Nâgar. Ese día marcaba la memoria de los cyênitas ya que se cumplían quince años de la muerte de los hermanos Lagesa y de la heredera de la casa Bór, Melinda. Sin embargo, no era la única fecha que dejaba huella en la historia del continente, pues también se recordaba que, por esta época, hace veinte años ocurrió aquel fallido Crisol de Razas en la Torre de Carode que desató la guerra en contra de las brujas y los magos, comenzando la cacería de todos ellos a través del continente por las tierras de Cyêna y Erû. La nueva casa real, los Lagesa, había decretado que todos los magos y brujas eran traidores al reino, culpados por actos de conspiración y asesinato en la Torre de Carode. Esta acusación también se extendía a la reina de los elfos y a toda su raza.

La guerra se había desatado oficialmente en el año 200 en el continente de Nâgar. Muchas de las razas mágicas del continente emigraron o se ocultaron buscando su seguridad, ya que no querían participar en dicho sacrilegio. La sentencia por ocultar o proteger a brujas, magos y elfos era la muerte; también se aplicaba a los que cometían desobediencia y falta de colaboración con la actual casa real y su representante, que vigilaba desde la capital de Cyêna, Vallêgrande, su reina (o, como muchos la denominaban en su pensamiento por miedo a ser escuchados y luego ejecutados: «la opresora»).

El regicidio cometido en el año 200 dio fin a la Centuria Dorada e inicio a lo que se conoce como la actual Centuria Ónice, el principio de los años más oscuros del continente. Muchos hechos ocurrieron en los albores de esta era, como la ascensión de Bëth al poder tras el asesinato de su padre y la ausencia del heredero de la casa real anterior y legítima, los Bór.

Se habían tramado y llevado a cabo fallidamente muchos planes para derrocar a Bëth, pero el apoyo que consiguió por una raza extranjera fue clave para su subsistencia en el poder, así como otras tramas y conspiraciones. La hazaña más grande de Bëth para llegar al poder fue la manipulación de los humanos no mágicos. Bëth utilizó el sentimiento de inferioridad de los hombres y mujeres nacidos sin dotes mágicas para armarlos y marchar en contra de magos y brujas. Ella misma se proclamaba como una de ellos al no poseer poderes mágicos, alentando a recuperar Cyêna como reino de humanos y caballeros. La mayoría de los humanos no mágicos no estuvieron de acuerdo con estas contiendas, pero, por miedo a ser ejecutados o encarcelados, permanecieron doblegados a la situación.

En el continente habitaban otras razas. De ellas, una había sido obligada a exiliarse y quedar desterrada a su antiguo hogar, y las otras tres permanecieron confinadas en sus tierras, que estaban protegidas por la cadena montañosa más alta de Nâgar, la cual le impedía a Bëth imponer su opresión por completo más allá de lo que ya había hecho. Estas montañas guardaban al reino de Nômy, casa de los enanos, vecinos de Cyêna y protectores de los reinos del norte, ya que Nômy era el reino que dividía el continente en dos con su cordillera de montañas, llamada Nievenegra.

Lamentablemente, el reino élfico no estaba en las mismas condiciones, y por ello se produjo el exilio a su antiguo hogar, aunque los que se resistían a dejar Erû se retiraban a pueblos apartados del continente. El reino de Erû, las tierras verdes élficas, no había salido bien librado; eran terrenos vecinos de Cyêna, y tras el acontecimiento de la Torre de Carode, que algunos conocen como El Rayo en la Torre, Bëth arremetió contra ellos rompiendo el primer pacto de armonía, el primer Crisol de Razas, que fue firmado en el año 100 en la isla de Co-Shen. Este pacto se firmó debido a las infinitas guerras que se sucedieron en el continente de Nâgar. La intervención de los elfos fue crucial para el éxito del mismo; de hecho, fue una iniciativa diplomática de la reina de los elfos. Con él, se logró la conciliación de las razas, la división de tierras de forma justa, el exilio de invasores extranjeros y el dominio total de los elfos en sus territorios. Se decidió que cada reino tuviese su casa real, que controlaría sus posesiones; pero la casa más antigua y fundadora se alzaría como casa real del continente. Esta debía descender del mítico cruce de todas las razas. Debido a lo justo y equitativo de esto, todos acordaron que el continente fuese vigilado por un mestizo, un ser que poseyera en su familia la sangre de todas ellas. Aquel tratado fue el inicio de cien años de armonía y prosperidad de los reinos; fueron los cien años conocidos como la Centuria Dorada.

Con el comienzo de la guerra que desató Bëth, los elfos no tuvieron más opción que retroceder hasta el bosque Kôr, debido a lo impenetrable del mismo y a la cantidad de historias mágicas que se contaban de él. En el presente aún quedan elfos libres viviendo allí. Su reina y el resto de sus congéneres de las ciudades de Erû se replegaron a las orillas del continente, marchándose y restituyendo su hogar en su isla de origen, Puertosanto, a donde en tiempos, antes de todo esto, volvían con frecuencia, y aún mantenían estructuras de su reino.

Ahora el reino de Erû estaba prácticamente habitado en todas sus ciudades y pueblos por una raza extranjera, a la que se restableció el derecho del reino tras la expulsión y la guerra con los elfos. Erû había pasado de ser reino a Estado libre bajo el poder de Bëth.

Al norte del viejo y destituido reino de Erû, se hallaba una pequeña aldea de agricultores y artesanos llamada Agra'ad. La mayoría de ellos eran humanos emigrantes y exiliados que no estuvieron a favor de la causa de la reina Bëth contra brujas, magos y elfos; humanos sin talentos mágicos, o eso se trataba de aparentar.

En las tierras dominadas por Bëth, Cyêna y Erû, estaba prohibida la magia, así que cualquier demostración de ella era plenamente mal vista y castigada. Esto se pudo demostrar semanas antes, cuando la guardia terrestre hizo acto de presencia para colgar a una niña de nueve años, que días antes había auxiliado a su madre levantando un escudo de magia inconscientemente para protegerla de la embestida feroz de un cerdo salvaje, que poseía unos largos y curvados cuernos saliendo de su nariz, y que se conocía como yavor.

Todas las personas que pudiesen presentar un pequeño talento mágico eran forzadas a ocultarlo por sus parientes, ya que no se sabía quién podía ser un espía de la Corona o simplemente traicionarlos en busca de algún beneficio.

En Agra'ad no solo habitaban humanos, también convivían algunas razas supervivientes de la guerra que tomaron la aldea como su hogar. Esta se encontraba rodeada por el bosque Kôr y el río Negro, y una pequeña parte daba a los picos menos nevados de Nievenegra, la alta cordillera de montañas del reino enano.

La aldea de Agra'ad no tenía más de sesenta habitantes, y entre sus residentes se encontraban elfos libres, unos pocos enanos y algunos curanderos de rango menor que habían logrado especializarse en medicinas con hierbas e ingredientes del bosque. Durante la guerra, el ejército de Bëth había aniquilado a la mayoría de brujas y magos de alto rango. Las casi extintas personas con talento mágico que sobrevivieron huyeron a otros reinos usando sus poderes de bajo perfil y sin intención de llamar la atención, como curanderos y consejeros.

En Agra'ad residían dos supervivientes de la guerra bastante peculiares y poco sociables. Una de ellas era una mujer que llegó al pueblo con un bebé que ahora contaba con quince años de edad. Esta mujer aparentaba muchos menos años de los que su vida contaba. Se dedicaba a los cultivos de hierbas medicinales para asistir a la gente del pequeño pueblo que lo necesitara.

La joven que vivía con ella se llamaba Pïa. Era su sobrina; sus padres habían muerto en la guerra de años anteriores. Nadie sabía mucho de ellas, solo que la tía era una sanadora de bajo rango y habían aparecido una noche de la nada, estableciéndose en el pequeño poblado.

Ifren y su sobrina Pïa vivían en una pequeña casa a las afueras, en la linde del bosque Kôr. Era una cabaña bastante cómoda y amplia para las dos mujeres. Estaba hecha de madera oscura y su techo era una mezcla resistente y sólida de ramas junto con el lodo que bajaba de los deshielos de las montañas de Nievenegra.

Pïa era muy audaz, ágil y fuerte. Siempre mostró mucha destreza en la caza. Para sus quince años, cumplidos ese mismo día, era una chica de complexión fuerte y resistente, aunque no lo pareciera. Tenía una larga melena rebelde de color rojo que podía asemejarse a las plumas de un águila del silencio; su cabello se mezclaba con el viento, haciéndolo parecer un vaivén de llamaradas ondulantes. Su piel era de un hermoso color blanco, y algunas pecas se dibujaban por su rostro, especialmente en sus pronunciados pómulos. Tenía unos rasgos muy finos, pero lo que más resaltaba en ella eran sus profundos, caídos y expresivos ojos, de color entre ámbar y dorado. El carácter de Pïa se revelaba como el de una chica fuerte, inquieta, aventurera y con una gran facilidad para contradecir a su tía.

Esta le había enseñado a leer, a escribir, y todo lo que necesitaba saber sobre la historia del continente. También aprendió con ella los tipos de hierbas y sus usos. Además, ella era la encargada todos los días de la recolección en el bosque Kôr, lo que le brindó un enorme conocimiento y orientación en el mismo.

Ifren recibía a diario habitantes de Agra'ad y a personas de pueblos cercanos que la visitaban debido a su fama en el buen manejo de las hierbas. Pïa también estaba a cargo de la caza, pues a Ifren no le gustaba comprar en los mercadillos de la aldea; cuanto más apartadas pudieran estar, mejor.

Aquella mañana en Agra'ad era bastante peculiar, aunque Pïa ya estaba acostumbrada a ver, justo en esa fecha, los estandartes del día de la victoria de la casa real ondeando en la plaza. La joven cumplía años el mismo día que la reina celebraba el triunfo sobre los rebeldes y la muerte de la última amenaza a su reinado. Para la monarca era el día de la victoria; para el continente era el de la desesperanza y la derrota. Se cumplían quince años de aquel suceso, y Pïa llegaba a la mayoría de edad, donde ya podría decidir qué hacer con su vida.

El olor a pastel recién horneado animaba los sentidos de la joven al despertar. Era mucho más temprano de lo que acostumbraba a levantarse, pero, tentada por el embriagador aroma, se vio obligada a salir de la cama.

Pïa dormía en una habitación relativamente pequeña donde solo cabía una cama no muy grande y un armario de madera que le regaló Fred, el elfo carpintero, quien estaba a cargo de crear todo lo que necesitaran en la aldea. A cambio no aceptaba dinero; solo comida y favores. En aquel armario, Pïa tenía algunos objetos mágicos que, a simple vista, parecían ordinarios. Su tía le había enseñado a utilizarlos, desde luego todos ellos a escondidas, por lo que la joven estaba privada de sacarlos de casa en cualquier situación. En el armario también había algunos libros comprados a los mercaderes que traficaban con objetos prohibidos cuando pasaban por el pueblo. Eran volúmenes sobre runas y pociones, de lo poco que quedaba en el reino. Ifren se lo permitía porque decía que el conocimiento tenía que ser preservado, y si esa era la única forma, adelante; pero siempre y cuando lo hiciera de manera cautelosa.

El armario que Fred le había hecho a Pïa era de altísima calidad, como todo lo que él hacía. Se creía que Fred había sido el artesano directo de la reina antes de su restablecimiento en Puertosanto; no obstante, su amor por las tierras de Erû le hizo quedarse. El armario de la habitación de Pïa no era un mueble cualquiera, de lo contrario ella no hubiese podido guardar los objetos que tenía en él. A simple vista, para un ser sin magia, era normal. Pero quien tuviera el don de la magia estaría viendo un exquisito armario de dos puertas, en las que estaban talladas dos dragones, de los que salían ramas y lianas entrelazándose; y alrededor estaban perfectamente esculpidos animales mágicos del continente. Era una obra maestra.

Pïa oyó el grito de aviso de su tía.

—¡Pïa, ven a desayunar, muchacha dormilona!

—Ya voy, tía Ruth.

Ruth le permitía a Pïa llamarla por su nombre real mientras estaban a solas; para el resto era Ifren. Habían pasado ya quince años desde que Ruth desapareció en aquel portal en la Torre de Carode, y su cabello aún mantenía esas tonalidades marrones. De aquella figura imponente ahora se podía apreciar una mujer cálida y protectora, pero lo más impresionante era que los años no parecían haberle afectado mucho: conservaba la estampa de una mujer madura que casi no había envejecido. Sus ojos mostraban sabiduría y a una persona vigilante todo el tiempo. De una de las habitaciones salió la chica; vestía una camisa blanca de lino y sobre ella un corsé de cuero a juego con los pantalones del mismo material que llevaba ocultos tras la falda larga, de la que se despojaba cuando salía de cacería. De su cuello colgaba una hermosa piedra gris sujeta por un fina cuerdilla de cuero.

—¡Feliz cumpleaños, Pïa! Ya eres toda una dama; te podrás casar y ser la señora de tu hogar.

Su tía le dijo esto con tono burlón y sarcástico, ya que sabía que no había nada que Pïa odiara más que la idea de ser la esposa de alguien. Su personalidad audaz e independiente la alejaba de la idea de convertirse en otra ama de casa del pueblo. Algo en ella siempre estaba latente, con ganas de arriesgar y explorar. Pïa deseaba infinitamente cumplir su mayoría de edad para salir en busca de emociones y riesgos.

—Pues me parece buena idea. Encontraré un marido y me marcharé a Cyêna —respondió la joven en tono aún más burlón mientras paseaba sus ojos resplandecientes sobre la cara de su tía y recogía su rebelde cabello rojo. Sabía perfectamente la reacción que vendría al terminar aquella frase. Cyêna era un lugar que Ruth le tenía prácticamente prohibido mentar.

La sonrisa de la mujer se borró por completo.

—Pïa, debes prometerme que no irás a Cyêna. Sé que desde el día de hoy eres dueña de tus decisiones; pero prométeme que no irás a Cyêna, al menos hasta que yo te lo diga.

—Tía, aquí la única persona que tiene que cumplir una promesa eres tú. Me prometiste tres cosas cuando cumpliera la mayoría de edad —le reprochó la chica.

Ruth trató de apaciguarla, pero Pïa continuó enumerando las promesas de su tía.

—Una: que me enseñarías magia avanzada. Durante todos estos años me has enseñado la magia básica y de nivel medio dentro de casa y en nuestras excursiones al bosque Kôr. Sé que nos ponemos en riesgo al hacerlo, pero ya estoy cansada de los hechizos básicos que he memorizado desde pequeña. Dos: que me contarías todo sobre mis padres. Me dijiste que murieron en la guerra, luchando, que fueron rebeldes, y que por eso tuvimos que huir a Agra'ad y cambiar nuestros nombres. Tía Ruth, no soy tonta, mira mis ojos; no son los de un humano, de lo contrario, no hubieses usado ese hechizo para que el resto viera otro color. Como tampoco mi talento para la magia. Me has dicho muchas veces que poseo un poder sin límites. ¿Entonces? ¿De quién soy realmente hija? ¿De un elfo? ¿De otra raza que no conozco? Tres: que me dejarías ir a Cyêna. ¿Qué hay en Cyêna que representa tanto peligro para nosotras? ¿Por qué no podemos abandonar Agra'ad?

La mirada de Ruth se perdió a través de la ventana. Estaba totalmente vencida y ya no tenía motivos para negarse a ninguna de las peticiones que le había hecho Pïa.

—Lo sé, mi querida niña; solo te pido algo de paciencia. Lo que tengo que contarte no será fácil y cambiará tu vida por completo. Te prometo que hoy mismo te explicaré todo —respondió Ruth—. Pero por ahora tienes algo muy importante y más urgente que quiero que hagas: debes ir al bosque a por estas hierbas y plantas. Las necesito para unas pociones y una sorpresa.

Sin opción a negarse o refunfuñar, ya que sabía que su tía cumplía siempre su palabra, Pïa aceptó. Ruth sacó del bolsillo de su vestido color caqui un pedazo de pergamino, con un extraño sello, y lo extendió a la muchacha.

—Todo lo que tienes que buscar está aquí.

Pïa tomó el pergamino entre sus blancas manos y se dispuso a abrirlo.

—No, aún no, Pïa. Hazlo una vez que llegues al bosque. Es un sello mágico, y se activará allí. Por ahora, termina tu desayuno antes de salir.

Pïa estaba un poco consternada por la manera en que actuaba Ruth, pero a la vez estaba desbordando emoción. Amaba las aventuras y le valía cualquier excusa para embarcarse en una. Sin dudarlo, se sentó inmediatamente en la mesa y comenzó a devorar su desayuno como si no hubiese comido en semanas. Las ganas de salir a esta aventura la estaban enloqueciendo.

Terminó su desayuno y se dirigió a toda marcha hacia el bosque Kôr. Con un beso, y aún con restos de pan en la cara, se despidió de su tía. Esta se quedó en el portal de la rústica casa con una sensación amarga ante lo que estaba por venir y sobre lo que no tendría control. Era hora de que Pïa afrontara su destino. Era hora de la prueba.

Camino al bosque Kôr, la joven iba llena de emoción y sobre todo ansiedad, ya que ese era el día que tanto había esperado, cuando conocería todo acerca de sus padres.

Al entrar en el bosque siguió las instrucciones de su tía y cogió el pergamino. Se dio cuenta de que, antes de poder quitar el sello que lo cerraba, este comenzó a deshacerse solo, como si estuviese hecho de arena del mar. Sorprendida, y pensando que seguramente sería un pequeño truco de magia de su tía, lo abrió. Se llevó otra sorpresa al ver una hermosa caligrafía, que no reconoció, ya que no era de Ruth. El pergamino tenía un listado de plantas que debía buscar: hierba del viento, miel de secuoya, raíz de mandrágora y flor de azahar. Al final, extrañamente, había un pequeño mapa que indicaba a Pïa dónde encontrar cada hierba y planta. Seguía siendo raro, puesto que ella conocía muy bien el bosque, y las ubicaciones parecían ser erróneas: estaban en lugares donde comúnmente no deberían crecer.

Pïa decidió hacer caso al pequeño mapa y a su tía. La primera hierba era la del viento; era muy fácil de encontrar, ya que siempre crecía al borde de la colina en dirección al mar. Pero esta vez Ruth se la había señalado en una cueva y eso era algo confuso, pues era imposible que creciera sin luz.

Toda esta situación empezaba a poner a Pïa un poco nerviosa. Sin saber si era por lo extraño del asunto, comenzó a sentir una sensación inquietante, como si estuviese siendo observada. Tras un momento de paranoia, la chica comenzó a reír, ya que imaginó que era su tía que la había seguido, seguro, para gastarle alguna broma en su cumpleaños.

Después de una larga caminata y de adentrarse en el inmenso bosque Kôr, tan lleno de todo tipo de plantas y animales, Pïa encontró la cueva. No había nada que le causara más placer que penetrar en el bosque, ya que nadie se atrevía a entrar en él, y allí podía dar rienda suelta a su magia, siempre y cuando no estuviese Ruth con ella. La cueva estaba debajo de una pequeña colina, parecía bastante profunda debido a la oscuridad que desde su boca se podía vislumbrar. Afortunadamente, dentro de sus conocimientos de hechizos básicos, Pïa tenía uno perfecto para la ocasión.

—*Ignis* —dijo, y una pequeña llama salió de su mano.

Miró a todos lados en busca de algún intruso que pudiera haber visto el hechizo. Tomó un pequeño palo seco que estaba en el suelo y dirigió la llama al mismo, creando una improvisada y ocasional antorcha.

Comenzó a adentrarse en la cavidad, que cada vez se hacía más estrecha. A medida que avanzaba, algo empezó a dibujarse en sus paredes. Aquellas desconocidas formas no eran más que unas runas que Pïa nunca había visto. Lo que logró sacarla de su asombro fue ver el final de la cueva, y en medio de esta, una pequeña hierba del viento meciéndose. La atención de Pïa se centró en la falta de aire corriendo que hiciera danzar la planta de esa forma.

«¿Qué está pasando aquí? ¿Qué es todo esto?», pensó.

Aunque su espíritu aventurero hacía que disfrutara de este tipo de cosas, tenía la sensación de que algo más estaba ocurriendo.

Sin perder más tiempo, se acercó a la hierba del viento y realizó un ligero corte con su daga, teniendo la noble intención de que volviera a crecer. Guardó la hierba y giró sobre sus pasos para abandonar la cueva, pero sin más se detuvo al ver una pequeña figura que revoleteaba en el aire.

Lo que había en medio del largo túnel era una especie de persona muy pequeña, exageradamente pequeña, así que no podía ser un enano. El hecho que afirmaba el pensamiento anterior de Pïa eran las alas de aquel humanoide. Al acercar la antorcha a la figura, ya que la luz que entraba desde la boca de la cueva no le dejaba ver bien, la chica pudo descubrir que lo que estaba frente a ella era un hada del bosque, sonriendo de una manera pícara y escurridiza.

La joven decidió acercarse un poco más para observarla, ya que nunca había tenido la oportunidad de ver una más que en los libros. Poseía unas hermosas alas de color verde intenso, que desprendían un hermoso brillo y tenían una forma muy parecida a la singular forma de las mariposas, pero aún más bonita debido a su translucidez verdosa. Por el cuerpo del hada se extendían líneas del mismo color de sus alas. El cabello de la pequeña criatura era bastante extraño: lo que salía de su cabeza, más que pelo, parecían raíces muy largas y semitransparentes, de un tono igual al del resto de su cuerpo. Un cuerpo que era pálido como el bulbo de una flor, y que estaba cubierto por pequeñas hojas y lianas que asemejaban un vestido. Aquella criatura, que no medía más de cuarenta centímetros, estaba literalmente hecha de bosque.

—¿Hola? —saludó Pïa.

El pequeño ser sonrió y se acercó volando a ella. Comenzó a revolotear sobre su cabeza. En ese momento Pïa se percató de que entre las manos del hada colgaba un objeto, que dejó caer de sus diminutas manos. La joven logró cogerlo antes de que chocara con el suelo. Era un collar de plata de una increíble finura, y en él había un colgante con forma de estrella. Aquel tesoro la tenía desconcertada y asombrada al mismo tiempo. El collar que tenía en sus manos era tan hermoso que se olvidó del hada al poner toda su atención en él. Cuando despertó del encanto que ejerció la joya en ella, quedó atónita al ver que la criatura ya no estaba.

Pïa guardó aquella pieza en un saquito atado a su cinturón y salió eufórica en búsqueda del hada, sin ningún éxito, ya que parecía haberse esfumado. Pensó que no pasaría nada si se quedaba el collar y continuaba buscándola; lo más seguro era que volviera para recoger su pequeño tesoro.

Continuando su labor, Pïa abrió el pergamino y vio que el mapa marcaba un punto bastante conocido por ella. Su tía no la había enviado a ningún otro sitio, sino al centro del bosque, donde estaba el árbol más grande y alto de Nâgar: la secuoya que todos conocían como Valpas, el Vigilante. Pïa se internó una vez más en la espesa vegetación con la misma sensación que anteriormente había tenido, de que alguien la seguía.

Tras unos pocos kilómetros, finalmente llegó a Valpas. La imponencia y majestuosidad de aquel árbol no tenía comparación en todo el reino. Se levantaba sobre unas raíces extremadamente gruesas que sobresalían de la tierra, y de ellas se erguía el tronco del árbol, que debía de tener unos ocho metros de ancho y unos ciento quince de altura. Valpas era el hogar de muchísimas especies de pájaros en el bosque Kôr, y de otras especies mágicas que buscaban refugio en su sombra.

Tras perder la vista en el cielo mirando a Valpas, Pïa se dio cuenta de que no era la única persona que observaba la solemnidad de la imponente secuoya. Había frente a esta una mujer que posaba su pálida mano contra el tronco del viejo árbol, y de ella emanaba una cálida aura verde. De aquella misteriosa mujer solo se podían ver sus lisos y plateados cabellos, que caían por su espalda, y la increíble blancura de sus brazos y manos.

En ese momento, Pïa albergaba una batalla de emociones. La curiosidad la empujaba a acercarse, pero siempre había tenido un enorme respeto por las criaturas del bosque, y esta parecía una deidad del mismo. Su personalidad intrépida y curiosa venció, y la llevó a aproximarse cautelosamente hacia la mujer.

«No tienes nada que temer. Puedes acercarte, aprendiz de mi vieja amiga Ruth», le dijo la mujer sin mover los labios.

Pïa estaba paralizada entre la emoción y el miedo.

—Perdone. No era mi intención interrumpirla. Estaba…

Pero aquella mujer no la dejó terminar.

«No tienes nada por lo que pedir perdón. Estás aquí en busca de ciertas plantas y hierbas, entre ellas la miel de Valpas, ¿no es así? No te preocupes, sé a qué has venido. El tiempo ha llegado, y Ruth me ha convocado. Puedo ver que Cili te ha entregado el viejo y ansiado collar. ¿Te han dicho alguna vez que debes tener cuidado con las hadas del bosque? —le preguntó—. Pero no te inquietes, Cili es una magnífica excepción. Debo decir que es de las pocas a las que me atrevería a conceder mi amistad».

Pïa no sabía qué responder. La mujer conocía a su tía, pues la llamaba por su verdadero nombre. También sabía por qué estaba allí, y sabía sobre el collar. Se preguntaba cómo podía ser posible aquello, si estuvo todo el tiempo sola. De repente recordó la sensación de haber sido observada. Quizás esa mujer era la persona que estaba en el bosque vigilándola. Muchas preguntas abordaron la cabeza de Pïa en ese momento, principalmente qué pasaría si aquella desconocida era una afín a Bëth.

«Pïa, si mi intención hubiese sido hacerte daño, no me habría molestado personalmente; hubiese mandado a uno de mis sirvientes. Bueno, creo que estamos perdiendo demasiado tiempo ya, cosa de la que no disponemos. ¡Acércate!», le dijo con una voz que sonó tan seductora e incitante que no pudo negarse. Era como una dulce melodía que embriagaba los sentidos para obedecer sin oponer resistencia.

Un sentimiento de terror embargó la mente de Pïa. Desde la distancia a la que estaba solo podía ver de reojo el perfil de la mujer, en especial su boca. En ese momento la joven recapituló, y se dio cuenta de que no la había movido mientras conversaban. ¿Qué estaba pasando? ¿Le estaba leyendo aquella mujer el pensamiento? ¿Se estaba comunicando de una forma mágica? Pïa no podía creerlo: una desconocida le estaba leyendo la mente. Con dudas y temor, se acercó. A medida que se aproximaba, aquella figura se volvía más imponente.

La mujer giró su cuerpo hasta quedar cara a cara con Pïa. Tenía unos cabellos plateados largos que caían hasta su cintura. Su piel era de una palidez increíble. Llevaba un sencillo traje de color esmeralda que realzaba su tez y sus cabellos; el vestido tenía hermosos detalles dorados que se entrelazaban en el cuerpo de la mujer, dejando ver el generoso pecho, y en medio de él caía una cadena dorada con un colgante de un verde intenso.

Pïa se deslumbró con el vistoso adorno que llevaba en el cabello: una especie de rejilla de la cual colgaban pequeñas esmeraldas. Pero lo que más le llamó la atención fueron los pendientes que se entrelazaban y recorrían el borde de las puntiagudas orejas de la mujer, que sobresalían de sus plateados cabellos. Sin ninguna duda, Pïa constató que era una elfa.

—Veo que ya te has hecho una idea de lo que soy. No te preocupes, no irrumpiré en ningún pensamiento que no deba. Ahora, como ya te dije, debemos darnos prisa. Muéstrame el collar —le pidió, dejando esta vez a sus labios moverse para pronunciar las palabras.

Pïa se acercó lentamente, casi de forma involuntaria, y depositó el collar en las pálidas y finas manos de aquella elfa. Esta tomó el collar y puso el colgante en su oído, como si emitiera algún sonido imperceptible. Luego, abrió despacio sus párpados, dejando al descubierto unos hermosos ojos celestes y plateados, llenos de júbilo mientras el colgante continuaba en su oído.

—Aún está vivo; débil, pero vivo —se dijo a sí misma.

—¿Quién está vivo? ¿Qué hay dentro de ese collar, y por qué tanto misterio con él? ¿Por qué me lo entregó aquella hada del bosque? —preguntó Pïa llena de curiosidad, pero sobre todo con mucha desesperación y frustración ante la ignorancia que sentía.

Sin prestar atención a estas preguntas, la elfa sacó una daga dorada de uno de los bolsillos de su vestido. Sin mediar palabra, Pïa se puso en guardia y arrancó de un golpe la suya también, colocándola frente a ella como defensa, preparando un par de hechizos en su mente. Lo hizo a pesar de que conocía exactamente los alcances del poder mágico de un elfo, añadiendo que esta no parecía una elfa cualquiera.

—Tranquilízate. ¿Crees que Ruth te enviaría aquí para que te hiciera daño? Guarda esa daga ahora mismo y olvida cualquier intento de hechizo, pues ninguno te funcionaría contra mí —le dijo con desdén—. Ahora bien, te explicaré la historia corta, ya que es Ruth quien debe adiestrarte y contarte todo. —La elfa se quedó mirando a Pïa con mucha intensidad—. Debo admitir que eres idéntica a tu madre.

—¿Conociste a mi madre? —preguntó Pïa, atónita ante aquella información que le había dejado saber la elfa.

—Tu madre, Melinda, y yo éramos muy buenas amigas. Al igual que lo fue de mi hija Bihana. También fui muy amiga de tu abuelo y de otros miembros de tu familia. Fueron tiempos maravillosos en Nâgar, hasta que ocurrió toda esta desgracia. No solo fue una gran pérdida para ti, sino también para muchos. En todos mis años, y sabrás que los elfos vemos pasar muchos, no he conocido a una bruja de tanto talento y rango como tu madre.

—Por favor, cuéntame más acerca de ella. Ruth nunca me ha dicho mucho —le suplicó la chica.

—No tienes nada que reprocharle a Ruth. Ella sabe cómo y por qué ha hecho las cosas de esta forma. No perdamos más tiempo; el reino no puede seguir así. Ha llegado el momento. Y no me hagas más preguntas, lo sabrás todo cuando corresponda; ahora tengo una invocación que hacer, y tú una misión que cumplir.

—¿Una misión?

—Necesito que no tengas miedo, que confíes en mí y no dudes

en hacer lo que te pida —ordenó la elfa.

Algo en su voz y su mirada reconfortaba la mente inquieta de Pïa, pero sobre todo el saber que fue parte de la vida de su madre.

—Adelante —aceptó.

La elfa tomó su mano, y con la daga dorada que había sacado de su bolsillo, hizo un corte a una velocidad vertiginosa en la palma derecha de la chica. Mientras la sangre manaba, la elfa alzó el collar al cielo y estampó aquel colgante en forma de estrella contra la vieja secuoya. Una extraña sustancia comenzó a salir del árbol a la vez que el colgante brillaba y se quebraba. Los restos del collar cayeron al suelo impregnados por la sustancia viscosa que emanó del árbol.

En la mano de la elfa se veía una pequeña pieza bañada por la miel naranja de la secuoya, que la mujer introdujo inmediatamente en la herida, causándole un dolor agonizante. Pïa sentía cómo su mano se quemaba tras la acción de la elfa; pero, a pesar del sufrimiento, seguía confiando en lo que hacía aquella mujer.

El dolor se tornó tan insoportable que la obligó a tumbarse en el suelo, donde se arrastraba y gritaba sintiendo que se quemaba por dentro. La elfa estaba de rodillas, tomando en sus brazos a la joven y tocando su frente mientras susurraba un extraño cántico. Las palabras que emitía eran totalmente confusas, considerando que la atención de la joven estaba puesta en el dolor que recorría su cuerpo, estremeciéndose sin parar. Tras un brusco movimiento, Pïa quedó inconsciente, tumbada en el suelo, mientras la pieza en su mano brillaba y la sangre seguía manando.

El bosque se había tornado casi oscuro. En medio de él solo reinaba el sonido de la naturaleza, y el cuerpo de Pïa permanecía acurrucado entre las raíces de Valpas. Después de un tiempo, la chica fue recuperando la conciencia poco a poco. En su cabeza todo parecía borroso, los recuerdos iban y venían. Lo último que recordaba era que sus fuerzas menguaban y se quedaba inconsciente mientras, en una visión esmeralda, una mujer de espaldas se internaba lentamente en la maleza. Una punzada de fuego desde su mano se expandió por el resto del cuerpo, haciéndola estremecerse y retorcerse una vez más. Al mirarse la mano, Pïa notó que estaba vendada. La curiosidad la llevó a incorporarse de manera pausada y a retirar las vendas para ver la herida, cubierta por las hojas de la hierba del viento que había recogido en la cueva. La elfa la había usado para parar la hemorragia; pero no solo eso: al ver las vendas de color verde que envolvían su mano, el recuerdo del vestido de la elfa vino a su cabeza, y se dio cuenta de que había utilizado pedazos de su ropa para vendar la herida que ella misma le había ocasionado.

Pïa conocía perfectamente, gracias a Ruth, las propiedades místicas y curativas de las plantas; y sabía que la hierba del viento era famosa por sus propiedades para limpiar y cerrar heridas. Esto afirmó más su impresión de que nada de aquello era coincidencia; su tía lo había planeado todo con cuidado. Ruth sabía cuáles eran las intenciones y lo que pasaría en su encuentro con aquella elfa, así como lo que ocurriría después: ella necesitaría algo para parar la hemorragia y desinfectar la herida que le causaría. Una cosa que asombró aún más a Pïa fue que, al incorporarse y mirar frente a sus pies, pudo ver en el suelo que tenía la raíz de mandrágora y la flor de azahar, las dos últimas hierbas que su tía le había pedido que buscara, cuidadosamente sujetas con otro jirón del vestido de la elfa.

Aquella desconocida no se había ocupado solamente su herida, sino que también había buscado y dejado las hierbas cuidadosamente allí para que ella las cogiera al despertar. Levantándose con la poca energía que le quedaba en su cuerpo, la chica decidió retomar, no sin esfuerzo, su camino de vuelta a casa.

Ruth
La verdad. Año 220 d.P.

Bajando una cuesta desde el bosque Kôr se encontraba la entrada de la casa. En aquella pendiente, en medio de los últimos y débiles rayos del sol de la tarde, se veía la figura de Pïa caminando a trompicones con la poca energía que había en su cuerpo.

La chica bajaba con dificultad hacia la cabaña, con los brazos colgados sin fuerza, mientras la herida de su mano seguía sangrando cada vez más y el ardor de su cuerpo se incrementaba.

—*Kara* —trató de utilizar un hechizo básico de curación, que le enseñó su tía Ruth en las clases de magia; pero esto solo empeoró la situación, ya que el único efecto que logró fue agotar la poca energía que tenía. Al pronunciar el hechizo, la piedra gris de su colgante emitió un brillo suave.

Sin fuerzas para continuar, y a unos cuantos largos pasos de la casa, Pïa vio a su preocupada tía sentada en la entrada. Todo frente a ella se tornó negro y quedó sumergida en la oscuridad. Cayó inconsciente en medio de la hierba.

Tras verla aparecer y desmayarse al final de la pendiente, Ruth corrió en su auxilio. A pesar de lo liviana que parecía, la mujer sabía que no podría cargarla hasta la casa. Miró a todos lados en busca de cualquier intruso, y al ver que no había nadie, realizó el hechizo de levitación, con el brillo de su anillo granate.

—*Kimayi.*

Ruth levitó a Pïa hasta la pequeña mesa en medio del salón, llevándola como una pluma que hiciera flotar suavemente el viento. Sin perder más tiempo, extrajo rápidamente del saco amarrado al cinturón de Pïa la raíz de mandrágora y la flor de azahar, y corrió hasta la chimenea, donde un caldero humeaba en el fuego. Echó en él las hierbas, y enseguida surgió un humo de color gris intenso que comenzó a inundar la cocina de un aroma dulce y a su vez férreo, como el olor de la sangre. Toda la estancia acabó bañada por la bruma que chorreaba por aquel caldero.

La bruja comenzó un extraño cántico en una lengua extranjera que sonaba áspera y mítica, mientras el cuerpo de la joven se elevaba una vez más en el aire; pero esta vez se estremecía como si alguna clase de fuerza mística estuviera luchando dentro de ella. La mano de Pïa en la que estaba la herida provocada por la elfa empezó a emitir un brillo de un color peculiar, entre ámbar y dorado. Con el fulgor del brillo se podía ver que la herida había dejado de sangrar, y cómo comenzaba a cerrarse alrededor de una pequeña pieza de las mismas tonalidades que el resplandor que emitía su mano. Aquello reveló en el centro de la mano de Pïa, una pequeña pieza de color oro. Cuando Ruth finalmente terminó su cántico y la última palabra salió de su boca, el cuerpo de su sobrina se desplomó sobre la mesa, inerte y pálido, como si hubiese caído en un sueño profundo.

Varias horas pasaron, y el cuerpo de Pïa seguía en la mesa; pero esta vez una manta la cubría y su cabeza reposaba sobre una almohada. Gestos de dolor inundaron la cara de la chica mientras abría los ojos y acusaba el daño una vez más; sentía que le había caído un gigante encima.

En la cocina todo estaba muy oscuro. Debían de haber pasado muchas horas desde la tarde, cuando salió del bosque Kôr y cayó desmayada frente a la casa. Trató de acostumbrar sus ojos a la oscuridad y buscó con los párpados entrecerrados si podía identificar el sitio en que estaba. En medio de su desorientación, solo vio un pequeño fuego en la chimenea del salón, y frente a ella estaba su tía en la vieja mecedora donde solía sentarse a contarle cuentos mágicos de pequeña. Con un esfuerzo sobrehumano debido al dolor, levantó su mano, para descubrir que la tenía totalmente vendada, esta vez por vendas blancas y con restos de sangre en ellas.

—¿Qué me ha ocurrido? ¿Cómo he llegado hasta aquí? —preguntó Pïa.

—Trata de descansar todo lo que puedas y recuperar la energía en ti. Es hora de que nos marchemos.

Pïa no podía creer lo que su tía le estaba diciendo. Se sentó de un salto y, al intentar levantarse, se cayó al suelo. Ruth se acercó rápidamente a ayudarla y volver a recostarla en la mesa.

—Pïa, mi querida niña, es hora de que sepas la verdad. Llegó el momento de tu partida.

—¿De qué partida hablas? No entiendo nada. ¿Por qué me has enviado al bosque? ¿Quién era esa elfa? ¿Por qué me han hecho esto? ¿Qué demonios está pasando? —preguntó Pïa con una angustia que atenazaba su corazón.

Ruth se volvió hacia su silla, caminando lentamente, con tanta tristeza que parecía que le pesaba el alma. Fue hasta la pequeña vitrina que tenía junto a la cocina de leña y susurró:

—*Da'raz*.

Un hechizo que con el brillo del anillo granate en su mano reveló la verdadera forma de aquella vitrina, que doblaba su tamaño y forma tras la revelación de las palabras pronunciadas. Dentro de ella se podían ver centenares de papiros, libros, frascos con líquidos de todos los colores, pequeños calderos, algunas hierbas secas y otras de aspecto recién cortado, y extraños animales disecados. Del gran escaparate, Ruth sacó un libro de piel marrón con cristales negros incrustados en su portada, y caminó hasta la mesa. Era un libro de aspecto antiguo, y de gran grosor, con unas extrañas runas y símbolos en toda la cubierta.

—Pïa, esta es una de las pocas cosas que pude salvar antes de la destrucción de la Torre de Carode.

—¿Te refieres a la famosa Torre de la Maga?

—Esa misma. Hoy te contaré toda la historia, y la importancia que tienes en este mundo. Hoy cumpliré mi promesa.

Al abrir el libro salió una pequeña estela de polvo. Estaba hermosamente decorado con pinturas de criaturas mágicas y letras que parecían trazadas por famosos pintores de épocas antiguas. Aquella obra tenía la explicación de todas las criaturas mágicas que existían. Contaba la historia, poderes y linajes de cada una de las razas y criaturas.

Pïa se detuvo con el corazón acelerado y colocó la mano sobre una de las páginas. Había reconocido la hermosa figura dibujada en la hoja, era la elfa que encontró en el bosque.

—Es ella, es la elfa del bosque, es la que me hizo esto.

—Mi querida niña, esta es la reina de los elfos, Razana.

La pintura mostraba a Razana majestuosamente alta, de belleza inigualable, cabellos de color plata y ojos de un azul grisáceo, gruesas cejas marrones, labios rosados muy carnosos y, como rasgo innegable de su raza, unas pequeñas orejas puntiagudas que salían entre sus hermosos cabellos.

La historia del libro contaba que Razana había gobernado entre los elfos desde tiempos inmemoriales. Su reinado fue conocido como el Toque de la Diosa, ya que logró sacar a sus congéneres de Puertosanto, su hogar ancestral, acordando con las otras razas instalarse junto al resto de los elfos que aún quedaban en aquel lugar, en el reino del continente de Nagar, estableciéndose como reino de Erû. El libro contaba que, tras las innumerables guerras del continente, Razana decidió participar para mediar entre las razas y llegar a un acuerdo y una justa división. También contaba la invasión de la parte sur del reino de Erû por los dartáas, que eran conocidos como los parientes oscuros de los elfos.

El reinado de Razana en Erû duró cien años, la Centuria Dorada. Empezó a declinar en el año 185, con el comienzo de la Rebelión Roja provocada por los haris, al no querer entregar los huevos y hacer las invocaciones con los kalïs a otras razas que no fueran la suya por considerarlas indignas de poseerlos.

La Rebelión Roja fue una guerra lamentable que casi extinguió a los propios haris, ya que la mayoría no estaba de acuerdo con estas doctrinas de superioridad que su princesa quiso adoptar para ese entonces. El mismísimo rey trató de impedirlo, pero la semilla de la discordia ya estaba sembrada. Murieron muchos hatras, o jinetes, y dragones en aquellos veinte interminables años de la rebelión.

—¿Qué son los kalïs? —preguntó Pïa leyendo aquel nombre en el libro.

—Un kalï, o escama de dragón, es una reliquia que se encuentra en cada uno de los huevos cuando una dragona los pone, y se transmuta al jinete en una invocación. Todos los huevos de las dragonas son de un color, y en su cáscara hay una escama de color diferente: ese es el kalï. Cuando es tocado por el elegido, jinete o hatra, como se lo conoce en lengua antigua, tras una invocación hecha en el momento, este se transmuta en su mano y quedan unidos de por vida. La invocación del kalï solo la pueden hacer los haris, ya que son los únicos que conocen las palabras en su lengua antigua para realizar la transmutación. Esta no es más que una invocación no mágica, ya que los haris carecen de dotes mágicas.

Pïa sintió cómo un escalofrío recorría su espalda. Lentamente alzó su mano, tocando la venda ensangrentada, y comenzó a destaparla. Su tía le regalaba una mirada entre emocionada y nostálgica. Al descubrir totalmente su extremidad, vio en el centro de esta una costra formada por sangre y hierbas. Sin esperar, se levantó y fue hasta el aguamanil, un jarrón con un asa grande y azul, vertió un poco de agua y comenzó a lavarse la mano. Pïa sentía un dolor tremendo al frotar y quitar las capas de costras de sangre; fue entonces cuando palpó una pieza dura y rugosa al tacto. Notó que tenía una capa sobre otra; parecía como si fuese piel de serpiente; parecían unas escamas.

—¿Es esto lo que creo que es? ¡Explícame qué está pasando de una maldita vez! —exigió entre lágrimas Pïa.

—¿Recuerdas todo lo que te he contado de la Rebelión Roja y la guerra?

—¡Claro! La historia de Melinda y los Lagesa. ¿Pero qué tiene que ver todo eso conmigo?

—Pïa, te he criado estos últimos años como mi sobrina, pero la verdad es que yo nunca tuve hermanos.

—¿Qué? —preguntó, aterrada.

—Déjame terminar, y luego preguntarás todo lo que quieras. Esta es tu historia, la historia del sacrificio que hicieron tus padres para mantenerte con vida. Hace muchos años, todas las razas mágicas del reino vivían totalmente en paz tras el pacto de armonía. Hasta alrededor del año 183, los cinco reinos de Nâgar convivían con normalidad, en la época conocida como la Centuria Dorada. Los humanos con talento mágico y los no mágicos vivían en Cyêna, un reino próspero bajo el mandato del rey Amadeus Bór. Los elfos, tras el pacto de paz, habían establecido el reino de Erû. Los enanos, en la cordillera de montañas llamada Nievenegra, establecieron el reino de Nômy, el cual separaba a Cyêna y Erû de los otros tres reinos. Los archais vivían en las tierras áridas e impenetrables del Estado de Sîgurd. Las drifas, en el reino indomable de Êger. Los cuatro reinos y Estado habían firmado en el año 100 un acuerdo de paz en la isla de Co-Shen, situada al este de Nâgar. Allí comenzó la Centuria Dorada; desde ese día los reinos habían vivido en armonía a través de los años.

—Insisto, ¿qué tiene que ver esto conmigo? —interrumpió Pïa.

—Eres impaciente como tu madre —le dijo Ruth de manera incisiva.

En ese momento, Pïa comprendió que debía callar y escuchar la historia. Ruth reanudó su relato:

—Hace muchos años, los cielos de Nâgar estaban llenos de dragones con sus hatras. Cada elegido o jinete tenía en su mano un kalï, una pequeña escama que se le adhería cuando tocaba el huevo al que estaba destinado, tras una invocación hecha por un hari. Pero no de uno cualquiera, sino una invocación hecha por un Lagesa, la casa que desde tiempos inmemorables ha tenido el don de mirar en el huevo quién sería su elegido o hatra.

Muchas de aquellas palabras eran totalmente nuevas para Pïa, ya que había tenido poco contacto con el mundo exterior y la información que Ruth le había dado durante su crianza fue la justa y necesaria para no levantar curiosidad en ella, lo que generó el efecto contrario. La prohibición de magia y promulgación de viejas enseñanzas también mantuvo a Pïa en la ignorancia de algunas razas del reino; de sus orígenes, costumbres y particularidades.

Ruth continuó con el libro en las manos mientras seguía desvelando información a la mente de Pïa:

—No cualquiera podía hacerse con un dragón. Los haris eran la raza protectora de los dragones; eran una raza humanoide, no mágica, pero conectada ancestralmente a estas criaturas. Provienen de la misma isla donde se originaron los dragones, Arröyoïgneo, y tienen particularidades físicas que los caracterizan: piel morena, cabello castaño. Pero su rasgo más distintivo son sus ojos color dorado; se dice que adoptaron el color del fuego de su isla.

Pïa se quedó un momento ausente tocando, temblorosamente, su cara; mientras tanto, la que había creído todo este tiempo su tía proseguía su relato:

—La casa Lagesa era conocida por la pureza de su sangre. Desde el origen de los dragones y los haris, el primogénito de los Lagesa siempre ha tenido la facultad de tocar el huevo recién puesto de una dragona y poder mirar en su mente quién será el futuro elegido o hatra de ese huevo; de ahí su labor de entregar los huevos.

»Durante toda la historia del mundo, los haris fueron la raza que siempre estuvo destinada a un dragón; casi no había haris sin dragones, a diferencia de las otras razas, entre las cuales pocos solían ser tan afortunados de estar destinados a semejante criatura. Fue allí donde nació el dominio y el sentimiento de grandeza, mayormente infundido en aquel entonces por la princesa Bëth, de la casa Lagesa. Algunos haris compartieron la idea de Bëth de que, al ser ellos los protectores de los dragones y los encargados de entregar los huevos, debían ser los únicos dueños de aquellos. Precisamente ese fue el punto de inicio la guerra, cuando ya no se sentían los compañeros o elegidos. Allí fue cuando empezó la sed de Bëth, y cuando comenzó a considerarse la dueña de estas criaturas, nacidas de la magia misma.

»En búsqueda del control de los dragones y el aislamiento de otras razas, Bëth y su padre, el rey Mündir, empezaron a consultar a conjuradores oscuros de otras tierras. Se dice que los Lagesa realizaron pactos y sortilegios imperdonables de sangre, hasta el punto de controlar la natalidad de los dragones, haciendo que nacieran muy pocos, y que los que lo hicieran fueran machos. Lo que no sabía era que estos hechizos oscuros en criaturas tan sagradas solo lograrían su práctica extinción.

—Pero, aunque solo hubiese dragones machos, por lo que me has enseñado, pueden vivir muchas centurias. ¿Cómo es que la opresora y su padre no pensaron en dejar hembras y evitar que se extinguieran? —preguntó Pïa.

—No, querida mía; Bëth tenía todo muy pensado. Solo dejó una hembra, la de su hermano Mathïas, para que procreara esporádicamente con los pocos dragones de los haris que quedaban. Así nacerían más haris bajo la nueva doctrina de superioridad de ella y su padre. Bëth quería el control total del reino y algún motivo por el cual sentirse especial; en el fondo sigo sintiendo que sus planes eran ser la última y única hari que tuviese el reino. Efectivamente, sería acabar con su clase y con los dragones; pero también sería tener la gloria de ser la única con el poder sobre estas ancestrales criaturas. La mente de Bëth es muy retorcida.

Ruth continuó explicando:

—Con la Rebelión Roja, a pocos años de terminar la Centuria Dorada, la guerra se tornó aún peor, haris contra haris en su isla, entre el bando de los que estaban de acuerdo y los que no; desafortunadamente, el número de haris sensatos era menor. Tras muchas muertes, el tiempo pasó, y pronto la guerra llegó a las otras razas, que se rebelaron en contra de la princesa Bëth y sus ideas extremistas.

—Ruth, ¿por qué el rey de los haris no hizo nada? —preguntó Pïa, llena de curiosidad.

—El rey Mündir dejó que su hija consumiera su voluntad con sus engaños y palabras, pero con el tiempo comenzó a abrir los ojos ante la demencial situación y el peligro de extinción que se avecinaba. Con el tiempo, la mayoría de los pocos haris que quedaban comenzaron a ponerse de parte de su hija, quien se había establecido en nuevos territorios fuera de Arröyoïgneo, en la isla de Co-Shen y en parte del este de Cyêna, mientras que el rey permanecía en Arröyoïgneo con los pocos hatras que estaban en contra de Bëth. El amor del rey Mündir por sus hijos era mucho más grande que la guerra que vivían todos, sobre todo por Bëth, que era la imagen de su difunta esposa, a la que amó sin límites. Tras tantas muertes y ver lo débil que quedaba su raza, Bëth y su padre se reunieron una vez más en Arröyoïgneo; él le suplicó que parara, ofreciéndole su abdicación y su eminente ascensión al trono, siempre y cuando frenara el rastro de muerte que había ocasionado. El sacrificio de su padre logró abrirle los ojos a Bëth y esta aceptó el mal que había desatado entre su gente con arrepentimiento.

—¿Qué paso después? —preguntó Pïa, interesándose más.

—Al ver el punto al que se estaba llegando, y buscando una solución para que el continente estuviera en armonía otra vez y Bëth no fuese juzgada, el rey de la casa Lagesa, Mündir, pidió un armisticio en la Torre de Carode, en el que solicitó y se pactó que se cumplieran las reglas del primer Crisol de Razas que tuvo lugar en Co-Shen. Se requería que, al igual que en el año 100, a Carode solo asistieran los herederos al trono de cada casa y el mandatario de más rango del Estado, como un pacto de confianza y en pro de un nuevo futuro. El rey acompañaría a su hija Bëth y a los otros herederos a firmar el pacto de armonía una vez más, prometiendo la restauración de la antigua tradición sobre la entrega de los huevos de dragón. Esto sucedería tras el arrepentimiento de su hija por las muertes de los haris y dragones que se habían causado, como también por las guerras internas en el continente.

»Por los haris fue el rey Mündir Lagesa con la heredera del trono, Bëth Lagesa; por los elfos fue la princesa Bihana; por los enanos el príncipe Nanos; por las drifas la princesa Kea; y por los archais fue el supremo sabio Ferlu. Cabe destacar que los archais son gobernados por un consejo de ancianos sabios, de manera que Sîgurd es un Estado libre bajo la vigilancia de la casa real. Por los cyênitas, en lugar de ir el heredero al trono, decidió acudir el rey mismo, Amadeus Bór.

»Aquella noche fue conocida como El Rayo en la Torre, por la caída sobre la misma del dragón del rey Mündir cuando este fue asesinado. Fue el episodio más oscuro y triste de nuestra historia; una masacre total. Se dice que, después de una gran discusión y la exigencia de las otras razas pidiendo la ejecución de la princesa Bëth tras todos los actos de odio y muerte cometidos, hubo una rotunda negación del rey Mündir, lo que causó una rebelión por parte de la casa Bór con apoyo de los herederos de las otras razas, desatando una batalla sangrienta dentro de la torre. Como resultado de aquella contienda mágica quedó solo la muerte de todos los herederos.

»Bëth logró escapar, aunque malherida, en su dragón, que fue al rescate. Cuando los pocos haris que quedaban se enteraron del asesinato del rey Mündir por la confabulación de las otras casas, y tras salir a la luz un acuerdo al que habían llegado con los magos de la Torre de Carode para el apresamiento y ejecución de Bëth, estos se dirigieron hacia allí y quemaron la torre hasta sus cimientos con los dragones, incinerando a todos los magos estudiantes dentro y asesinando a los supervivientes en el bosque Rosagrís.

»Muy pocos magos sobrevivieron aquella noche, por no decir que casi ninguno, y también se redujo el número de haris y dragones aún más. Entre los supervivientes estaba yo, Ruth Hellen, que en ese momento ejercía como directora de la torre. Debido a lo acontecido en ella, Bëth culpó a los magos y brujas de conspiración, dando como resultado su ejecución y la batalla entre ellos y los haris.

Tras una larga pausa con la mirada perdida en la oscuridad allende la ventana, Ruth prosiguió su relato:

—Después de la muerte del rey Mündir, por desgracia, Bëth subió al trono de los haris, mientras que las demás casas, aunque con rey o reina, se quedaban sin heredero. Por otro lado, en Cyêna, con la muerte del rey Amadeus Bór, el acenso del heredero del trono era inminente también. Aquella situación colocaba a Bëth en desventaja absoluta: tenía que deshacerse del heredero de la casa Bór, dejando a Cyêna sin heredero ni protector del continente. Con esto podría tener el control directo y total de Nâgar, reclamando el reino como gesto de paz ante lo sucedido. Indiscutiblemente, el resto de los reinos se opusieron a ello.

»Tras planear detalladamente la muerte del heredero de la casa Bór, encomendó la tarea a su hermano menor, Mathïas. Era medio hermano de Bëth; y no tuvo otra opción que obedecer a su hermana mayor en pro de ganar el favor de la misma, ya que la relación entre él y sus hermanos no había sido la idónea, considerando su origen. Trágicamente para Mathïas, la vida lo colocó en una disyuntiva existencial: lo puso enfrente del amor, sucumbiendo bajo los encantos de su objetivo, ya que la heredera al trono era la mismísima Melinda, la hija del rey Amadeus, una mestiza, que aparte de su enorme potencial mágico poseía una belleza única. La palidez de su tez y sus danzantes cabellos plateados hicieron a Mathïas rendirse ante ella, lo cual hizo imposible su tarea de asesinarla.

»Fue una historia trágica, de persecuciones y sangre, que empeoró cuando Melinda llevó en su vientre al hijo de Mathïas. Bëth, colérica, arrasó cada rincón del reino en busca de Melinda y el heredero, que ahora tendría el poder de las dos casas. Tras aquello, Bëth también prohibió cualquier tipo de emparejamiento a los haris que habían quedado en el reino.

»Aún recuerdo aquella noche, la noche en que tu madre te dejó en mis brazos y tus padres dieron la vida por ti. Le hice la promesa a tu madre, Melinda, de protegerte y entregarte la herencia mágica que tienes, y aquí estás. Hoy te has convertido en una bruja y una hari al mismo tiempo: una mestiza con un enorme destino.

Pïa
La rebelión y la amistad

Pïa estaba sentada en el escalón que daba entrada a la casa, con la mirada perdida en las estrellas. Tenía la cabeza entre las rodillas y su rojo cabello caía sobre sus piernas. No hacía más que pensar en cómo su vida había cambiado en un segundo. En su mente todo daba vueltas, todo había cambiado, todo era nuevo, todo era confuso.

Siempre creyó que sus padres fueron magos de bajo rango que habían muerto durante la rebelión, y ahora la historia resultaba no tan diferente de lo que se le había contado, pero mucho más increíble: su madre había sido una de las más grandes brujas del reino. Y no solo eso, fue la heredera por derecho del trono, eso la convertía a ella en… Solo pensar en la idea le provocaba mucho dolor y pena; quería salir corriendo, quería su vida normal de vuelta, la de una chica de una pequeña aldea agrícola con talento para la magia. Por otro lado, estaba su padre, un hari, un miembro de la raza culpable del terrible mal que asoló Nâgar; y peor aún, de la casa Lagesa, la casa que provocó todo aquello.

Ruth salió de la cabaña en silencio y se sentó al lado de Pïa.

Colocó su cabeza junto a la de la joven, dejando que su cabello marrón se mezclara con el rebelde pelo de aquella.

—Sé cuán difícil es todo esto para ti. Tu madre me pidió que no te lo ocultara, pero no fui capaz; no podía exponerte a crecer con tantos miedos, inseguridades y, sobre todo, odio — dijo Ruth.

—Entiendo lo que ha sido esto para ti. No hace falta que te expliques; pero ¿qué debo hacer ahora? Ya que sé la verdad, ¿qué hago con ella? Me dijiste que teníamos que partir. ¿A dónde?

Ruth levantó la cabeza y se acomodó mirando el cielo con sus ojos avellanados.

—Pïa, debemos marcharnos, ya no estamos seguras aquí. Una vez Razana te unió al kalï y yo culminé la transmutación con la invocación que me enseñó tu padre, estoy segura de que Bëth sintió la conexión, ya que todos los haris tienen la facultad de sentir tanto la transmutación del kalï como la eclosión del huevo.

—Ruth, ¿pero no se supone que solo puede hacer la invocación un Lagesa?

—Hay mucho que al parecer desconocemos y sobre lo que se nos ha mentido; tu padre no logró darme más detalles. El tiempo fue muy breve.

Ruth acercó un objeto que había traído y dejado en el suelo tras ellas. Se trataba de aquel libro de piel marrón. Lo abrió, esta vez por una página con imágenes de dragones y humanos de cabelleras castañas y ojos dorados. Le empezó a explicar el complicado ritual y transmutación de los kalïs y hatras. El libro contaba que los haris eran una raza humana, y que venían de una isla volcánica llamada Arröyoïgneo, que estaba al norte del continente. Se decía que eran descendientes de los mismos dragones y que convivían con ellos en la isla, siendo sus jinetes. Las dragonas, en cada puesta que hacían en la espiral de fuego, en Arröyoïgneo, tenían huevos de todos los colores, pero siempre se caracterizaban porque en su cáscara había una escama diferente, el kalï. Cuando el dragón de un hari se acercaba al momento de la puesta, siempre se dirigía a la espiral de fuego, y allí anidaba para tenerlos; el heredero mayor de la casa Lagesa era convocado para tocar el huevo y tener la visión de los destinados a ser jinetes de esos futuros dragones, los futuros hatras. De allí su misión de llevar al jinete ante el huevo, para que pudiese tocarlo y hacer la conexión con el kalï y el miembro de la casa Lagesa mediante la invocación. Luego, ya solo les quedaba esperar a que naciera el pequeño polluelo y compartir la vida con el dragón o dragona, como su gran hatra.

La Rebelión Roja fue el inicio de la primera guerra dracónica: los Lagesa dejaron de llevar los huevos ante los nuevos jinetes que no fuesen de su raza, ya que decían que no eran dignos, que no tenían la sangre ni herencia en sus venas. Todas estas ideas comenzaron a volverse como un virus que provenía de la perversa cabeza de Bëth y su padre. Un grupo de jinetes sucumbió ante la idea descabellada de la princesa y se le unieron en esa locura. Comenzaron a pactar y a hacer hechizos oscuros para que solo nacieran dragones machos. La idea de Bëth era dejar únicamente una dragona, que serviría de matriarca para los próximos haris que nacieran bajo los dominios y el reinado de Mündir y su hija.

Volviendo la página, estaba la pintura de una dragona blanca increíblemente bella. Su nombre era Barï, la dragona del jinete Mathïas Lagesa.

—Cuando la idea de Bëth se puso en marcha, la mayoría de los jinetes y dragones extranjeros comenzaron a rebelarse contra lo que se estaba haciendo, teniendo lugar una batalla sangrienta y con ella la casi aniquilación de dos de las razas mágicas más importantes de esa era: los haris y los propios dragones. Lamentable o afortunadamente, los dragones son criaturas extremadamente fieles, por lo que, aunque no estuviesen de acuerdo, muchos tuvieron que obedecer a sus jinetes corrompiéndose debido al vínculo que existía entre ellos. Se dice que tras aquellas batallas y el paso de los años solo quedan cinco dragones en el mundo y cuatro haris. Aunque ese número ha cambiado. Pïa, desde hoy eres una hari, y allí fuera hay un huevo de dragón esperándote —dijo Ruth.

Como si Pïa no tuviese suficiente confusión con todo lo que le había contado, ahora tenía más información que asimilar. Esto la superaba, sentía que la cabeza le iba a estallar y se le formó un nudo en la garganta que no la dejaba tragar saliva. Y con esas sensaciones se levantó emprendiendo una carrera frenética hacia el interior del bosque.

Ruth no hizo nada por detenerla; la pobre chica necesitaba tiempo a solas, tiempo para asimilar todo lo que estaba pasando, tiempo para entender su nueva vida. Detrás de Ruth aparecieron las figuras de dos mujeres, una que aparentaba la edad de Ruth y otra la de Pïa. La mayor le hizo un gesto a la más joven con la cabeza para que siguiera a la chica.

Pïa corría tan rápido como podía, su mente daba tantas vueltas que no lograba poner sus sentimientos en orden. Había recorrido una gran distancia, perdiendo el sentido del tiempo, hasta que de repente percibió que alguien estaba detrás de ella. Poniéndose en guardia y levantando un escudo mágico, se dio la vuelta. Había una persona sobre uno de los árboles, agachada en una rama, mirándola. De un salto aquella persona cayó al suelo de pie, y Pïa pudo ver su rostro. Era una chica alta, con una estilizada silueta, cabello castaño claro y rasgos bastantes llamativos. Sus facciones eran muy cercanas a las de un felino; sus ojos, marrones, formaban líneas de tal manera que parecía estar dispuesta a realizar un ataque en cualquier momento.

—¿Sig? —le preguntó.

Se trataba de su amiga, Sig. Pïa y ella habían crecido juntas en Agra'ad. Sig llegó un poco después que Pïa a la aldea; lo hizo con su madre, Iana, al igual que el resto, huyendo de la guerra. Iana era una guerrera muy bien adiestrada con conocimientos avanzados de armas y batalla, y compartía aquellos suaves rasgos atigrados de Sig. Su cabello era de un negro azabache, sus ojos de un intenso color café y mostraba una piel blanca que la hacía muy atractiva.

Las dos niñas pasaban mucho tiempo juntas. Ruth dejaba ir a Pïa desde pequeña con Sig e Iana de excursión a las montañas, donde esta última las entrenaba ferozmente. Su hija había adquirido grandes habilidades con el arco, mientras que Pïa las desarrolló con la vara y la espada. Sig era muy rápida, tenía facilidad para escalar y nadar; pero no tenía ningún talento mágico, a diferencia de Pïa. Talentos de los que Iana le prohibía valerse en los entrenamientos: le decía que esa parte debía practicarla con Ruth.

—¿Qué haces aquí sola, Pïa? —le dijo Sig mientras se levantaba, sacudía el polvo de sus botas de cuero y se arreglaba la camisa negra de lino.

—No quiero ver a nadie, quiero estar sola.

—Explícame qué está pasando.

—¡QUIERO ESTAR SOLA!

Sin querer, y debido a la explosión de ira, su escudo mágico se expandió y golpeó a Sig, haciéndola volar por los aires; pero, gracias a sus habilidades, cayó de pie, por lo que apenas levantó un poco de polvo tras frenar su caída.

Un sentimiento de culpabilidad y vergüenza embargó a Pïa. Se acercó a su amiga pidiéndole perdón y ofreciéndole una mano para que se incorporara. Ambas chicas caminaron un poco a través del bosque en dirección a uno de los afluentes del río Negro. La amistad de años entre ellas hizo sentir a Pïa que debía contarle todo a Sig, ya que tenía una gran confianza en ella, y sobre todo porque sentía que lo que le estaba sucediendo la ahogaba. Tras una larga caminata, le fue narrando poco a poco los detalles de lo ocurrido en las últimas horas. Para su asombro, Sig no parecía sorprendida, cosa que en cierto modo le comenzó a causar una sensación de enfado.

—Pïa, tienes que calmarte y entender por qué Ruth te ocultó todo esto hasta ahora; debes entender que te estuvo protegiendo. ¿Crees que tu infancia hubiese sido la misma? ¿Crees que hubieses crecido de manera tranquila, sin ningún temor o sentimiento de paranoia? Habrías vivido en un constante deseo de venganza y, sobre todo, de ira; no hubieses sido la Pïa que eres ahora, ese ser maravilloso lleno de bondad y con la gran voluntad de ayudar a otros.

Sig tenía toda la razón, y ahora Pïa se sentía avergonzada y tonta por su reacción. Después de una larga conversación, se sintió mucho mejor. Ambas chicas decidieron deshacer el camino y regresar a casa. Pïa solo quería volver para ofrecer una disculpa y dar las gracias a Ruth por todo lo que había hecho por ella.

El camino en el bosque hacia el pueblo era hermoso, solo se oía el fluir del río y algún que otro animal del bosque. En su trayecto pudieron divisar unos kasvaas. Los kasvaas eran pequeños seres del bosque, de unos treinta centímetros de alto y color gris con rayas de neón azul, que emitían un atractivo brillo en la oscuridad. Sus ojos ocupaban la mayor parte de su cara. Se decía que los kasvaas salían de noche para ayudar a la madre naturaleza a realizar su trabajo, eran seres protectores e inofensivos.

Pïa se acercó a uno de ellos, que la miraba atentamente con sus enormes ojos. Ella sonrió y le acarició la cabeza. De no ser por la espesa masa de pelo gris que lo cubría y los grandes ojos azules que ocupaban toda su cara, hubiese parecido que se sonrojaba. Tras la caricia, el kasvaa cerró los ojos e instintivamente tomó la mano de Pïa y la abrazó. Ella pudo sentir una energía cálida y pura que provenía de la pequeña criatura, por lo que la levantó con sus dos manos y le dio un beso en una de sus orejas. El kasvaa, avergonzado, saltó y se escondió entre los arbustos.

Tras bajar la pendiente que llevaba al claro donde estaba su hogar, las dos jóvenes vieron en la puerta de la casa a Ruth e Iana con cuatro grandes alforjas a sus lados. Al verlas prácticamente preparadas para un viaje vistiendo ahora una indumentaria ligera, ambas chicas se dieron prisa en una carrera, precipitándose hasta el cobertizo de la casa.

—¿Qué significa esto? —preguntó Pïa.

—Nos vamos a Gîda, la capital de Êger, con las drifas; tenemos que protegerte —respondió la madre de Sig.

Iana era una mujer muy atractiva, podría decirse que de la misma edad que Ruth, ya que era difícil saber cuántos años tenían solo por las apariencias. Su cuerpo mostraba una musculatura tensa y muy firme, estaba tan en forma que era lo que más dificultaba calcular su edad.

—¿Es que todo el mundo sabía lo que estaba pasando menos yo? —reprochó Pïa.

—No seas desagradecida e inmadura. Cuando naciste, tu madre dio instrucciones precisas para tu cuidado. Antes de su muerte, Melinda mandó un águila del silencio a Kildi, la reina de las drifas, rogándole que te protegiera. Ningún guerrero en el reino se iguala a nuestra raza. No había mejor opción de un protector para ti que una drifa.

—¿Eres una drifa? —le preguntó Pïa muy sorprendida.

—Ruth, por favor —dijo Iana.

—*Da'raz* —murmuró la mujer, y de repente, las caras de Sig e Iana comenzaron a cambiar.

—Ahora mira mi cara y la de Sig, y la tuya y la de Ruth. ¿Ves alguna diferencia?

Pïa se detuvo a observar con más detalle esas diferencias. Las facciones de ambas se habían transformado en unos rasgos muchísimo más atigrados. Sus ojos ganaron un tamaño muy ovalado, y su nariz se alejó ligeramente de la forma humana mientras su boca ganaba ferocidad. Eran los rasgos indiscutibles de las drifas, y que tanto Iana como Ruth habían acordado ocultar para no llamar la atención. Ruth utilizó el mismo hechizo que con Pïa para ocultar sus ojos dorados. En el caso de las drifas el efecto no fue total.

—Entonces, ¿Sig también? —preguntó Pïa.

—Sig es una drifa, y con el tiempo será mucho más —le respondió Iana—. No tenemos tiempo que perder; que cada una coja una alforja, y seguidme. Nos iremos rumbo a la costa norte. ¡Tenemos que partir ya! —ordenó.

—Ruth, ¿y nuestras cosas? —preguntó Pïa.

—No te preocupes, pequeña, me he encargado de hechizar un cristal de carga. He cogido lo más valioso.

—Veo que aún guardas uno de esos endemoniados artefactos, no deberías estar utilizando, o lo que es peor, conservando uno de ellos —reprochó Iana.

—Tranquila, es el último que queda.

Cargando los grandes bultos a sus espaldas, las cuatro mujeres tomaron rumbo al bosque. El sentimiento de tristeza y melancolía de dejar el hogar donde pasaron quince años de su vida ahogaba a Pïa.

—Ruth, es hora —le dijo Iana.

Con las manos al aire y un gran brillo proveniente de su anillo, Ruth convocó un hechizo:

—*¡Agüna ignis!*

Con sus palabras creó un torbellino de fuego que envolvió la casa, quemándola hasta la raíz.

—No podemos dejar rastros. Bëth ya es consciente de tu existencia y la unión al kalï que has hecho hoy, de modo que comenzará tu búsqueda sin tregua —dijo Ruth.

El sentimiento que tenía Pïa también invadió el corazón de Ruth, dedicándole una última mirada a la casa, que se envolvía en llamas y comenzaba a perder su forma.

—Sé que no es fácil por lo que estás pasando, Pïa; pero te necesitamos ahora más que nunca. Es momento de dejar atrás tu antiguo ser, es hora de asumir que ya eres Pïa Lagesa Bór y, sobre todo, de usar el entrenamiento que Ruth y yo te hemos dado. Lo que está por venir no será nada fácil, pero ha llegado el momento de que el continente despierte. Tendrás a mucha gente de tu lado, y a otra en tu contra. Debes ir ahora con cautela y desconfianza por todo el mundo. Tu cabeza tiene precio desde hoy —le dijo Iana.

Aquellas palabras resonaron en la mente de Pïa. Sabía qué tenía que hacer, y en lo más profundo de su ser comenzaba a abrazar su nuevo destino.

Sin más, las figuras de las cuatro mujeres se perdieron en la espesura del bosque Kôr.

Bëth
La ira. Año 205 d.P.

El encuentro de Bëth con Melinda en la Torre de Carode, donde la primera buscaba la muerte de la segunda y la de su hija bastarda con Mathïas, había dejado como resultado el fallecimiento de sus hermanos en la lucha y su cometido a medio finalizar. Tras aquella batalla, mitad victoria y mitad fracaso, Bëth volvió al castillo de Cyêna, en la capital del reino, Vallêgrande. Había tomado la fortificación después de la muerte del rey Amadeus en la Torre de Carode y la desaparición de la heredera del trono de Cyêna, Melinda.

Bëth regresaba colérica, montando sobre la silla de su dragón, Makü, un macho negro de tamaño adulto. Tenía alrededor de veintisiete años y había salido de su huevo ante Bëth, cuando ella solo tenía diez. Su forma adulta le daba el tamaño suficiente para proyectar su sombra sobre el castillo entero sobrevolándolo por el aire. Makü tenía en su gran cabeza cuatro cuernos grises hacia atrás, y en la frente algunos más, de un tamaño menor y del mismo color. Su cuerpo entero lucía unas grandes y gruesas escamas negras, mientras que su cola estaba repleta de letales púas. Era temido y sobre él versaban muchas leyendas oscuras, como la del asesinato de su dragona gemela, Barï, y de los cientos de dragones y jinetes que cayeron en la Rebelión Roja.

Makü planeó sobre el castillo blanco de Vallêgrande, un castillo con una espléndida forma circular, que contaba con un gran foso en medio del mismo. La imagen del dragón negro batiendo sus alas hasta aterrizar dentro de aquel foso era un espectáculo digno de ver. Bëth bajó de su silla y descendió por una de las alas de Makü hasta tocar tierra. El foso contaba con dos plantas, cada una de las cuales poseía arcos que fueron sellados tras la toma del castillo. Solo un arco permanecía abierto: el de la alcoba de Bëth.

Al llegar al foso, Bëth pudo ver los grandes cadáveres de dos de los dragones de sus hermanos: Anü, el dragón rojo de Bröm, y Cuïva, el dragón azul de Bïonda. El dragón marrón de su hermano Tärva, Banïva, no estaba, ya que este había sido asesinado en una de las tantas batallas de la Rebelión Roja; como también Barï, la dragona de Mathïas. Bëth le ordenó a Makü quemar los cadáveres de aquellas criaturas.

El gran pecho negro de Makü se encendió, tornándose de un color ardiente y, con una gran llamarada arrojada por sus fauces, el dragón dio fin a aquellos cuerpos inertes con tanta potencia que los dejó reducidos a cenizas en una enorme hoguera.

El castillo quedó impregnado del olor que desprendía la carne chamuscada de los dragones incinerados. Bëth bajó hasta su alcoba llena de ira al recordar cómo cayeron sus hermanos y su hermana, pero sobre todo por no haber podido acabar con la hija de su hermano Mathïas. Esa misma noche, envió cuervos a varios cuarteles dartáanos.

Se decía que los miembros de esta raza eran familiares oscuros de los elfos. Entre ellos no había comparación física. Las pieles de los dartáas eran de una tonalidad gris oscura y estaban marcadas con símbolos y runas. Tenían ojos color violeta, y sobre su cabeza sobresalían cuernos muy finos y alargados, como si hubiesen sido aplastados en sus cráneos hacia atrás; en el caso de las mujeres, sus cuernos crecían hacia arriba, entrelazándose sobre sus cabezas, como simulando unas diademas. La mayoría de los dartáas antiguos tenían el cabello plateado, de ahí la comparación con los elfos. Parece ser que, a diferencia de estos, entre los cuales era extraño que naciera uno de cabello oscuro, en los dartáas era todo lo opuesto: era raro ver nacer uno de cabello plateado.

La puerta de la alcoba de Bëth se abrió de manera brusca, y entre jadeos y nervios entró un hari alto, de piel morena, cabello castaño y barba del mismo tono que su pelo, y unos ojos de un dorado intenso oscuro. A simple vista, el hari que se presentó ante Bëth tenía rasgos muy atractivos, aumentados por el fulgor con que brillaba su plateada y sencilla armadura.

—Dashnör, ¿qué maneras son esas de entrar en mi alcoba? —le gritó Bëth con ira.

Dashnör había sido uno de los jinetes más fieles a la causa de Bëth tras el asesinato del rey por los traidores. La ciega devoción de Dashnör por Bëth comenzó cuando ella infundió en la clase baja de los haris las tentadoras ideas de superioridad, aprovechándose de los menos favorecidos de su raza, para manipularlos en pro de sus ansias de poder. El asesinato del rey Mündir fue el detonante para afianzar su fe en ella.

Dashnör, la reina y otra jinete eran ya los únicos haris con dragones que quedaban en el mundo. El dragón esmeralda de Dashnör, Yukpä, era uno de los que, junto al de la reina, cargaba con más sangre mágica en sus garras, ya que hatra y montura habían liderado la guerra de Bëth para así ganar su favor.

Yukpä era un ejemplar verde de buen tamaño; aunque contaba solo con dos años menos que Makü, ni siquiera así igualaba su tamaño. Sus escamas eran redondas y tenía un color verdoso mucho más claro en la parte baja de su cuerpo, mientras que en la parte superior era de un verde vivo. Por detrás de su cabeza aparecía un juego de cuatro cuernos revestidos por una membrana verde. Tenía pequeños y feroces ojos dorados, y delante, en medio del pliegue de sus alas, unas espuelas perfectas para el agarre, como el resto de dragones.

—Mi señora, ¿es cierto lo de sus hermanos? ¿Está herida?

¡Maldita Melinda Bór! Su hermano Mathïas era una vergüenza para nuestra raza y la casa real; merecía la muerte que tuvo.

—No estoy con ánimos, ni mucho menos tengo ganas, para esto, Dashnör. No logré acabar con la hija de Melinda. Debemos encontrarla, no hay tiempo que perder.

Bëth pronunciaba cada palabra llena de odio, sus ojos dorados escrudiñaban la oscuridad en busca de la niña. Le dio un golpe seco a la pared junto a su ventana.

—Avisa a Üldine para que salga con su dragón, Uruäk, y organice a los dartáas. Que encuentren a esa bastarda y arrasen todo a su paso.

—A sus órdenes. Esa niña no crecerá para ver nacer a su dragón. Ni ella ni nadie tomará lo que es nuestro. Puede darlo por hecho, mi señora; nos encargaremos de ella, cueste lo que cueste —le dijo Dashnör respetuosamente.

Dashnör bajó de inmediato en busca de Üldine por el castillo. La encontró en el foso, mirando cómo ardían los dragones de los Lagesa. Üldine representaba físicamente a una hari nativa, poseía ese tipo de belleza exótica. Su piel conservaba aquel moreno intenso; de cabello liso y castaño, con un flequillo a la altura de sus cejas, como lo conservaban las mujeres haris de su isla. Tenía los indiscutibles ojos dorados llameantes que marcaban su raza. La mujer estaba revestida con una delgada armadura metálica color escarlata con detalles hechos de hueso.

—Üldine, debemos partir ahora mismo en busca de la hija de Melinda y Mathïas. Nos lo ha ordenado la reina. Convoca a los dartáas; deben dar soporte terrestre.

—Entonces las leyes de la reina van en serio respecto a la procreación de los haris. Teniendo en cuenta la muerte de los otros haris que quedaban, los hermanos Lagesa, nos queda claro dónde quiere nuestra reina que muera nuestra clase.

—¡Üldine! Cuidado con lo que dices. Llama a tu dragón. Yukpä ya viene, tenemos que salir.

—No te preocupes, Uruäk ya está aquí.

Del cielo caía en picado hacia el foso un dragón marrón de tamaño regular, un poco más pequeño que Yukpä, el dragón de Dashnör, aunque tenían la misma edad. Üldine tomó una máscara hecha con la calavera de un dragón bebé y cubrió su hermosa cara, dejando sus dorados ojos brillar tras ella.

Aquella noche dio comienzo la sangrienta búsqueda de la hija de Melinda y Mathïas en la parte sur del reino. En el cielo se veía volar a los dragones de Dashnör y Üldine, arrasando aldeas bajo las llamas. Por tierra se daba inicio a la búsqueda por parte de los mercenarios y la guardia terrestre de Bëth; también tomaron parte en la misión los dartáas, quienes buscaron en los pueblos aún no tomados por ellos y por las faldas de la montaña de Nievenegra.

Bëth había entregado a los dartáas las tierras de Erû a cambio de su apoyo en contra de los elfos. Había una parte de la población dartáana, que vivió en la isla de Puertocondenado, que consideraban las tierras de Erû como suyas y no de los elfos, como proclamaban estos. El conflicto entre ambas razas se debía a que tanto Puertocondenado como Puertosanto eran islas que, según contaban las canciones antiguas, habían sido parte del reino de Erû antes de ser separadas por voluntad del dios Ilan. Las guerras por las tierras de Erû fueron unas de las tantas que ocurrieron antes de la Centuria Dorada y el acuerdo de Co-Shen; aunque tras este, los elfos salieron mejor parados, ya que los dartáas tuvieron que retroceder por completo, puesto que el resto de razas apoyó a los elfos. A pesar de la invasión dartáana y de que muchas de las

tierras de Erû eran ya pueblos suyos, el bosque Kôr y las montañas de Nievenegra estuvieron protegidas de la transgresión de esta
raza debido a la cantidad de magia élfica protectora que bordeaba
esta área del reino. Los dartáas habían colocado puntos estratégi-
cos para interceptar a cualquiera que trasportara un bebé con ellos.

La venganza. Año 220 d.P.

Aquella mañana se cumplían quince años de la muerte de los hermanos Lagesa. Como cada año, el reino de Cyêna cambiaba los estandartes del escudo de armas de la familia real, el de los Lagesa, que contaba en su centro con un triángulo invertido, dentro de él la imagen de un volcán en llamas y, sobre este, cuatro estrellas. Los tenantes derecho e izquierdo del escudo eran dos dragones: uno negro a la derecha y uno blanco a la izquierda. Y en el timbre un sol saliente, con el lema *De pura et ordo.*

Ese día, dicho escudo era retirado y se llenaba el reino de estandartes rojos, con bordes tejidos de negro; en la parte inferior se podía ver la imagen de tres dragones grises cabizbajos, y sobre ellos un dragón negro con un cuervo en sus fauces. Era la representación de la victoria de Bëth sobre los magos y brujas, y lo que el pueblo conocía como La Noche de la Derrota.

Cada temporada, Bëth hacía enarbolar este emblema de manera especial como una amenaza a los pueblos, a manera de advertencia y ejemplo de lo que les pasaba a los traidores, y como recordatorio de que la reina sacrificaría lo que fuese por la victoria.

Tanto los jardines del castillo de Cyêna como el propio castillo, en la ciudad de Vallêgrande, eran conocidos como Rosafuego; les daban este nombre porque estaban rodeados por el bosque Rosagrís, el cual tenía como peculiaridad estar lleno de rosas grises. Se suponía que cada invierno las flores más cercanas al castillo se tornaban de los colores del fuego: amarillo, rojo y naranja; y en extrañas ocasiones florecían algunas con tonos azules. Había tanta magia en Vallêgrande, debido a la larga historia de brujas y magos que habían ocupado ese trono, que la edificación desprendía una energía mágica peculiar.

Desde la muerte de Melinda, las flores no volvieron a cambiar su color; quince años habían pasado manteniendo sus pétalos grises, como si guardaran luto tras su fallecimiento. Muchos intentos se realizaron, por orden de Bëth, de quemar y hasta arrancar de raíz las rosas; pero fue inútil, aquellas flores se resistían a su extinción y, simplemente, volvían a brotar.

Esa mañana, con los estandartes ya alzados y el sol calentando la ciudad, desde la alcoba de Bëth se oían murmullos, aplausos y júbilos, cosa que la irritó muchísimo. Creando una conexión mental, comenzó a buscar a su dragón Makü, sintiéndolo en las afueras del pueblo.

—*Milady*, es mejor que salga, las flores de Rosagrís han florecido — informó una sirvienta que entró bruscamente en la alcoba, encontrando a la reina tumbada en su gran cama tan solo cubierta por una bata transparente.

—¿Y qué se supone que tiene de extraño? Lo hacen todos los otoños e inviernos en su acostumbrado color marchito —le dijo Bëth con aburrimiento.

—Mi señora, han florecido de color azul, todas.

En un ataque de ira, Bëth saltó de la cama y se asomó al balcón contrario al foso, el que daba a los jardines, viendo los alrededores del castillo completamente azules. Los estandartes de las murallas habían sido arrancados por muchos de los aldeanos, que estaban lanzando trovas y aplausos a los dioses por la esperanza en el presagio de aquel día. Cuando Bëth se asomó al balcón, comenzaron a abuchearla y a lanzar blasfemias a la reina, gritando:

—¡Libertad!

Aquella demostración llenó a la reina de cólera, y bajo un arrebato de furia le gritó a su dragón:

—¡QUÉMALOS A TODOS! ¡MATA A ESTOS TRAIDO-
RES Y DESTRUYE ESAS MALDITAS FLORES!

Makü apareció en medio del cielo proyectando su enorme
sombra sobre el castillo. La estampa de aquel dragón perfilándose
contra el sol era digna de temer. Con su color azabache parecía
que se tragaba el día y lo convertía en noche; ni siquiera los rayos del astro lograban transparentar sus alas. Cuando los aldeanos
oyeron las palabras de la reina y vieron al dragón acercarse con
aquel temible vuelo, el pánico y la conmoción se apoderaron de
ellos. Entre gritos y desesperación echaron a correr en todas las
direcciones para huir del terrible castigo, pero ya era muy tarde.
Makü encendió su pecho y, abriendo sus fauces, dejó salir de ellas
una columna de fuego que arremetió contra la tierra, calcinando
todo a su paso.

La escena que resultó a continuación podría romperle el corazón a cualquiera y dejar temblando al enemigo. Los jardines que
estaban alrededor del castillo eran un mar de fuego, aún aparecían
algunos pobres desafortunados chillando; el aire se impregnó de
olor a carne chamuscada. En la linde del bosque se veían las caras
de mujeres y niños llorar y proferir gritos de horror al ver a sus
maridos y padres morir sin piedad bajo el fuego abrasador del
implacable dragón.

Con una mirada llena de júbilo y orgullo, Bëth gritó al pueblo:

—¡QUE SIRVA DE LECCIÓN A LOS TRAIDORES A LA
REINA! QUIEN SE OPONGA A MÍ, SABRÁ QUE SU DES-
TINO ES EL FUEGO Y EL ETERNO SUFRIMIENTO.

Y, dándoles la espalda, procedió a regresar a su cama. El fuego
que Makü había derramado sobre los aldeanos y los jardines comenzó a menguar como si de magia se tratase, y de golpe ya no
quedaba ni una llama a su alrededor; solo los huesos calcinados de
los pobres lugareños.

Un extraño silencio y exclamaciones de asombro, que había

sido lo último que Bëth imaginaba —pues ella esperaba todo lo contrario, llantos y más lágrimas—, la hicieron detenerse y girar sobre sus pies para encontrar la solemne escena de ver todas las rosas azules intactas, como si no hubiesen sido aniquiladas por ningún fuego. La vista era surrealista; aquellas rosas aparecían sin ningún rasguño: allí estaban, danzando al viento con sus colores azules intensos, pareciendo pequeñas llamas añiles desafiando a la opresora.

Bëth rugió y gritó, colérica:

—¡QUÉMALAS, MAKÜ, ES UNA ORDEN! ¡QUÉMALAS!

El dragón, sin perder tiempo, comenzó una vez más a escupir bolas de fuego en dirección a las flores, pero nada pasaba; era como si fueran simplemente transparentes. Los ataques de Makü colisionaban contra ellas sin hacer el menor daño, sin siquiera tocarlas.

Bëth ordenó a la sirvienta que tan pronto como Dashnör y Üldine regresaran de su patrulla los trajeran a su alcoba.

Varias horas después de que la reina le diera la orden, ya muy avanzada la tarde, la sirvienta apareció con ambos jinetes, haciéndolos entrar en la alcoba de Bëth, y tras ello cerró la puerta. Los soldados se encontraron con la mirada colérica de la reina sobre ellos.

—La hija de Melinda está viva. Me habéis traicionado, me habéis mentido, ¡no sois más que escoria!, ¡hatajo de traidores! Quiero la cabeza de la hija de Melinda y su dragón —Al pronunciar «su dragón», la cara de los dos haris se tornaron pálidas—, u os juro que acabaré con vosotros. No os atreváis a volver si fracasáis una vez más, porque colgaré vuestras cabezas en la entrada de mi castillo.

—O sea, ¿que Su Majestad sintió la conexión del kali? —preguntó Üldine.

—¡Claro que la sentí! La asquerosa bastarda de mi hermano tiene un dragón; esto es imperdonable. ¡Salid ya en su búsqueda, y retiraos antes de que recuerde lo que habéis hecho! —les gritó Bëth Dashnör y Üldine contestaron al unísono:

—Como ordene, *milady*.

Sabían que era mejor no tratar de buscar el perdón a través de excusas, ya que terminarían muy mal. Sin esperar más, salieron de estampida de la alcoba de Bëth a cumplir, esta vez de manera real, la orden que se les dio. Ambos se dirigieron al foso del castillo en busca de sus dragones, que ya estaban listos con sus sillas de montar para partir enseguida en busca de la hija de Melinda.

Mientras tanto, Bëth había cambiado aquella bata por un vestido color oro y rojo; su piel morena y sus ojos dorados deslumbraban. Bajó de inmediato a la sala del trono.

Pidió que buscaran a Amehló, uno de los dartáas que había sido general de sus tropas cuando se llevó a cabo la búsqueda de la hija de Mathïas y Melinda.

La reina estaba sentada en su trono de mármol, y frente a ella el dartáa al que convocó, con aspecto algo desagradable: tenía una nariz achatada, ojos pequeños y violetas, dientes amarillentos y abarrotados unos sobre otros. Sus cuernos eran más alargados de lo normal sobre su cabeza totalmente calva.

—Mi estimado Amehló, te preguntarás por qué te he convocado esta noche. Como recordarás, fuiste parte de la búsqueda de la hija de mi hermano bastardo, Mathïas —le dijo Bëth mientras lo miraba con ojos acechantes. Aquellas palabras tomaron por sorpresa al exgeneral, haciendo que su expresión se tornara temblorosa.

—Sí, mi señora, efectivamente —respondió.

—¿Sabes por qué Dashnör y Üldine han salido en sus dragones esta misma tarde? —le preguntó con tono cansado.

—No, majestad. —Amehló no levantó la mirada.

—Para buscar a la bastarda de Mathïas, a la cual ninguno de vosotros encontró y, desde luego, a quien no pertenecía la cabeza que trajisteis aquella noche. Me traicionasteis.

Amehló no tuvo ni siquiera tiempo para reaccionar y pergeñar una excusa en su cabeza. De repente, una línea de sangre se dibujó en la comisura de sus labios. Uno de los guardias del ejército de Bëth le había clavado una lanza por la espalda.

—Que os sirva de lección: a mí nadie me miente —se dirigió Bëth a los soldados en el salón del trono—. Ahora marchaos, y dad la misma lección a todos los dartáas que estuvieron aquella noche bajo las órdenes de Amehló, todos los que me traicionaron.

—Como ordene mi señora —dijo Rael, el capitán de la guardia terrestre, saliendo del salón del castillo.

Dashnör y Üldine se habían presentado quince años atrás en el castillo de Cyêna con un pequeño envoltorio que destilaba un líquido rojo y espeso. Le habían entregado a la reina «la cabeza de la hija de Melinda Bór». Debido a que tanto los haris como los dartáas habían fracasado en la búsqueda de la niña, Dashnör y Üldine hicieron un pacto secreto con el general dartáano, Amehló: le presentarían a la reina la cabeza de una bebé humana de cualquiera de las aldeas que habían arrasado, ya que había sido imposible encontrar algún rastro de la pequeña. Parecía que se la había tragado la tierra; y en vista del terrible castigo que hubiese supuesto llegar con la misión fallida ante Bëth, decidieron llevar a cabo el engaño. En sus cabezas no cabía la posibilidad de que aquella niña sobreviviera a la intensa búsqueda y a las adversidades de un viaje como el que representaba huir de Cyêna; y si en el peor de los casos sobrevivía, nunca llegaría a ser una amenaza. Tan solo era una niña.

Pero los asesinos no contaban con el plan trazado por Melinda antes de entregarse: esconderse en el mismo reino de Cyêna, sabiendo que sería buscada fuera de él; la ayuda que había pedido a otros reinos; y la misión encomendada a Ruth. Como tampoco habían previsto que Mathïas, antes de la muerte de su dragona en la Rebelión Roja, había enviado el único huevo que sobrevivió de la última nidada de Barï a uno de sus mejores aliados, para ser entregado a Pïa al crecer. El destino de Pïa estaba ya escrito.

Kildi
La protectora. Año 205 d.P.

Aquella mañana en Gîda, la capital del reino de Êger, como de costumbre, el cielo estaba nublado y lluvioso. El castillo de la ciudad se veía majestuoso, mimetizándose con las tierras y el bosque de alrededor, protegido por una inmensa muralla con torreones de defensa que lo bordeaba. Tras la entrada principal del castillo había una nave que conectaba con un patio central de armas, y en la parte posterior se encontraban los pabellones de entrenamiento para las guerreras drifas.

En el balcón de la torre más alta del castillo, que estaba cubierta por una cantidad de especies de enredaderas que luchaban entre sí abriéndose camino hasta los aposentos de la reina, se posó un águila del silencio. Lo hizo justo en la ventana de la drifa Kildi. El ave, con sus elegantes plumas de color rojo y su cabeza coronada con otras blancas y doradas que daban la apariencia de espigas, emitía graznidos buscando la atención de la drifa desnuda que se encontraba tumbada de lado sobre una cama de madera de fabricación rústica y sin ningún afán de grandeza. Kildi abrió los ojos repentinamente, como si hubiese oído a una persona hablarle al oído.

Como drifa, Kildi tenía la capacidad de entender a las aves y a casi cualquier especie que surcara el cielo. Se volvió sobre sí misma, y al ver al águila del silencio, originaria de la parte norte del reino de Êger, sabía quién la enviaba; solo había una persona que las utilizaba para tal fin.

—¡Melinda! —exclamó.

Kildi conocía aquella ave, a la que Melinda había rescatado del bosque del Silencio cuando la vio a los pies de un árbol, abandonada por su madre.

Kildi, una drifa alta, de cabello ligeramente rizado y castaño, con profundos y salvajes ojos marrones, se levantó de la cama cubriéndose con la sábana y corrió hacia la ventana, para descubrir que el ave tenía en una pata un pequeño cristal atado. Lo cogió y se dirigió hacia una cómoda que estaba cerca de la cama y que había sido tallada artesanalmente, con imágenes de enredaderas que entrelazaban a algunas aves. Sacó un pequeño cuchillo, y con él se pinchó y sacó una gota de sangre de su dedo que colocó sobre el cristal. Enseguida recibió en su mente un mensaje de Melinda, contándole que el momento había llegado: la habían encontrado, no tenía escapatoria, pero necesitaba salvar a su hija.

Desde muchos siglos atrás, las drifas y las brujas habían estado unidas por un lazo de hermandad, protección y camaradería. Se decía que por cada drifa nacida había una bruja para acompañarla. Este era el caso de Melinda y la difunta hija de Kildi, Kea; las dos tenían una unión única.

Aquel cristal de sangre le daba punto por punto todos los detalles de lo que tenía que hacer. Con lágrimas en los ojos, Kildi clavó el cuchillo en el cristal, rompiéndolo con ira e impotencia ante lo indetenible: la muerte de Melinda.

La reina se cambió y bajó hasta el salón del reino. Era una estancia oscura y un poco triste; no había sido lo mismo desde la muerte de la princesa Kea en la Torre de Carode. Las enredaderas entraban por las ventanas del palacio, pero estaban secas; no eran ni el recuerdo de aquellas paredes llenas de flores y hiedra verde que llenaban el salón del reino de fragancias primaverales y alegría.

Una drifa alta de cabello negro intenso y rizado, con ojos café y cuerpo de musculatura firme, se acercó al trono donde estaba sentada la reina Kildi.

—Iana, te he pedido que vinieras porque hay algo que necesito de ti —le dijo con una voz imponente—. Hoy comienzas un viaje a través del golfo Zarco hasta Erû.

—Majestad, ¿puedo saber a qué se debe esto? ¿Hay algo que he hecho incorrectamente?

Kildi se levantó de su trono y caminó hacia Iana, posando una mano en su barbilla con delicadeza y mirándola directamente a los ojos.

—No seas tonta, no hay nada que hagas mal. Por eso te encomiendo a ti esta misión. Cyêna ha caído completamente, pero no todo está perdido. Tiempo es lo que necesitamos; el futuro es nuestro mejor aliado. —Kildi no apartaba la mirada de un gran retrato de su hija en una de las paredes del salón—. Tu misión es proteger a la hija de Melinda Bór.

Tras esas palabras, Iana tragó saliva con dificultad, ya que no podía creer lo que le estaba contando: que la esperanza de Nâgar, la legítima reina Melinda, podría estar muerta, y el futuro del continente quedaba en manos de tan solo... ¡un bebé! Iana se quedó pasmada, sin emitir ninguna respuesta.

—Mi señora, ¿qué ha pasado con Melinda?

—Melinda me ha enviado un cristal de sangre. Bëth ha descubierto su paradero. De ninguna manera podríamos llegar a tiempo para ayudarla, ni ella lo tiene para escapar. Melinda ha dejado instrucciones claras a cada uno de lo que tenemos que hacer por su hija. Sé que es muy difícil asimilar lo que estoy diciendo, pero no tenemos manera de evitar esto.

La inmensa pena por la impotencia de no poder hacer nada se marcaba en la cara de las dos mujeres. Iana se quedó con la mirada perdida en el suelo.

—¿Iana? ¿Me has oído? ¿Estás sorda? ¡No hay tiempo que perder! No podemos salvar a Melinda, pero sí a su hija; debemos protegerla. Has de partir cuanto antes de Gîda. La bruja Ruth ya va camino a Agra'ad.

Tienes que reunirte allí con ella, tu misión es proteger a esa niña con tu vida; debes entrenarla como guerrera para su futuro.

—Como ordene Su Majestad; hoy mismo parto a Erû.

—Iana, hay algo más: nadie puede saber cuál es tu misión. Nadie puede enterarse del paradero de la hija de Melinda. Te establecerás en Agra'ad como refugiada de guerra, llegarás allí y te instalarás con tu hija, como las dos únicas supervivientes de tu aldea. —Iana trató de interrumpirla, pero Kildi colocó sus dedos sobre sus labios y la hizo callar—. Ya sé que no tienes hijas. Te llevarás contigo a Sig. —Iana hizo otro intento de interrumpirla, pero esta vez fueron los ojos atigrados de la reina los que le impidieron proseguir—. Sí, Iana, te llevarás a mi hija; la princesa Sig será tu compañera. Entrénala como a una guerrera drifa más de este reino. Mi hija será entrenada por la mejor de mis guerreras. Así que tienes que proteger a dos personas: a la hija de Melinda y a la de tu reina. Ahora, márchate.

—Mi señora, como usted ordene. Protegeré a Sig con mi vida si es necesario. ¿Quién se encargará de la protección del castillo? ¿Y de la suya propia?

—Espero que no tengas que dar tu vida. Sabes lo profundamente infeliz que eso me haría. No te preocupes por mí ni por el castillo. Gul se quedará como capitana de las drifas en tu ausencia, y la bruja Hanya también estará aquí.

—Kildi, prométeme que te cuidarás.

Con los ojos inundados de lágrimas y tristeza, la reina asintió con la cabeza; y a fin de no hacer el momento más doloroso, se levantó y salió del salón del trono cerrando la puerta a su espalda para buscar a su hija.

Iana se levantó y salió con la intención de prepararse para la titánica responsabilidad que ahora recaía sobre ella.

En los vastos jardines del castillo en Gîda, Kildi miraba a las otras drifas hacer sus labores. Una de ellas jugaba con una niña de unos dos años de edad. La pequeña estaba tumbada en la verde hierba, y la reina la miraba con ojos embargados por un luto interno. Se acercó poco a poco hasta ella y la cogió en brazos; ambas eran idénticas. Kildi estaba allí para despedirse de su pequeña hija, Sig. No pasó mucho tiempo hasta que Iana se personó cargando dos sacos no muy grandes. La reina notó su presencia, abrazó con mucha más fuerza a la niña y entre lágrimas le dio la espalda, caminando hacia el castillo, solo para detenerse al lado de Iana, poner una mano en su hombro y dejar unas susurrantes palabras en el oído de la mujer.

Iana tomó a la niña en brazos. Sin mirar atrás, abandonó la edificación y tomó el sendero que la llevaría a su destino.

El regreso. Año 220 d.P.

El tiempo había pasado rápido, y con sus sabias manos logró devolver la alegría y tranquilidad a la mente y al corazón de la reina Kildi. Ahora, el recuerdo de la muerte de su hija Kea no era más que un episodio que la ayudaba a reinar de manera más precavida e inteligente, mientras se esperanzaba con el futuro y contaba cada día que pasaba para el regreso definitivo de su otra hija, Sig.

El salón del castillo de Gîda volvía a gozar de los colores de las flores en las enredaderas que entraban por las ventanas, los pájaros anidaban de nuevo en su interior y los rayos del sol penetraban por los vitrales que una vez estuvieron cubiertos por la triste pérdida de la princesa, hecho que dejó una profunda herida en el corazón de su madre.

Una pequeña ave entró por un ventanal. Tenía el cuerpo cubierto de un plumaje gris platinado en el torso, naranja en la cabeza y amarillo en las alas. Su pico era pequeño y amarillo, a juego con sus alas. Se trataba de un ruiseñor de fuego.

El pajarillo entró y se posó sobre el hombro de Kildi, que estaba sentada en la silla-nido: era una silla enorme de madera, de la que salían ramas que se extendían como garras por las paredes del salón. Todas estas ramas estaban llenas de pequeños nidos, y en ellos moraban aves de color rojo intenso. Cuando se observaba la silla-nido daba la impresión de que era el corazón de un árbol.

El ave cantó dulcemente en el oído de Kildi, haciendo que se dibujara una sonrisa en su rostro. La reina se levantó de su silla ordenando a una de las mujeres que custodiaban la puerta buscar a la capitana de las drifas.

Ante Kildi se presentó Gul, quien se convirtió en capitana tras la partida de Iana. Era una drifa alta y de corta cabellera rubia, que llevaba un peto de cuero mostrando su plano abdomen, una espada en su cinto y un escudo de plata. Kildi lucía un vestido corto ceñido a su bien conservado cuerpo, muñequeras y hombreras de plata, y sandalias de cuero al estilo romano, atadas hasta la parte más alta de su muslo.

—Gul, ha llegado un ave emisaria de Iana; ya están en marcha hacia el reino. Tenemos que preparar las defensas de inmediato, algo me dice que la opresora Bëth no permanecerá quieta. Debemos proteger la ciudad, y sobre todo traer a salvo a Iana, Sig, Pïa y Ruth.

Iana había mantenido al tanto a la reina de todos los acontecimientos en Agra'ad durante aquellos años.

—Como ordene, Su Majestad. Mandaré a las aldeanas al norte y fortaleceré los bordes de la ciudad con las guerreras. Enviaré un camar azul a rastrear el mar en busca de la embarcación de Iana.

—Pídele a Hanya que active los cristales élficos de agua, es la única protección que tendremos si llegase a aparecer un dragón —le dijo la reina.

Gul abandonó el salón haciendo una reverencia para, a continuación, poner en marcha la protección de la ciudad.

Üldine
La mentira

Tras la reprimenda de la reina Bëth por el engaño que sufrió a manos Üldine y Dashnör, el castillo en Cyêna estaba en efervescencia total. Las personas iban de un lado a otro, y en los alrededores de la edificación se veía a los guardias prepararse mientras los encargados del foso y el recinto de los dragones lo organizaban todo para la partida de Üldine y Dashnör.

Por uno de los pasillos se aproximaban los dos jinetes de dragones, y tras ellos una larga hilera de dartáas.

—Dashnör, pensé que todo el asunto estaba bajo control. ¿Cómo pudo sobrevivir la hija de Mathïas? —le dijo Üldine.

—Pues al parecer la mocosa tuvo mucha más suerte de la que pensamos que podría tener. Ahora debemos hacernos cargo de esto. No podemos fallar esta vez. Üldine, tengo que encargarte esta misión; confío plenamente en que la cruzada no será problema para ti. Tengo un asunto muy importante que atender. Volaremos juntos hasta Erû, pero allí debemos separarnos. La señal del kalï vino del norte de Erû, seguro que del bosque Kôr. Sé que sentiste la conexión igual que yo.

—Dashnör, ¿te envían por el asunto de los dartáas? —preguntó preocupada Üldine.

Dashnör la tomó por el brazo y la metió en una de las habitaciones a través de una puerta en el corredor del castillo, apartándola de los dartáas que había tras ellos.

—Üldine, ten cuidado cuando hables de este asunto; sobre todo con quien pueda oírlo. Pero sí, debo resolver esto lo más pronto posible, antes de que se torne aún peor y llegue a la reina. Tendré que llegar más lejos que simplemente el consejo dartáano. Por favor, encárgate de la bastarda mestiza; hemos enviado algunos mensajes a patrullas de cazadores del norte de Erû tras la conexión del kalï. Con suerte, solo tendrás que regresar con la cabeza de la chica.

—Dashnör, si nosotros sentimos la conexión del kalï, ¿crees que Jenïk también?

—No tienes nada que temer —le dijo Dashnör mientras se inclinaba sobre ella transmitiendo su calor corporal y acorralándola contra la pared

—Dashnör, pueden vernos.

—No te preocupes, los dartáas y los soldados son tan inútiles que podrían estar frente a un dragón y ni percatarse de que ya los ha calcinado. Tranquila, no corres ningún peligro, estoy seguro —le dijo Dashnör, y luego juntó sus labios con los labios carnosos de ella, presionando su cuerpo aún más para dejarle sentir su deseo.

Con algunas horas de retraso y la noche ya entrando, los dos dragones y sus jinetes dieron rienda suelta a sus alas, dejando el foso del castillo atrás y dirigiéndose al reino de Erû. Üldine y Dashnör volaban a la par sobre el bosque Rosagrís. Poco a poco iban abandonando aquel escenario del genocidio contra magos y brujas. Perdían de vista la antigua Torre de Carode y los pueblos cercanos de Vallêgrande, y se acercaban cada vez más a la frontera de Cyêna con Erû.

En el horizonte ya se comenzaban a distinguir los pequeños pueblos dartáanos, antes ocupados por los elfos. Las ciudades y villas conservaban la exquisita arquitectura élfica, pero muchas de las figuras habían sido reemplazadas, como lo hicieron con las torres de las ciudadelas. Al aproximarse al río Nares, el cual partía el reino de Erû en dos, Dashnör se despidió con una señal y se desvió hacia el sur, mientras que Üldine corregía su curso dirigiéndose aún más al norte, en busca de la hija de Mathïas.

En la cabeza de Üldine únicamente se manifestaba la idea de encontrarla, ya que de ello dependía el perdón de su reina, pero, sobre todo, evitarían ser ejecutados.

La mentira que se llevó a cabo años atrás solo fue el acuerdo entre los dartáas y los dos jinetes para poder salvar sus cuellos ante Bëth. A los dartáas los movió la promesa de la tierra de Erû, mientras que a ellos los motivó su lealtad y juramento ante su líder y algún rasgo de codicia oculta.

Pïa
La separación

Conforme se alejaban del claro, la columna de humo que producía el incendio de la casa se hacía más delgada. A medida que se internaban en el bosque Kôr todo se oscurecía. Ruth sacó un cristal y formuló un hechizo:

—*Naví*.

El cristal se encendió y comenzó a flotar en el aire frente a ellas, acompañándolas a través de su camino en el bosque.

—Iana, ¿están muy lejos los caballos? —preguntó Ruth.

—No, los dejé atados más adelante. Tenemos que darnos prisa e ir a todo galope hasta la orilla del golfo Zarco, en la costa del Cumulû; allí estará nuestra embarcación.

—Perfecto, veo que organizaste todo debidamente. Debemos salir de Erû cuanto antes.

Tras avanzar un buen trecho, dejando el claro muy atrás y ya sin visibilidad de la columna de humo, Pïa vio con curiosidad a pequeños seres volando alrededor del cristal. Eran muy parecidas a la criatura que le había dado el collar en la cueva.

—Son hadas del bosque. Les atraen todos los objetos que emitan cualquier cantidad de energía mágica; los recogen y llevan a sus criptas como colección. ¿Ves esa de alas verdes translúcidas, Pïa? —La chica asintió con la cabeza—. Es Cili. Es el hada a quien le confié el collar con tu kalï; lo escondió con sus reliquias durante todo este tiempo. Ese kalï fue el último regalo de tu padre para ti, no podía arriesgarme a perderlo. Así que se lo di a Cili para que lo conservara. Las hadas concentran tanta energía de protección en sus criptas que es imposible rastrear algo. También le debes a sus hechizos de protección que Bëth no nos haya encontrado.

Pïa sonrió y asintió con la cabeza a la pequeña hada.

Cili se acercó a la chica.

«Lo que sea por la hija de Melinda. Ahora el reino mágico está contigo»

—Gracias, Cili, te prometo que cuidaré el kalï. Siempre estaré en deuda contigo.

Con mucho asombro, Iana miró a Pïa.

—¿Has comprendido lo que ha dicho el hada? —la interrogó.

Pïa asintió con la cabeza.

—Menudo talento mágico que ha heredado la chica, Ruth. Solo los magos de más alto rango logran desarrollar la conexión mental y entender el lenguaje de otras razas mágicas; pero hay algunas lenguas que ni con el mejor adiestramiento logran aprender, por ejemplo, el de las hadas. Es un nivel de lenguaje mágico muy complejo. Menuda capacidad. Por lo visto no heredó solo la testarudez de su madre, sino también su poder.

Pïa sentía cómo su cara se ponía roja como si una oleada de sangre bañara su rostro. Nunca había oído, en toda su vida, tanta información de su madre como en ese día. A pesar de lo que se le venía encima, estaba feliz. Por fin conocía de dónde venía, sentía que pertenecía a algún lugar y, sobre todas las cosas, se sentía orgullosa de sus padres.

—Espera que te vea mi madre y se entere de lo poderosa que

eres —le dijo, emocionada, Sig.

—¿Tu madre? Pero si tu madre es Iana… —intervino, con cara de sorpresa, Pïa.

—Verás, Pïa. Respecto a eso… —le empezó a decir Sig, pero la interrumpió Iana.

—Su madre es la reina de las drifas, creo que no hace falta explicarte por qué se te ocultó este detalle también. Sé que querrás saber más, pero ahora no es el momento. La reina te explicará todo cuando nos reunamos con ella.

Pïa asintió en señal de que entendía y aceptaba que, aunque odiara que le ocultaran cosas, ahora no podían sentarse a discutir sobre ello.

Tras una larga caminata, las mujeres se detuvieron de golpe. Frente a ellas había cuatro yeguas atadas a varios árboles; pero no era esto lo que hizo que se detuvieran. Las cuatro yeguas estaban totalmente destrozadas, habían sido atacadas salvajemente. Asesinadas, desgarradas y descuartizadas. El escenario era dantesco. Las hadas huyeron del lugar aterrorizadas. Pïa se llevó las manos a la boca y, enseguida, Ruth levantó un escudo mágico alrededor de las cuatro.

—Nos encontraron. Estamos en peligro. No os separéis, y estad atentas —ordenó.

—Esos cortes fueron hechos por un hacha y de manera salvaje. No fue por comida. Sabían para qué eran estas yeguas. Son cortes de hachas de cazadores. —Iana no pudo terminar de hablar: un hacha impactó contra el escudo mágico que Ruth había levantado, haciéndola retroceder y caer de rodillas.

En medio del bosque aparecieron ocho cazadores de la guardia terrestre de Bëth. Pïa sabía de lo que eran capaces esos hombres; si se los podía llamar hombres. Ruth le había hablado de ellos, y en Agra'ad se contaban las atrocidades que les hacían a las criaturas mágicas. En algún que otro entrenamiento con Iana y Sig, desde las lindes del bosque, habían podido verlos en busca de presas. Tanto Iana como Ruth le habían narrado la historia de cómo se habían hecho con altos rangos dentro de las filas del ejército de Bëth.

Aquellos cazadores vestían trajes hechos con piel de lobos grises de Nievenegra, guantes y botas de piel de kasvaas y máscaras que cubrían la mitad de sus rostros, las cuales tenían picos de águilas del valle. Mostraban sus dientes amarillentos y afilados en una sonrisa de satisfacción tras la emboscada que acababan de perpetrar.

Ruth se levantó y puso en marcha el escudo mágico otra vez. Iana sacó de la alforja un arco que lanzó a Sig junto con el carcaj, y también dos espadas, una que se quedó y otra que arrojó a Pïa. Ruth dispuso su anillo con la piedra color rojo granate.

Dos de los cazadores se adelantaron con sus hachas, pero Iana saltó blandiendo su espada y clavándosela en la garganta a uno mientras con una patada tiraba al suelo al otro.

Ruth lanzó una bola de fuego de su mano a la vez que su anillo brillaba con intensidad, pero el cazador que estaba en el medio se interpuso y lo bloqueó con el hacha. Sig escaló un árbol con facilidad y saltó sobre una rama, cargando su arco y arremetiendo contra los cazadores. Logró acertar una flecha en el centro de la frente de uno de ellos.

Paralelamente, Ruth seguía atacando con sus hechizos, pero los cazadores se escudaban tras sus hachas, que los repelían con algún tipo de protección, lo que rápidamente le hizo pensar que Bëth había estado fortaleciendo, de alguna forma, las armas de aquellos crueles asesinos.

Pïa e Iana luchaban contra dos de los cazadores. Los otros cuatro permanecían atrás, esperando que cayeran estos dos para atacar. Las mujeres hicieron una vuelta magistral, Iana se agachó y Pïa cogió impulso en la pierna de su compañera, y, tomando su espada también en la otra mano, cortó las gargantas de los dos hombres al mismo tiempo. Ambas sonrieron, pero un hilo de sangre salió de la boca de Iana, que se quedó tirada en el suelo.

El más grande de los cazadores había aprovechado el momento para lanzar su hacha y clavarla en la espalda de Iana, dejándola sin opción a sobrevivir. Sig gritó desde el árbol, y con una flecha acertó en medio de la frente del cazador que había lanzado el hacha.

Pïa, entre lágrimas por lo ocurrido y con una ira incontrolable que se extendía por ella, sentía cómo su cuerpo se enardecía. Sus ojos se pusieron de un color ámbar intenso, sus manos comenzaron a resplandecer del mismo color, y gritó:

—¡*Silva!*

El bosque se estremeció, y comenzaron a salir raíces de la tierra a toda velocidad, disparadas hacia los otros tres cazadores, clavándose en sus cuerpos y dejándolos completamente atravesados.

Pïa gritó otra vez:

—¡*Ignis!*

Y con un fuego intenso ámbar y azul que salió proyectado de sus manos, calcinó lo que quedaba de aquellos asesinos. La piedra del colgante de Pïa emitió un débil crujido.

Ruth se quedó perpleja, sin poder emitir una palabra, cuando vio lo que Pïa había hecho con una magia que apenas le había mostrado en libros y cuentos. Sin lugar a dudas, la chica poseía poderes mucho más allá de los que su madre pudo haber alcanzado a su edad y con entrenamiento mágico.

Pïa cayó de rodillas, pálida tras el tremendo consumo de energía que aquellos hechizos requerían para poder realizarse. Antes de que pudiera caer completamente desmayada, Sig saltó desde el árbol y la sostuvo. Al otro lado de aquel terrible campo de batalla estaba Ruth con Iana en sus brazos, completamente llena de sangre y al borde de la muerte. Sig depositó rápidamente a Pïa en el suelo y fue a por Iana.

—Sig, escúchame bien. —La joven la interrumpió, pero Iana puso su mano en la boca dejando un pequeño rastro de sangre—. Eres la heredera de Êger, y ahora la protectora de Pïa. Debes guiarlas hasta el reino. Te he enseñado todo lo que está en mis manos, te he convertido en una guerrera; ahora debes ir con tu madre, y ella te hará una reina. Debes llevar a Ruth y a Pïa a Gîda. Tu madre sabe exactamente a dónde debe ir Pïa; las guiará hasta que pueda cumplir su destino.

Tras estas palabras, Iana cerró sus ojos y su mano cayó tendida al suelo. Pïa despertó en ese momento, y entre llantos se arrastró hasta Iana, pidiéndole perdón.

La ayuda

Ya no había tiempo que perder. Iana estaba muerta y seguro que habría más cazadores en la zona que, cuando encontraran los cuerpos, irían tras ellas. No podían quedarse allí porque corrían el peligro de sufrir otra emboscada, pero tampoco podían dejar el cuerpo de Iana tirado en medio del bosque como si no les importara. De repente, una idea cruzó la mente de Ruth, le dijo algo a Pïa al oído y la chica asintió. Tras ello, la joven llamó a Cili, el hada que le había entregado el collar. Esta apareció asustada, con sus alas verdes translúcidas, temblando y mirando en todas las direcciones del bosque. Se acercó a Pïa, quien le susurró algo entre lágrimas.

Cili salió volando por donde había venido y regresó con unas ocho hadas del bosque más, cada una con tonalidades diferentes, desde el verde hasta el marrón, paseándose entre colores caobas y robles, como si fuesen parte de aquellos tipos de árboles.

Las hadas se posaron sobre Iana y, en una extraña danza moviendo sus alas, dejaron caer un polvo de extraño brillo sobre el cuerpo de la mujer, que comenzó a levitar sobre sí y a moverse en la dirección que volaban las pequeñas criaturas. Parecía como si las hadas lo elevaran y guiaran con extraños hilos mágicos.

Era lo mínimo que Ruth sintió que debía hacer por la drifa que había cuidado de ellas y las había protegido durante tanto tiempo. Le dio órdenes a Pïa para que le pidiera a Cili que le diera una sepultura digna de una guerrera en ese bosque lleno de tanta magia; aunque no era un bosque de su tierra, era uno apropiado.

Las pequeñas hadas llevaron el cuerpo de Iana a un gran árbol cercano, el cual reposaba sobre una pequeña laguna, y, en una curiosa danza sobre el grueso y ancho tronco de aquel sauce, recostaron el cuerpo de la drifa, que poco a poco y ante el asombro de las espectadoras comenzó a fundirse con el árbol. Parecía como si el sauce absorbiera el cuerpo de Iana. Tras ese momento lleno de luz mágica y un aire polvoriento, quedó sobre su corteza la forma de un rostro: allí reposaban la memoria y cuerpo de una de las más grandes guerreras dríficas.

Después de esa escena mágica y triste, las tres volvieron a la realidad. Se dieron cuenta de que tenían que escapar cuanto antes si no querían volverse parte de aquel bosque también. Sig se encontraba muy consternada tras lo ocurrido, pero, cogiendo fuerzas, decidió tomar las riendas de la situación y buscar soluciones.

—Tenemos que encontrar la forma de llegar hasta la costa del Cumulû. Debemos pensar una manera de continuar nuestro camino, no podemos quedarnos aquí lamentándonos —dijo aún con lágrimas corriendo por sus mejillas.

Ruth sintió un extraño ruido procedente de unos arbustos en la cercanía. Levantó su escudo mágico y giró su cabeza rápidamente. Pïa se puso en guardia una vez más. Entre aquellos arbustos alguien se asomaba. Pudieron distinguir la silueta de un elfo rubio, con ropa un poco desgastada, ojos profundos y celestes y orejas puntiagudas. Era Fred, el carpintero, el mismo que le regaló aquella cómoda a Pïa y siempre había sido tan amable con ella.

—Fred, ¿qué haces aquí? —lo interrogó Ruth.

—Fui enviado por la reina Razana para vigilar que todo fuera bien con la salida del reino de Erû. Ahora el reino mágico está contigo, Pïa, ya no hay tiempo que perder. Debéis marcharos.

Fred sacó del saco que tenía colgado a la cintura una pequeña herramienta de carpintería, dorada, de dos cabezas: una era plana, mientas que la otra gozaba de un razonable filo. Era un *escuartillo*, con que cortó una rama de un árbol cercano a él y la dividió en cuatro partes, clavó los trozos en la tierra y de su saco extrajo una especie de residuo parecido al serrín, que sopló. A continuación, recitó unas palabras en un idioma indescifrable.

Los trozos de la rama que Fred había clavado en el suelo comenzaron sorpresiva y rápidamente a crecer, como si la naturaleza en un segundo hiciera el trabajo de un año.

De manera extraordinaria, cada uno de los brotes empezó a tomar cada vez más forma, hasta que se divisaron las imponentes figuras de cuatro rústicos caballos hechos de madera. Aquel espectáculo mágico dejó a las tres mujeres estupefactas, sin poder emitir una palabra.

Fred se acercó a Pïa y le dio un abrazo.

—Debemos marcharnos. No miréis atrás. Os acompañaré hasta la orilla del golfo, pero no podré ir con vosotras.

Tras estas palabras, Fred llevó a Pïa hasta una de las creaciones de madera que había hecho y la ayudó a subir, para luego montar él en otro. Los cuatro iniciaron el galope a su destino.

Ninguna de las tres mujeres salía de su sorpresa y admiración mientras avanzaban por el bosque, mirando los caballos que forjó Fred. Según galopaban, la vegetación se hacía menos densa. Los árboles comenzaban a clarear y entraba mucho más la luz de la mañana. Aunque hacía ya unas cuantas horas del ataque en que Iana perdió la vida, Ruth no podía dejar de sentir que las estaban siguiendo. Pïa empezó a divisar el cambio de la naturaleza entre el paisajc del bosque y la costa. Podía ya ver el mar y en el horizonte el sol cada vez más alto en el cielo, calentando todo a su paso y haciendo el camino más simple y seguro para ellos.

Se podía apreciar con claridad la grandiosidad del paisaje de la costa de Erû. La arena era blanca como la nieve y se entrelazaba con algunas pequeñas colinas que aún conservaban la hierba del bosque. Pïa comenzó a buscar en la orilla la embarcación que les había mencionado Iana con anterioridad, pero no lograba encontrarla; quizás se habían perdido o alejado del punto indicado por la drifa. Era imposible que ellas se hubiesen desviado, ya que el sentido de la orientación de Pïa en el bosque Kôr era excepcional.

El peor de sus temores se cumplió cuando, al mirar hacia unas rocas que estaban entre la montaña y el mar, pudo distinguir la embarcación encallada y con un gran agujero en su casco, por lo que parecía que había causado una tormenta en la costa aquella noche. Sintiéndose derrotada y atrapada, Pïa cayó con los puños enterrados en la arena y comenzó a golpearla y a maldecir. La esperanza comenzaba a abandonarla, y se sentía abatida tras la muerte de Iana. Sig y Ruth la miraban con tristeza mientras buscaban una manera de solucionar aquello en su cabeza.

Los rayos del sol calentaban su cuerpo y caían sobre su hermoso cabello rojo y su blanca piel. Pïa sintió aquella cálida energía que hacía poco había notado, cuando tocó al pequeño kasvaa. Lo que la joven pensó que era el sol no lo era: se trataba de un pequeño grupo de kasvaas a su alrededor, encabezado por el que había sido besado por ella en el bosque.

La criatura la miró, besó uno de sus puños y señaló con sus manos hacia la embarcación encallada, haciendo que Pïa pusiera su atención en ella. Fred estaba en la orilla, entre las rocas y la barca; en la mano tenía su *escuartillo* dorado. De un fuerte y seco porrazo golpeó la madera del casco de la embarcación.

La pequeña criatura sonrió a Pïa y se dirigió hacia Fred, cerca de la nave, con el resto de los kasvaas. Estos comenzaron a cantar una melodía dulce, una melodía que borraba el desconsuelo del corazón de las mujeres tras la muerte de Iana.

Las líneas fluorescentes de los kasvaas comenzaron a brillar intensamente. Mientras, Fred desprendía un aura verde muy parecida a la de la reina elfa en el bosque. Se puso de rodillas, con una mano en el agua y otra sobre la embarcación. Del sitio donde el barco recibió el golpe, comenzaron a salir raíces que se entrelazaban y cerraban el gran agujero y el destrozo causado por la tormenta.

El cántico de los kasvaas se unió a la energía de Fred, provocando que el agua alrededor de la embarcación comenzara a brillar y a burbujear. Con ella, el barco salió de su encallamiento y se movió entre las olas hasta la orilla, lejos de las rocas.

Al terminar su trabajo, los kasvaas se separaron en dirección al bosque. El pequeño kasvaa regresó al borde de este, lanzándole una última mirada a Pïa, como quien da su aprobación y bendición a la pronta partida que emprendería la chica. Con ojos llenos de agradecimiento, Pïa le regaló una sonrisa.

Fred se acercó a ella, tendiéndole su mano para ayudarla a levantarse y a alentarla a partir.

—Mi querida niña, mi misión aquí está cumplida. Es hora de que tomes rumbo a Gîda.

—Fred, ¿por qué no vienes con nosotras? —le preguntó Pïa.

—Pequeña, con tu partida ya no tengo a quien cuidar; ni notificar a mi reina nada más. La caída definitiva de Erû está próxima, lo siento en el viento. Es el momento de regresar con mi gente. Vuelvo a Puertosanto.

Con un profundo abrazo, Fred se despidió de Sig, Ruth y Pïa. Tomó los cuatro caballos de madera y los llevó hasta la linde del bosque. Con el *escuartillo* les dio un toque a tres de ellos, reduciéndolos a lo que parecían tres pequeñas semillas que cubrió con tierra. Tomó el cuarto caballo, montando en él y dejando todo atrás en un galope frenético.

Pïa le decía adiós a la vida como la conocía, alejándose de la costa de Erû mientras se enfrentaban a su destino, adentrándose en el golfo Zarco y dirigiéndose a Êger con Ruth y Sig.

La joven se sintió cansada y se tumbó en la cubierta, dejando su cabeza apoyada en una maraña de cuerdas. La embarcación era lo suficientemente grande como para llevar a seis personas, aunque de las cuatro que en principio debían subir a ella solo cargaba con tres.

—Es mejor dejarla descansar —le dijo Ruth a Sig—. El viaje llevará casi un día, siempre y cuando el viento esté a nuestro favor. —Sonrió, levantó la mano en dirección a la vela del barco, su anillo brilló y añadió—: *Caeli*.

La embarcación salió disparada como si una corriente de viento hubiese chocado con ella, mientras Ruth le preguntó a Sig:

—¿Te ha preguntado ya Pïa sobre quién eres?

—No, aún no. Mejor así, no creo que sea momento de cargarla con algo más. Suficiente información ha recibido ya en el día de hoy. Por otro lado, mi posición como princesa y heredera del reino de Êger no afectaría en nada a nuestra amistad; Pïa entenderá que tenía que ocultarlo por su seguridad y la mía.

—Exactamente. Tu madre nunca te hubiese mandado a Agra'ad con Iana si hubiese sabido que te iba a poner en riesgo, no después de la muerte de tu hermana Kea —añadió Ruth.

—Entiendo perfectamente lo que hicisteis, pero a partir de hoy no más secretos —ordenó Pïa, que había estado escuchando toda la conversación desde que abandonaron la costa.

Sorprendidas de que las hubiera oído, ambas asintieron con la cabeza. Con unas miradas avergonzadas y una risa pícara, olvidaron sus problemas por un instante y fijaron su vista en el horizonte.

El sacrificio de amor

Había transcurrido casi toda la mañana y parte de la tarde desde que dejaron la costa de Erû, y únicamente veían agua allá donde ponían sus miradas. A medida que avanzaban por el mar del golfo Zarco, el viento se hacía más denso, las nubes iban oscureciendo su color blanco en turbios grises, y el mar comenzaba a golpear con fuerza; el del golfo Zarco era un mar de tormentas.

—El viento está soplando cada vez más fuerte, espero que esta barca aguante la furia del golfo. ¿Estás segura de que estamos en la dirección correcta? —preguntó, incrédula, Sig.

—Nunca me ha fallado un hechizo de dirección. Conozco perfectamente el tramo a Êger, lo navegué cientos de veces cuando iba a visitar a tu madre para ayudarla en los tratados con los elfos. Esta nave aguantará. La verdad es que preferiría ir por tierra, atravesando el reino de Nômy. Por nuestros dioses, cómo recuerdo los banquetes en las montañas con los enanos, son comidas memorables. El único problema del tramo por tierra es tener que atravesar el valle de Angostura, un riesgo, sin duda alguna. Se trata de uno de los lugares más peligrosos de todo el continente; pero los banquetes enanos lo valen.

—¿El valle de Angostura? Es la zona inferior entre nuestro reino, Nômy y el de los archais, en el reino de Sîgurd, ¿no? —preguntó Sig.

—Sí, es impresionante pasar por el valle de Angostura. Es el único lugar donde se mezclan los tres reinos, y los separa al mismo tiempo; es tierra de nadie. La diferencia entre la naturaleza de los tres está increíblemente marcada. Nômy con su cordillera, Erû, el tuyo, está completamente lleno de extensos bosques y vastas montañas, creando un muro natural de separación con Sîgurd. En cambio, su reino vecino está cubierto en su totalidad por un desierto, es una tierra árida, de infernales temperaturas y tormentas de arena allá donde vayas. El reino de Sîgurd también cuenta con otro muro natural que lo hace impenetrable: las cordilleras de Nievenegra. El valle de Angostura es una maravilla para la vista, está en el corazón de Nâgar creando un santuario natural. Puedes pasar horas observando cómo los tres reinos en su frontera no se mezclan, solo en ese punto. Allí es donde se reúnen muchas de las criaturas más peligrosas de todo Nâgar.

—Ruth, Iana siempre me hablaba de los archais. De cómo su reino se aisló bajo el desierto. Me contaba lo difícil que es llegar a la capital, Âbbir. ¿Por qué los archais decidieron aislarse?

—Es una historia que se remonta al inicio de Nâgar. El Sîgurd que hemos conocido siempre ha sido un Estado libre. Este ha estaba bajo el mandato de la casa real en Cyêna. Como Estado libre no tiene reyes, sino un consejo que lo gobierna; este se encuentra formado por seis ancianos archais, o lo estaba. La misma noche que murió tu hermana también murió el líder supremo de los archais, Ferlu. El consejo anciano de Sîgurd quedó reducido a cinco miembros que dirigían el reino desde Âbbir, la capital subterránea de Sîgurd. El consejo velaba por la justicia de Nâgar, y después del vigilante en Cyêna, era la segunda autoridad del continente. Las habilidades de los ancianos los convirtieron en activos codiciados por la reina Bëth, por lo que decidieron aislarse y no interceder más en los asuntos del continente.

—¿Cuáles son esas habilidades? —preguntó Pïa, que estaba escuchando la conversación desde el otro lado del barco.

—Son pocas las personas que han tenido la oportunidad de visitar Âbbir, obviamente por las condiciones subterráneas de la ciudad. Las arenas del desierto cambian, y con ellas la entrada de acceso. La población archai es característica por la tez oscura que cubre su cuerpo; algunos dicen que es así para protegerse del calor del desierto, otros dicen que es por la mismísima oscuridad en la que viven. Los archais puros nacen con ausencia de pigmentación, sus pieles son extremadamente blancas, como casi todo su cuerpo. Los últimos archais puros son los que ahora conforman el consejo de ancianos, que no solo nacieron con la peculiaridad de sus rasgos, sino también con el don de percibir la verdad en las personas; por ello fueron designados los jueces de Nâgar. No se conoce mucho de los archais, son un pueblo al que no le gusta interferir en conflictos políticos. Solo buscan la paz y justicia. Pero se sabe que tienen poderes más allá de lo pensable, han sido comparados hasta con los mismísimos elfos.

Con el golpe de una ola contra la embarcación debido a la tormenta que parecía pronta a desatarse, las mujeres salieron del hilo de la historia, y Pïa se fijó en unos pequeños peces que rodeaban la nave. Creyó que estaba delirando, porque le parecían bastante extraños. No lucían como ningún pez que hubiera pescado en los riachuelos que fluían del río Nares, ni mucho menos como los que un día pescó con su tía Ruth en el golfo Zarco, en una expedición que hicieron.

«Tengo que acostumbrarme a dejar de llamar "tía" a Ruth», pensó Pïa, ya que se le hacía todo muy extraño desde los recientes cambios. Enfocando de nuevo su pensamiento en los peces, se fijó en uno que nadaba muy cerca de la superficie. Tenía algo parecido al pico de un ave. El animal saltó de la nada, abrió lo que daba la impresión de ser alas, y emprendió el vuelo. Pïa quedó atónita ante la escena.

—Son camares azules, una especie de pájaros de Êger. Iana siempre me hablaba de ellos —cuando nombró a Iana, Sig sintió una punzada en su estómago al recordar que ya no estaba con ella—. Son pájaros con la habilidad de mutar al entrar en contacto con el agua; pueden nadar y respirar bajo ella. Si los observas bien, tienen agallas detrás de los ojos; y son capaces de ver bajo el agua.

Pïa estaba asombrada ante la cantidad de cosas que desconocía. Ruth substrajo del saco el cristal de carga.

—*Da'raz.*

Asombrosamente, del cristal negro comenzó a perfilarse y surgir un objeto marrón. Era aquel libro que le mostró en la cabaña Ruth. Esta se lo arrojó, cayendo cerca de los pies de Pïa.

—Ahí tienes, es hora de que comiences a estudiar. Hazlo antes de que se desate la tormenta. Búscalo en la sección de fauna mágica y lee sobre él. Ambas tenéis prohibido hablarle a nadie sobre este cristal.

Sin perder tiempo, Pïa abrió el libro y se dispuso a darse un festín con la información. Aquel pájaro que había visto salir del agua regresó y se posó en el mástil, empezando a trinar mientras Sig lo miraba atentamente.

—Lo ha enviado mi madre. Nos está rastreando para enviar noticias al reino.

—¿Puedes entender a las aves? —le preguntó Pïa.

—Creo que debes buscar ahora la sección de drifas —le dijo Sig entre carcajadas.

Por un instante, las tres mujeres olvidaron el momento amargo que acababan de pasar y se pusieron a reír a carcajadas sin parar.

—Lo enviaré de vuelta con mi madre, pero tendré que darle las malas nuevas sobre Iana. Le va a romper el corazón. Sé que Iana fue la capitana del ejército drífico antes de serle encomendada la misión de protegernos. Ella entrenó y combatió junto a mi madre en su juventud.

Pïa bajó la cabeza al sentir frustración por la muerte de Iana. Una lágrima cayó sobre una de las páginas del libro de magia, y luego las gotas de lluvia, así que la chica le devolvió el libro a Ruth, quien lo metió de regreso en el cristal de carga para evitar que se mojara.

El ave que se había posado en el mástil de la embarcación comenzó a emitir de repente un extraño graznido. Eran como chillidos de exaltación y advertencia. Ruth se puso en guardia.

—Tenemos compañía, y no parece ser buena —dijo desesperadamente Sig.

—*¡DEBEK!* —gritó Ruth, y la embarcación desapareció completamente del mar—. Este hechizo nos dará un poco más de tiempo. Sirve para ocultarnos, pero desconozco cuánto aguantará. Preparad vuestras armas, no sé a lo que nos enfrentaremos.

Una gran mancha marrón pasó sobre ellas en medio de la lluvia como una ráfaga de viento. Pïa trató de divisar qué había sido, pero lo que fuese estaba ya sobre las grises nubes. Esta vez la joven enfocó su vista a la altura: no podía dar crédito a lo que sus ojos veían. Lo que estaba sobre ellas era un animal como un lagarto, de color marrón tierra; tenía cuatro enormes patas, y en ellas unas afiladas garras negras. Lucía algunas rayas sobre sus alas, patas y cola de un marrón aún más oscuro; de su cabeza sobresalían cuatro enormes cuernos y en sus fauces se observaba una larga hilera de dientes.

—Es Üldine, con su dragón, Uruäk. No sé cómo saldremos de esta. Üldine es una de las generales del ejército de Bëth. Su dragón debe de sentir mi magia porque está muy cerca de donde estamos —dijo Ruth.

Repentinamente, una ráfaga de fuego cayó sobre la embarcación, rompiendo el hechizo en pedazos y haciéndolo caer como trozos de pergamino quemado. Üldine miró con satisfacción la nave. Esta vez regresaría con la cabeza de Pïa ante Bëth.

Cuando la atacante giró y se dirigió a toda velocidad hacia ellas, Pïa recordó un hechizo que había visto en el libro de magia y gritó:

—*¡AQUA!*

Una enorme esfera de agua proveniente del mar cubrió el barco como un huevo mientras Uruäk lanzaba llamaradas de fuego y Üldine contemplaba la escena sobre la silla de su dragón, emocionada como el depredador que está ante su presa. Desde la embarcación se podía ver el color amarillo y naranja del fuego chocando con el azul del agua y los vapores que se desprendían al contacto. Pïa se sentía agotada manteniendo el hechizo de protección. Inesperadamente, se oyó un chillido del dragón, y solo se veían llamaradas de fuego de un lado a otro. Ruth no estaba segura de lo que veían, pero ya no era fuego contra agua, era fuego contra fuego.

El consumo de energía que necesitó Pïa para el hechizo la agotó, haciéndola caer casi desmayada al suelo de la embarcación. Tras esto, el escudo de agua se desvaneció. El colgante gris que llevaba la joven estalló en pedazos.

Las dos mujeres y la drifa quedaron sorprendidas al ver pasar cerca de ellas un buque ondeando sus velas con el fuerte viento que soplaba. El buque era cinco veces el tamaño de la embarcación con la que navegaban. Lo que más las sorprendió fue la majestuosa visión de un dragón de color rojo y un jinete en su silla. Aquella criatura era mucho más grande que el dragón de Üldine, tenía el cuerpo lleno de escamas redondas y rojas como rubíes, y la parte baja mostraba colores de tonalidades más suaves, haciéndolo magnífico. De su cabeza asomaban cuatro cuernos del mismo tono que sus escamas bajas, y su cola estaba completamente llena de púas.

—¡Es Jenïk y su dragón, Hotï! ¡Estamos salvadas! —exclamó Ruth con un extraño tono de voz y una mirada desconcertada.

Aquel jinete era un hombre muy apuesto. Era blanco y sin cabello, pero con una larga y espesa barba rubia, de ojos dorados y nariz afilada. Se trataba del jinete rebelde, el que lideró el bando de haris contra las doctrinas de Bëth, el único que logró sobrevivir y que escapó de la Rebelión Roja, y a quien Bëth no había podido atrapar.

El dragón rojo se lanzó en picado contra el marrón en medio de la lluvia que mojaba los grandes e impresionantes cuerpos de ambos. Con un fuerte impacto, Hotï le acertó un coletazo directamente en el pecho a Uruäk, dejándole unas heridas abiertas y ensangrentadas.

Desde el barco se asomaban unas veinte drifas de rasgos feroces, todas estaban en posición y accionando enormes ballestas ancladas al barco con flechas de metal del tamaño de lanzas. Comenzaron a cargar contra Üldine y su dragón.

Al ver la gran desventaja en la que se encontraba y la evidente derrota que se avecinaba, Üldine no tuvo más remedio que retirarse amargamente ante su evidente fracaso. La hermosa jinete del dragón marrón decidió darle órdenes y volar rápidamente fuera del alcance de su enemigo. Jenïk la vio huir.

«¡Jenïk!», le trasmitió su dragón.

«Es mejor dejarla; ahora la prioridad es salvarlas del peligro. Debemos alejarlas de aquí todo lo que podamos», le dijo Jenïk.

Del gran barco cayó una red en forma de escalera hasta la embarcación donde navegaban Pïa y las otras para que las tres subieran a bordo. Con una mirada triunfante y el cabello ondeando con el fuerte viento, en la proa del barco estaba la reina Kildi, vestida con el traje de batalla drifa, un majestuoso peto de cuero, con corchetes de metal y protectores metálicos en sus hombros, brazos y piernas.

Sig salió corriendo hacia su madre, quien la abrazó como si llevase años sin verla. Aunque Pïa no lo sabía, la reina navegaba muchas veces a la costa del Cumulû para visitar a su hija y a Iana. En varias ocasiones, Iana le pedía a Pïa permanecer con Ruth, diciéndole como excusa, que realizaría prácticas de arco con Sig en lo más alto de las montañas del bosque Kôr, y que al regresar tendría sesiones de entrenamiento de espada y vara en privado con ella, para llevar a Sig junto a su madre. En otras ocasiones, Iana partía sola a la costa, dejando a Sig con Ruth y Pïa.

El abrazo de la reina y su hija fue interrumpido en el momento que Kildi comenzó a echar de menos algo. Una punzada en su estómago se intensificó cuando, al mover sus ojos por la enorme nave de abeto rojo, velas blancas y mástiles hermosamente tallados, no logró encontrar a Iana. Lanzó una mirada de desespero hacia la pequeña embarcación que aún flotaba al lado de su barco, pero no lograba divisarla.

—¿Iana? —preguntó con una voz llena de temor a la respuesta.

Sig, con un movimiento de negación, dejó correr una lágrima por su cara mientras Kildi reprimía el clamor de su gran pérdida, pero su cuerpo la dejaba en evidencia. Su dolor era profundo. Allí Sig logró entender cuánto significaba Iana para su madre.

De la silla del gran dragón rojo saltó su jinete, cayendo en la popa del barco, y el dragón, de un impulso, hizo tambalear el gigantesco buque. El animal se elevó sobre las nubes de la tormenta en un vuelo vigilante y comenzó a planear en círculo sobre el barco, atento por si Üldine y su dragón decidían volver al ataque.

El hombre que bajó se acercó a Ruth y la abrazó bajo la lluvia de una forma tan especial que Pïa no logró entenderla. Aquella era la primera vez que veía esa expresión en Ruth, pues en todos sus años de vida juntas nunca la había visto regalarle una mirada tan profunda y devota a alguien. Tras aquel momento de intercambio cómplice de miradas que ninguna persona sobre el barco se había atrevido a romper, Ruth sintió todos los ojos sobre ellos y decidió dar un paso hacia atrás y, sin darse cuenta, fue a parar sobre los pies de la pobre Pïa, que había estado todo este tiempo observando la escena sin decir nada, totalmente atónita.

Sin perder tiempo, y con una risa nerviosa que delataba las emociones, Ruth cogió a Pïa del brazo y la puso enfrente de Jenïk.

—Esta es Pïa, la hija de Melinda y Mathïas —la presentó.

La reina, que había estado apartada, perdida en su lamento íntimo, decidió dar unos pasos más y acercarse hasta donde estaban los otros, seguida por su hija, quien tenía un enorme parecido con su madre. El jinete hizo lo mismo, y tanto él como la reina se acercaron a Pïa arrodillándose y diciendo al unísono:

—El reino mágico está contigo.

Pïa sentía que su cara se sonrojaba por un calor involuntario. No sabía lo que eso significaba; pero, desde que aquella desenfrenada y no demandada aventura había empezado, estas eran las palabras que se le habían repetido constantemente. Este lema, si así se lo podía llamar, era algo que ponía a Pïa increíblemente nerviosa y llenaba su inquieta mente de curiosidad.

—Pïa, ante ti tienes a la reina de las drifas, Kildi, la responsable de tu entrenamiento en batalla y de tu protección. Fue ella quien envió a Iana y a Sig en tu búsqueda. Esta drifa es una de las mejores y más cercanas amigas de tu madre. —La reina se levantó y tomó a Pïa en sus brazos, dándole un abrazo maternal—. También tienes a este hombre. Él es Jenïk —sin poderlo evitar, Ruth se ruborizó al presentar ante Pïa a Jenïk—, un hari de gran valor, y sobre todo el mejor amigo de tu padre —añadió la mujer.

En aquel momento, y tras aquellas palabras, Pïa se sintió más cercana a sus padres que nunca. Estaba frente a dos personas que habían compartido lazos muy fuertes en el pasado con ellos, y ahora estaban allí, con un mundo entero de cosas por contarle.

—Gracias por todo lo que habéis hecho por mí. Por venir a nuestro rescate. Aún hay demasiadas cosas que me faltan por entender, por aprender, por ver; pero, sobre todo, me falta saber por qué soy tan importante para el reino mágico —dijo la joven, algo confundida.

—Pïa, el nombre que pidió tu padre que se te fuese dado —añadió Jenïk con nostalgia en la mirada—. Sé que cruzaran muchas lunas antes de que entiendas la mayoría de las cosas. Has crecido en la ignorancia de tu linaje y tu herencia, pero es momento de que comiences tu camino. La mayoría de las razas mágicas ya saben de tu existencia, y están listas para pelear por Nâgar en contra de Bëth, a fin de sacar a este reino de la desgracia.

—Pero ¿qué tengo que hacer? —preguntó, abrumada, Pïa.

—Hoy comienza tu viaje conmigo. Debes despedirte de Ruth y de tu amiga. Ellas seguirán a Gîda mientras tú y yo emprendemos el vuelo al valle de Angostura. Tu entrenamiento y tu destino ahora dependen de mí.

Üldine
El declive

Tras haber sido derrotada por el dragón del hatra Jenïk con la ayuda de las drifas, Üldine regresaba en un vuelo torpe y cansado, pero lleno de odio y frustración. Aquello significaba un revés más en la búsqueda de la hija de Mathïas. Üldine sabía que no podía regresar con las manos vacías: esta vez no podía mentir, esta vez su error le costaría la misma vida.

La rabia que sentía era incontenible, maldecía no haber continuado la búsqueda quince años atrás, maldecía no haber encontrado a aquella niña y acabado con su vida. A pesar de las heridas del dragón, su vuelo se hacía cada vez más agresivo por la rabia que le transmitía su jinete.

La noche había caído por completo, y comenzaba a vislumbrarse el final del golfo Zarco y el inicio de la costa del Cumulû. La blanca orilla empezaba a brindar luz dentro de tanta oscuridad, como también el blanco de la espuma al chocar contra la arena. Üldine sabía que debía detenerse para recuperar energía, pero el odio de su derrota no la dejaba parar.

Algunas horas de vuelo más habían pasado, y tras avanzar sobre el bosque Kôr, ya se podía ver el pueblo de Agra'ad, con sus pequeñas casas rústicas. Üldine tenía ahora un blanco perfecto para deshacerse de toda la frustración.

En medio de aquel oscuro cielo, y con las casas en absoluto silencio, una estrella comenzaba a brillar sobre Agra'ad. La estrella que descendía e iba cogiendo cada vez más forma estaba creada de fuego, un fuego que nacía en las fauces de Uruäk e iluminaba su cara mientras el calor que emanaba del dragón transformaba la imagen de su rostro color tierra en una visión borrosa.

La primera columna de fuego logró alcanzar la plazoleta y las casas a su alrededor. Se oían los gritos de agonía de los habitantes de Agra'ad, a la vez que de las viviendas cercanas salían familias ignorando lo que pasaba, solo para sentir los lamentos de hombres, mujeres y niños en la destrucción del incendio que envolvía las moradas. Los pocos elfos y enanos que residían ayer no fueran la excepción al ataque de la hari.

El caos se propagó como las llamas mismas de Uruäk, que tras cada pasada dejaba menos de aquella aldea. Las familias corrían en medio del terror, separándose unos de otros en el sobrehumano intento de salvarse. Algunas personas quedaban atrapadas en las infernales llamas del dragón, y otras corrían al bosque Kôr en busca de refugio. Algunas madres ignoraban su apego a la vida mortal y, sin dudarlo, se arrojaban desesperadas hacia la muerte intentando salvar la vida de sus hijos.

Del pequeño pueblo de Agra'ad ya solo quedaban ruinas bajo las llamas y el rastro de la devastación y el sufrimiento, así como el espeluznante olor de la carne abrasada que desprendían las decenas de cadáveres calcinados. Aquella noche perecieron familias enteras de diferentes razas.

La sombra de Uruäk merodeaba por la aldea buscando más víctimas para saciar su rabia, pero en aquel poblado ya no quedaba nadie.

Tras acabar con todo, Üldine continuó su vuelo hacia Iglaî, la capital del reino de Erû, para encontrarse con Dashnör, el cual había volado hasta allí tras su separación con el objeto de llevar a cabo una misión secreta respecto a un asunto que concernía a los dartáas.

Un día entero, de un largo vuelo desde el ahora devastado pueblo de Agra'ad, había trascurrido. Üldine llegó a la ciudad de Iglaî, la cual se levantaba sobre una de las grandes y vastas colinas de Erû. Aquella ciudad había vivido muchas batallas y muchas transformaciones. La más reciente fue su conversión absoluta de la vida élfica a la dartáana, alterando la fina arquitectura de los elfos hacia una más rústica. Las grandes y estilizadas torres blancas se habían transformado en robustas y defensivas estructuras dartáanas tras la toma de la ciudad y el exilio de los elfos de las tierras dadas a ellos en el pacto de Co-Shen.

Ya había anochecido para cuando Üldine bajaba de Uruäk. En los terrenos del castillo estaba Yukpä con Dashnör, quien mantenía una expresión seria y de indignación.

«Uruäk, reúnete con Yukpä y aprovecha para ir de caza, tenemos que recobrar fuerzas para volver al ataque y esta vez no fallar», le ordenó mentalmente Üldine.

«Como ordene, mi señora, le prometo que la próxima vez será el final», contestó el dragón.

Yukpä alzó el vuelo y, tras él, Uruäk.

Üldine alcanzó a Dashnör, que iba caminando hacia el bosque cercano. La manera en que se alejaba del castillo sin decir ni una palabra intrigaba a Üldine, sobre todo porque en ningún momento mostró interés por el resultado de su búsqueda.

—No hace falta que me des explicaciones. Por tus manos vacías y las heridas de Uruäk puedo imaginar el resultado —le dijo

Dashnör mientras se detenía en la linde del bosque, con los ojos cerrados y la mano en su sien.

—Dashnör, por... —trató de hablar Üldine, pero él, con un gesto, la hizo callar.

—Üldine, el alto consejo dartáano se ha reunido en la sala de concilio para darme audiencia. Se están negando a colaborar, dicen que el pacto que alguna vez firmaron ya cumplió su plazo. Proclaman que recuperaron las tierras que eras suyas, que apoyaron el ascenso de la reina al trono, que no se van a involucrar en otra masacre —dijo Dashnör con los puños cerrados y una cara llena de airada desesperación.

—Pero, Dashnör, es su obligación, fue el acuerdo al que se llegó: si apoyaban la causa de la reina Bëth, ella les devolvería sus tierras. ¡Tienen una obligación! ¡Malditos dartáas! ¡Traidores! ¡Sabandijas!... —reprochaba Üldine en un ataque de ira—. Obliguémosles a cumplir su juramento; si no, acabaremos con ellos, quemaremos este castillo y a cada uno de los dartáas. Eso les servirá de escarmiento. Luego, iremos tras esas drifas que ayudaron a escapar a la hija de Mathïas.

—¡Ya basta, Üldine! Las noticias vuelan, hay aves cruzando todo Nâgar con mensajes sobre la situación. Como también han volado y llegado las noticias de tu pequeña rabieta en Agra'ad. Eso ha empeorado la situación, ¿o crees que atacar un pueblo de Erû iba a mejorarla? Ninguno de los dartáas nos apoya. Ahora solo contamos en nuestras filas con mercenarios y ladrones, la clase más baja, la que no necesitamos. El alto consejo dartáano no cambiará su postura. Lograron lo que querían, y ahora no harán nada. Debemos ganar el apoyo de su rey; tendremos que partir a Puertocondenado y visitar al rey Noú. Ya sé que la hija de Mathïas ha huido a Gîda con ayuda de las drifas; necesitamos ese apoyo para atacar el reino de las drifas. No podemos volver a Cyêna derrotados. Sería condenarnos.

—Dashnör, lo siento, me dejé llevar por la ira. No pude controlar la rabia de mi derrota —reconoció Üldine con tono desalentador—. Podríamos regresar ahora mismo y acabar con ellos. No necesitamos involucrar a esos asquerosos dartáas, tú y yo tenemos la fuerza suficiente para tomar todo el continente si quisiéramos.

—Üldine, ya estoy harto de tu comportamiento impulsivo, nos llevarás a la muerte a los dos. Dejemos que los dragones se alimenten y descansen; partiremos al amanecer a Puertocondenado. Uruäk debe recuperarse de sus heridas —le propuso Dashnör.

Üldine bajó la cabeza en señal de aceptación y sobre todo de inquietud, no apartó la mirada del suelo mientras trataba de comunicarle algo a Dashnör.

—Dashnör, hay una duda que me embarga… —le dijo ella con tono inquietante.

—Dime.

—Hace veinte años, Bëth consiguió el apoyo de los dartáas del norte de Puertocondenado con la ayuda de las orcris de la Abadía de Sangre, alimentando con sus artes en magia verde y hematomancia el descontento que había entre la parte norte de la isla contra la parte sur de la misma. Sabemos que los dartáas del norte sentían que ellos eran los legítimos señores de las tierras de Erû y no sus parientes, los elfos; fue fácil manipular su mente y su deseo de ser independientes de Puertocondenado y establecer un nuevo mandato sin rey en Erû, porque ya estaba esa chispa encendida allí, dentro de cada uno de los corazones de los norteños. La reina logró sacar a un gran número de dartáas de la isla, pero más de la mitad de Puertocondenado se quedó fiel a su rey en la parte sur. Esta vez no será igual que hace veinte años, ¿Qué te hace creer que nos ayudarán?

—Solo un rey miserable abandonaría a su pueblo —le dijo Dashnör de manera intrigante.

—No entiendo a qué te refieres.

Üldine trató de acabar aquellas palabras, pero Dashnör la calló con una mirada que ella conocía perfectamente.

—Acompáñame al bosque, Üldine.

Üldine miró a Dashnör con ojos pícaros y juguetones. Dando pasos veloces y sin hacer ninguna pregunta, se adentró en la espesura.

Noú
La división. Del año 100 al 200 d.P.

Corría el año 200, y el continente de Nâgar había estado sumido los quince años anteriores en guerras interminables. Para los habitantes de Puertocondenado esto no suponía ningún problema, aunque dentro de la misma isla se vivía la propia guerra civil: la Guerra de Separación.

Puertocondenado había crecido bajo el mandato del rey Noú de los dartáas, una raza del continente cuyos miembros, aunque no se reconociera, eran los parientes oscuros y no mágicos de los elfos. Tanto Puertocondenado como Puertosanto, que albergaba a los elfos, eran islas que, según la historia, hacía muchas centurias habían sido parte física del continente; para ser exactos, del actual Estado libre de Erû. Tras los cataclismos, en tiempo inmemoriales, ambos pedazos de tierra se separaron, y se volvieron islas de Nâgar.

Aquel hecho era algo que, aunque lejano en el pasado, había prevalecido inquietante en la mente de los elfos y dartáas: la posesión y autoridad sobre Erû. Antes del año 100 y el famoso Crisol de Razas en la isla de Co-Shen, la reina Razana y los dos reyes anteriores al rey Noú, su abuelo y, tras su muerte, su padre, habían batallado constantemente desde sus islas por las tierras de Erû, ya que ambas razas aún conservaban habitantes en esos territorios.

La cantidad de elfos que habitaban en Erû era superior a la minoría de dartáas que aún se mantenían allí. Tras muchas guerras civiles por el poder de Erû, y las demás guerras vividas entre otras razas en el resto del continente, se decidió llevar a cabo un tratado entre razas para traer la paz al continente. La iniciativa fue tomada por la reina Razana, convocando a los reyes, reinas y herederos de todas las razas, pero los dartáas no fueron invitados.

El Crisol de Razas en la isla de Co-Shen se llevó a cabo en el año 100 y contó con la presencia de las grandes casas: la humana, la élfica, la enana y la dríca; los haris y los archais fueron como razas observadoras, pero con derecho a voto. Aquel encuentro dio como resultado la división justa del continente y sus tierras en cuatro reinos y un Estado libre. Cada casa real tendría sus derechos sobre su reino, respetando los derechos reales de los otros, y el Estado libre mantendría su interdependencia, pero reconociendo el poder de la casa real vigilante. Esta idea fue expuesta por Razana, que quiso imponerla al ser la más antigua de todas, tomar el poder y vigilar en pro del bienestar del continente. Las demás casas estuvieron en total desacuerdo, ya que lo vieron como una propuesta oportunista por parte de Razana. Tras muchas discusiones, horas, desencuentros y pactos, se llegó al acuerdo entre todos de que la casa que se alzara fuese la humana, ya que cargaba con la mezcla mágica en su pasado con otras razas, portando en su sangre vestigios de cada una.

Aquello fue el inicio de la formación de los reinos. El resultado no había sido el previsto por Razana; pero, conociendo su mente ingeniosa y perspicaz, solo puso una condición para aceptarlo: las otras razas debían marchar contra los últimos pueblos sureños dartáanos en Erû y hacerlos regresar a Puertocondenado o enfrentar la muerte, entregando el reino por completo a los elfos. Los haris y archais no acordaron nada; los haris mantenían su casa en Arröyoïgneo, lejos de los futuros cinco reinos, y por ello no veían razón para participar en dicho pacto, así que decidieron no involucrarse en el ataque de expulsión de los dartáas. Los archais, como defensores de la justicia, se abstuvieron de emitir su opinión.

El acuerdo de Co-Shen se firmó, y tras ello los ejércitos de cada raza, menos los haris y archais, marcharon sobre Erû, provocando la retirada masiva de los dartáas y la masacre de muchos más. Aquello fue justificado como la guerra «buena» por el bienestar del reino. El ejército élfico tomó lo que quedaba de las tierras de Erû, y con ello se dio fin a la vida dartáana en el territorio; o eso se había pensado en aquel momento.

Pasaron años tras la expulsión y la masacre cometida, pero aquellos dartáas que huyeron y se establecieron en el norte de Puertocondenado no olvidarían. Puertocondenado cambió de reyes en los años venideros, y muchos intentaron, entre el año 100 y el 150, invadir Erû una vez más, tratando de recuperar aquellas tierras. No obstante, todos esos intentos fracasaron.

En el año 150 llegaba el príncipe Noú al poder, tras la muerte de su padre. Entre sus primeros decretos reales (y de los más polémicos) se dictaminó que estaba prohibido cualquier intento de regreso, ataque o invasión al continente. Ese decreto, que buscaba la paz, solo trajo la división de la isla y la guerra civil. Los dartáas norteños, al descender de los exiliados y asesinados en el año 100, aún mantenían en su memoria aquel rencor; y en su corazón, el odio. Estalló en el año 190 la gran Guerra de Separación que dividiría Puertocondenado en dos: la parte norte, un treinta por ciento de la isla, gobernada con el alto consejo dartáano; y la parte sur, reinada por el rey Noú. El norte defendería el pro de la guerra contra los elfos y la restauración del Estado libre de Erû, y el sur defendería la vida en la isla, la paz, y llegar al concilio con las otras razas para formar el sexto reino. Aunque las constantes guerras internas en la isla habían llevado casi diez años, llegaron a su fin con la invasión de Erû gracias al apoyo de los haris en la muy bien conocida Rebelión Roja. El regicidio en la Torre de Carode dio paso a la salida máxima y definitiva de los dartáas norteños para apoderarse de Erû y dar inicio a la expulsión de los elfos. Aunque los dartáas eran menor en número que los elfos, estos contaban con los hatras y sus dragones, ante lo cual los elfos prefirieron el exilio en lugar de continuar la masacre de los suyos.

Muchos de los dartáas sureños, al ver el éxito logrado por la rebelión de los norteños, se unieron a ellos, dejando Puertocondenado y dándole la espalda a su rey. Años difíciles de mandato se le vinieron encima a Noú, hasta que, con el transcurso del tiempo, Puertocondenado volvió a florecer, uniéndose en un solo reino y viviendo en armonía sin necesidad de las tierras de Erû.

La negación. Año 220 d.P.

Habían pasado ya veinte años desde que los norteños zarparon a Erû para tomar las tierras otra vez mediante guerras, divisiones y asesinatos, que no habían sido de interés alguno para los dartáas de Puertocondenado, porque era un hecho que solo incumbía a sus hermanos extranjeros. El rey Noú había estado reinando con justicia y sabiduría, manteniendo a los suyos a salvo y erradicando las ideas extremistas.

Debido a su cercanía al continente, Puertocondenado recibía noticias constantes de las acciones que se tomaban. Había llegado hacía quince años la noticia de la muerte de la hija de Amadeus Bór, Melinda, y de los hermanos Lagesa en la búsqueda enfermiza liderada por Bëth, y con ello la noticia del dominio total de esta sobre Cyêna y Erû. Como todos sabían, las tierras del norte aún permanecían aisladas y protegidas de la tiranía de Bëth. La última de las fuerzas rebeldes había caído. Los años pasaron y seguían llegando noticias del continente, pero esta vez de mano de dos dragones y sus hatras en el cielo.

Aquella mañana en Puertocondenado se respiraba un aire de incertidumbre. Desde hacía muchos años no había aparecido un dragón sobre las tierras de Noú. Los dartáas andaban de un lado para otro en la gran fortaleza gris. Los jinetes Dashnör y Üldine aterrizaron durante la tarde y pasaron un par de horas frente a la entrada de la fortaleza, exigiendo audiencia con el rey.

Todos los dartáas estaban en las murallas negras del fuerte, con la artillería esperando un paso en falso para arremeter contra

Dashnör y Üldine. Se palpaba la tensión. Cualquier movimiento representaba un estado de alerta.

Se oyó el rechinar del rastrillo a la entrada de la muralla. La compuerta de la fortaleza dartáana era de un grosor prominente; se necesitaban varias poleas para levantarlo. Cuando estuvo lo suficientemente elevada, se vio la figura imponente de un dartáa de largos y lisos cabellos plateados, finos cuernos perfectamente pegados a su cabeza, de aspecto maduro y fascinante. Quien había hecho acto de presencia era el mismo rey Noú. Llevaba una armadura plateada ajustada perfectamente a su musculoso cuerpo, y en su frente, unas líneas doradas que parecían estar tatuadas.

—¿Qué trae a dos hatras y sus dragones tan lejos del Nâgar continental?

—Su Majestad, permítame presentarnos —le dijo Dashnör.

—No hace falta, Dashnör. Las noticias también llegan a Puertocondenado, y sabemos cuántos hatras hay en el mundo; solo hay dos opciones, y estoy seguro de que no eres la segunda. El hari rebelde hace años que desapareció, así que solo queda una opción. Y lamento imaginar qué razón o desesperación te trae hasta nuestra isla. Por otro lado, conozco muy bien a tu reina, así que tu compañera debe de ser la general Üldine —le dijo Noú con mirada solemne.

—Lamento nuestra entrada sin derecho y sin aviso en su reino, pero lo que nos trae aquí es un tema de su interés y que urge ser atendido.

—¿Qué puede interesarle a mi pueblo de vuestro reino? Os recuerdo que hace mucho que no somos parte de vuestros asuntos, y claramente no queremos serlo. Tu reina logró su objetivo arrasando a nuestra gente y causando estragos irreparables. ¿Crees que nos interesa algo de lo que pasa en Nâgar? —le reprochó Noú.

Aquel tono en la voz del rey y su actitud de desaire comenzaban a irritar los muy bajos límites de tolerancia de Üldine, pero esta tenía órdenes claras de Dashnör de no intervenir bajo ninguna circunstancia. Dashnör sabía que tampoco él podía permitirse salirse de sus casillas. Tenía una misión que cumplir y un cometido que lograr, así que respiró hondo y continuó la conversación mientras observaba las murallas y las saeteras de la fortaleza; también aprovechó para lanzarle una mirada a Üldine recordándole que estuviese callada.

—Mi señor Noú, nuestra intención no es causar problemas. Entendemos que sus hombres están aquí para protegerlo y por ello permanecen en alerta ante cualquier movimiento. Como muestra de mi buena voluntad, de inmediato pediré a Yukpä, mi dragón, que se retire de la entrada del castillo, al igual que Üldine lo hará con el suyo, Uruäk.

Üldine reveló un claro intento de intervenir, pero Dashnör prácticamente la aniquiló con la mirada.

—Üldine, por favor —le dijo, señalando hacia la distancia, invitándola a retirarse.

La hari, con una mirada llena de furia, afirmó con la cabeza y se subió a su dragón. Dashnör conectó de inmediato con Yukpä, y este salió disparado al cielo, alejándose de los alrededores del castillo.

—¿Qué buscas en Puertocondenado? —lo interrogó Noú.

—Mi señor, nos trae a su reino un asunto inquietante del pueblo dartáano de Erû.

—Antes de que prosigas, cualquier tema que creas que puede interesarme sobre aquellos que abandonaron estas tierras hace años y le dieron la espalda a su raza, o simplemente se levantaron en armas en contra de sus hermanos, no me interesa —diciendo estas palabras, el rey le dio la espalda y caminó hacia el castillo.

Al ver que su intento comenzaba a fallar, Dashnör trató de dar un paso y alcanzarlo, pero una saeta se clavó a unos milímetros de sus pies.

—Mi señor, ¡su pueblo lo necesita! —gritó. Aquellas palabras provocaron que Noú se detuviera.

—Habla, ¿qué quieres decir?

—Los dartáas en Erû se niegan a cooperar con la reina. Se han rebelado, el alto consejo dartáano de Erû se ha negado a darle apoyo a la reina.

—¿Es que no tiene nada tu reina que ofrecerles para comprar su voluntad esta vez? ¿O es que no es suficiente la hematomancia de las orcris para «doblegar» el poder de decisión de los dartáas? ¿De verdad tu reina creyó que estos serían una pieza tan débil como los humanos para caer bajo un truco tan barato como la influencia mental de las orcris? Qué equivocada estuvo al creer que jugó con el pueblo para que la ayudara, sin darse cuenta de que era el pueblo el que jugaba con ella. Involucrar a las orcris para lograr su voluntad… ¡Tu reina no se ha dado cuenta de que es ella la que está haciendo la voluntad de otros!

Aquellas palabras estremecieron totalmente a Dashnör. No solo porque Noú sabía de las orcris, sino también porque lo que estaba oyendo era algo que no entraba en sus planes, era algo que no había visto ni se había detenido a pensar.

—No te hagas el sorprendido, las orcris no son un misterio para mi pueblo. Si tu reina cree que mi gente caerá en trucos baratos, en manipulaciones, amenazas o codicia de poder, está muy equivocada. Dile que mi pueblo ha aprendido con la historia; no repetiremos errores. Dile que mi pueblo NUNCA la apoyará.

El rey Noú dejó salir aquellas fuertes declaraciones de su boca mientras entraba en el castillo. Algo lo hizo titubear y regresar sigilosamente como una serpiente hasta Dashnör, quedando tan cerca que todos los dartáas en las murallas se tensaron al no saber qué pretendía el rey. Noú puso su cara al lado de la de Dashnör, colocó su boca a la altura de la oreja del jinete y susurró palabras que solo ellos dos pudieron oír. Dashnör palideció ante esas palabras y el dartáa se alejó.

El hari no se paró a pensar en todo lo anterior que le dijo Noú; lo que más le preocupaba y había creado una señal de alerta en él fueron estas palabras susurradas. En su cabeza comenzaron a formularse muchas preguntas. ¿Los habían engañado? ¿Estaban utilizando el apoyo equivocado? Sin perder tiempo, contactó con Yukpä, el cual llegó de inmediato, acompañado de Üldine y Uruäk.

«Debemos regresar de inmediato, hemos de ir a Cyêna. Tenemos que investigar si lo que dijo el maldito rey Noú es cierto o no; y si es así, estamos en grave peligro».

«He seguido la conversación en la distancia, mi señor, atento por si me necesitaba. Suba, saldremos ahora mismo», le transmitió el gran dragón verde.

—¿Qué ha pasado? ¿Qué haremos? —le preguntó Üldine.

—Regresamos de inmediato al reino —respondió secamente y sin dar explicaciones.

Dashnör subió enseguida al lomo de su dragón, y, sin esperar más, despegaron de Puertocondenado rumbo al continente. El rey Noú lo vio alejarse desde la entrada de la torre. Un soldado dartáano se acercó.

—Mi señor, ¿todo bajo control? ¿Algo que deba comunicar a los soldados?

—Se acabó la paz en la que vivíamos. Una guerra se acerca; que se preparen. Tendremos que elegir un bando para lo que se avecina. Reúne a nuestras Dartáas de Guerra en consejo —respondió el rey con mirada de preocupación y gran inquietud.

Jenïk
El nuevo reino y el cometa rojo

Poco después del afortunado encuentro de Pïa con Jenïk y de discutir acerca del futuro de su viaje, le pidió a este un poco de tiempo antes de partir. Los dos acordaron continuar el trayecto en barco hasta Êger, y una vez allí salir hacia el valle de Angostura.

La reina Kildi observaba a Pïa que estaba en la popa mirando la estela que dejaba el barco en el mar tras su paso. La muchacha le recordaba mucho a Melinda, pero algo la hacía al mismo tiempo muy diferente. Decidió acercarse a ella y tener una pequeña charla.

—Debes sentirte extraña lejos de Erû, ¿no? Toda tu vida transcurriendo en ese pequeño pueblo, sin oportunidades de ver la grandeza del reino de tus antepasados...

Pïa se sintió algo tímida y torpe, pues nunca había estado ante la presencia de ninguna reina ni rey.

—La verdad es que todo me resulta muy extraño. Ha sido un torbellino de información. Es como si tuviese que tomar un pergamino y borrar todo lo que ha sido escrito sobre mí, todo lo que ya existía, y reescribirlo.

—No tienes nada que reescribir —la interrumpió Kildi—.

Esta es tu historia, como debía pasar y como pasó. Ahora tienes un camino largo y difícil que recorrer. Debemos honrar la memoria de tus padres. ¿O es que acaso dejarías que sus muertes fuesen en vano?

—A eso me refiero. A la idea de quienes son mis padres, lo importantes que fueron y lo que hicieron por salvarme. El saber que hay alguien allá fuera con el deseo monstruoso de acabar conmigo por esto. —Pïa se tocó el kalï en su mano—. Y se supone que esto quiere decir que poseo un dragón, pero no tengo ni idea de dónde está ni de qué debo hacer.

—Durante todos estos años, cada cruce de lunas que iba a la costa de Erû a ver a mi hija, Sig, ella me hablaba de ti. Sig siempre me describía a una chica curiosa, atrevida, arriesgada, hasta cierto punto poco prudente, y sin miedos. ¿Dónde está esa chica? Porque yo solo veo a una niña dejando que el mundo la devore por un pequeño obstáculo: una reina sanguinaria con su dragón y sus secuaces —añadió Kildi en tono teatral entre risas, buscando animarla y cambiarle la perspectiva—. Eres la hija de Melinda Bór y Mathïas Lagesa. En tu sangre va la de dos seres maravillosos, y tú te asemejas mucho a ellos.

Pïa se sintió halagada ante aquel comentario. Observó tímidamente el rostro de la reina drífica. El parecido entre Sig y su madre era enorme. La joven continuó absorta mirándola, sentía que estaba mirando a Sig unos años mayor; eran idénticas.

—Su Majestad, ¿podría hablarme de mi madre?

—Hablar de Melinda es algo muy difícil, me faltarían los adjetivos para ella. Tu madre era una mujer de un corazón espléndido. Amada y venerada por su pueblo. Melinda nunca tuvo aires de grandeza, ni se sintió más que el resto por ser la hija del rey; de hecho, tuvo muchos problemas por sus constantes escapadas a la aldea. Tu madre se cambiaba la ropa con una de las niñas de su aya y se iba a jugar libremente sin mostrar quién era.

Pïa escuchaba el relato de Kildi con ojos llenos de ansia y orgullo. Su madre era una mujer de noble corazón.

—Aún recuerdo cuando robó el caballo de tu abuelo, corría el año 193, y fue a parar al reino de Erû. Allí la conocí. Estaba en una misión diplomática en el reino élfico con todo el asunto de la Rebelión Roja; nos conocimos tu madre, la reina Razana, mi difunta hija Kea y yo. De allí en adelante creció una amistad muy grande entre mi reino y el suyo, sobre todo entre Kea y Melinda. Ruth te habrá contado por lo menos que te pareces mucho a ella, ¿no? Aunque tienes algo singular que te hace diferente.

—Sí, Ruth siempre me cuenta cuánto me parezco físicamente a mi madre, pero dice que la energía de mi padre me hace distinta.

—Efectivamente. Hay una energía particular en ti. Me he enterado de lo de Iana; quiero que sepas que ella sabía perfectamente los riesgos que corría en su misión. —Aunque Kildi emitía estas aclaraciones con firmeza, se notaba el tono de melancolía—. Eras la prioridad; tu vida y la de Sig siempre iban primero.

Tras un largo silencio entre las dos, ya que Pïa sentía que no había palabras que consolaran esa pérdida, la reina solo añadió entre palabras arrastradas en su boca:

—La voy a extrañar.

Y dejó que su mirada se perdiera en el horizonte.

En ese momento, Sig subía las escaleras hacia la popa. Traía un atuendo que Pïa jamás la había visto usar; era una especie de malla de cuero, con adornos de metal, hombreras y brazaletes metálicos, y unas botas de piel hasta más arriba de sus rodillas. Parecía una auténtica guerrera, con la distinción de una pequeña diadema en su cabello castaño claro, ahora recogido.

—¿Y bien? ¿Qué tal luzco de princesa?

Kildi y Pïa estallaron en risas ante el comentario irónico de Sig. Ruth y Jenïk también llegaban a la popa del barco. A pesar de contar con cincuenta y seis años, la mujer aparentaba ser muchísimo más joven, al igual que le ocurría a la reina Kildi. Se sabía que las razas mágicas de Nâgar tenían un proceso de envejecimiento lento. En el caso de Ruth, su nueva compañía, Jenïk, la rejuvenecía aún más. Había como una energía de amor juvenil y pícara entre ellos que daba la impresión de que los volvía atrás en el tiempo. Una drifa se acercó a la popa dando la noticia de que estaban próximos a entrar en el puerto de Gîda, en Êger.

—Pïa, prepara tus cosas. En cuanto toquemos tierra partimos, como acordamos —avisó Jenïk.

Sig, al oír aquellas palabras, no pudo levantar la mirada. Nunca se había separado de Pïa desde que llegaron a Agra'ad. Pero eso era algo que no podía cambiar. Su mejor amiga, y casi hermana, tenía que marcharse en busca de su dragón. Lo que más angustiaba a Sig era que en esas circunstancias existía una posibilidad de que no se volvieran a ver.

No solo ella estaba teniendo esta batalla de emociones; también Ruth se encontraba peleando internamente con la idea de que debía dejar ir a aquella niña que crio como a una hija durante tantos años. Pero había crecido y ya era una gran mujer, y tenía que partir con Jenïk para cumplir su destino. Ahí Ruth fue consciente de que no solo debía decir adiós a Pïa, sino también a Jenïk; después de tantos años separados, y tras ese momento tan efímero que volvió a unirlos, tenían que despedirse nuevamente.

Para cuando el barco llegó a Gîda, el sol ya se había puesto por completo, y Êger estaba bajo un cielo lleno de estrellas. Mientras todos se perdían en sus pensamientos y dilemas, se oían las voces de las drifas guerreras en el puerto, las gaviotas y el sonido del mar chocando contra la orilla. Pïa estaba impactada ante la belleza de la costa de Êger: se divisaban unos acantilados de arena de color rojizo coronados por un extenso terreno de hectáreas de hierba y árboles verdes al borde de la ribera. Toda la ciudad estaba rodeada de una extensa arboleda, parecía como una muralla que la protegía. Nunca había visto nada parecido. Estaba sin palabras.

Tras anclar en el puerto de Gîda, un resplandor rojo en el cielo comenzó a hacer su caída en picado y luego en círculos. Hotï, el dragón de Jenïk, aterrizó enérgicamente en la orilla del puerto. Las drifas guerreras se sintieron aterradas cuando aquel dragón rojo de un tamaño descomunal cayó justo a su lado.

Tras el desembarco en Gîda, Pïa y Sig se quedaron al borde del muelle mirando el horizonte del golfo Zarco completamente hundido en la oscuridad, y cómo las antorchas del pueblo iluminaban el paisaje del reino drífico.

—Pues este es mi hogar —dijo Sig.

—La casa de la princesa Sig.

—Princesa Sig Grun, por favor; más respeto a Su Magnificencia —dijo Sig con un tono de burla y teatral.

Las dos chicas rompieron a reír con grandes carcajadas y, tras un minuto de silencio, intercambiaron un abrazo que se transformaría en una separación dolorosa y sin ninguna expectativa ni estimación de tiempo para el reencuentro.

—De la hermana que perdí solo conozco el nombre y la vaga imagen de su retrato. Mi madre no se equivocó al enviarme tu protección y compañía; me devolvió, con ello, a la hermana que me fue arrebatada. Te estaré esperando, Pïa. Lucharemos esta batalla juntas, como hermanas.

—Te prometo que volveré. Volveré para recobrar lo que fue arrebatado; volveré y limpiaré el recuerdo de mis padres y de tu hermana. Por los dioses creadores te prometo que volveré.

Tras aquellas palabras, Sig y Pïa se separaron. La reina Kildi se acercó a Pïa, y de manera maternal le dio un abrazo.

—Gracias por ser la hermana que Sig necesitó; en Êger tienes una madre más.

Kildi le dio un beso en la frente, y tras esto la dejó ir, tomando por la mano a su hija Sig y continuando el camino junto a las drifas hacia las caballerizas para llegar al castillo de Gîda.

Pïa veía a Sig alejarse a caballo con el resto de drifas. Emprendió una caminata dando pasos torpes en la costa de la ciudad, cerca del muelle. Sentía cómo todas esas emociones comenzaban a trepar hasta su corazón, las emociones del adiós.

La costa de Gîda se oscurecía aún más mientras daban aquel paseo de despedida. A Pïa se le hacía más y más difícil aquella marcha que emprendía con Jenïk y Ruth, tras ellos iba Hotï, con andar pesado y vigilante. La imagen de majestuosidad del dragón rojo sacó a Pïa de la espiral de emociones que taladraba su cabeza. No podía dejar de mirarlo; nunca en su vida había visto uno. Era descomunal, tenía la cola completamente llena de púas, y de su cabeza salían unos cuernos de tono rojo suave, cuatro, para ser exactos, posicionados de manera simétrica.

«¿Qué mirará con tanto interés la humana? Apuesto a que si le muestro los dientes temblará como un pequeño kasvaa», le dijo el dragón a Jenïk.

Pïa emitió una risilla muy pícara.

—Estaré más asombrada que asustada —dijo la joven como si estuviese hablando con la criatura.

Jenïk se detuvo bruscamente y puso su mano sobre el pecho de Ruth, deteniéndola, y, girándose rápidamente, preguntó:

—¿Has entendido lo que pensó Hotï?

Pïa se sintió muy intimidada bajo la mirada de los ojos dorados de Jenïk, y solo asintió con la cabeza.

—¿Qué está pasando? —preguntó Ruth.

—Pïa puede comunicarse con Hotï.

La cara de Ruth palideció.

—¡Es imposible! Pïa aún no tiene siquiera la conexión con su dragón; y, aunque tuviese algún entrenamiento en conexión mental y lengua dracónica, ¿cómo podría establecer un vínculo con un dragón de otro hatra? ¡Es imposible! —dijo Ruth con un inmenso asombro.

—Pïa, dile algo mentalmente a mi dragón —le ordenó Jenïk.

«¿Hola?», dijo Pïa.

«Humana, eres la portadora de un kalï, llevas en tu sangre el linaje de los haris y la sangre de una bruja. En ti hay un gran potencial. No solo oirás y entenderás a tu dragón, sino que podrás conectarte con cualquier otra criatura. Sin duda, entiendo por qué se ha puesto fe en ti», le dijo Hotï.

—Efectivamente, Ruth. Pïa se puede comunicar con Hotï. Vaya talento mágico el de la hija de Mathïas.

—La hija de Melinda; te recuerdo el poder de su madre —le dijo Ruth con una mirada de reproche.

Pïa y Hotï se rieron mentalmente mientras parecía que Ruth y Jenïk discutían de dónde venía el talento de la chica. Ruth recordó el episodio en el bosque con Cili, el hada.

—Espera, Jenïk. En Erû también logró hablar con un hada y entenderla; ya sabes lo difícil que es el lenguaje de esos diminutos seres. Creo que es un poder innato en ella. Su madre podía empatizar con las emociones de los animales; es un nivel de magia muy alto y de años de práctica, pero Melinda lo desarrolló desde muy pequeña. Quizás su herencia hari incrementa ese don.

—No olvides la herencia de cruzados de su familia; podría ser cualquier cosa, hasta sangre élfica —añadió Jenïk.

—Hace mucho que la sangre élfica se diluyó en los descendientes de Cyêna, Jenïk. Los últimos solo cargaban en las venas sangre de magos y brujas.

«Jenïk, debemos irnos, creo que estamos perdiendo demasiado tiempo aquí. Hagámoslo ya. Hay que llevar a Pïa al valle», le reprochó el dragón a su jinete.

«Tienes razón», le respondió Jenïk que, a continuación, se dirigió a la joven:

—Debemos irnos ya, Pïa. ¿Estás lista para montar a Hotï?

—Nunca he montado un dragón.

«Es como montar un caballo, pero con más dientes», acotó humorísticamente Hotï.

A pesar de ser un dragón al que se le podía temer por su imponente e inquietante apariencia, Hotï poseía un increíble sentido del humor, cosa que divertía y mejoraba el estado de ánimo de Pïa.

«Desconocía que los dragones fuesen tan graciosos, vaya "chispa" tienes», le transmitió en tono jocoso Pïa.

«La humana tiene mucho sentido del humor —reía Hotï—. Este viaje será muy ameno».

En aquella costa donde el sol ya no mostraba ningún vestigio de su paso, donde solo reinaba la noche, al borde del bosque y frente al mar, Jenïk le decía adiós a Ruth con un beso, prometiéndole regresar a ella. Pïa sentía su estómago dar vueltas sin parar y una cantidad de emociones que se acumulaban en su garganta. Ruth se acercó a la joven con una expresión de nostalgia.

—Pïa, no tienes de qué preocuparte. Confío plenamente en Jenïk. Sé que te mantendrá a salvo mientras yo no esté contigo. Esta es una travesía que necesitas hacer sin mí. Estaré en Gîda esperándote. No tienes nada que temer; eres noble como tu madre, valiente como tu padre, y posees la fuerza de los dos. Antes de irte, Jenïk y yo tenemos algo especial que hacer y entregarte. Jenïk, es el momento; pídele a Hotï que nos haga el honor.

Ruth y Jenïk se pusieron alrededor de Pïa. Hotï se levantó sobre dos patas y un gran chorro de fuego salió de su boca, quemando la hierba y formando un círculo alrededor de los tres.

El anillo de Ruth comenzó a brillar, y al mismo tiempo lo hizo otro anillo en el dedo de Jenïk, del que Pïa no se había percatado durante todo el viaje.

—En este corro de bruja, hoy, Pïa Lagesa Bór, yo te hago entrega del anillo de magia, el cual canalizará todos tus poderes, te acompañará, y al que tú resguardarás con tu vida. Este anillo desde hoy se hace parte de tu alma; como a los archais su percepción a los elfos su magia, a los dartáas su orgullo, a los enanos sus artes, a las drifas sus aves, y a los haris sus kalïs, a ti, bruja, hoy, tu anillo. Te entrego el anillo que una vez perteneció a tu familia, el cual lleva historia de tu linaje y, sobre todo, su poder.

Ruth le entregó a Pïa una joya. La chica lo tomó en sus manos y, al colocárselo, lo pudo ver con detalle. Era plateado, tallado con plumas que se entrelazaban para darle su forma y proteger en su centro una piedra color gris pálido. Cuando se lo puso, la piedra comenzó a iluminarse, al tiempo que las llamas de Hotï que formaban el círculo se empezaron a tornar de un color esmeralda intenso, para luego acabar extinguiéndose.

—Pïa, este fue tu preludio mágico. Ya que en los tiempos que vivimos no hay oportunidad de mantener nuestras costumbres, esta es la manera en que te iniciamos y te entregamos tu anillo mágico, que en otros tiempos era entregado por hadas, quienes formaban el corro de bruja con sus poderes. Cada anillo es único; está hecho de una piedra robada de las profundidades de las fallas de Ocaî, en Cyêna, que es llevada a las minas de los enanos para que estos, con ayuda de la magia de las hadas, formen el anillo. El que ahora mismo portas perteneció a tu familia, y creo justo que bajo las actuales circunstancias lo lleves tú. El colgante gris que te di fue una piedra temporal, un estabilizador, para que pudieras hacer uso de tu magia, este anillo será tu catalizador definitivo. Recuerda que sin él, al igual que sin el colgante, no podrás usar la magia con control.

—Ruth, ¿las fallas de Ocaî fueron las que selló Bëth con los otros haris tras lo que ocurrió en la Torre de Carode?

—Sí, las mismas. Las selló con fuego de dragón para que no volvieran a formarse anillos, y con ello dar fin a los magos y brujas.

Pïa se quedó mirando el anillo y formuló la pregunta que le rondaba por la cabeza:

—¿Es el anillo de mi madre? —Sus ojos se llenaron de expectativas e ilusión.

—No, mi querida niña. El anillo de tu madre pereció con ella en la batalla de la Torre de Carode —le dijo Ruth, provocando cierta decepción inconsciente en la joven.

—Ruth, tenemos que irnos, es peligroso para Pïa —le advirtió Jenïk.

—Parte ahora, mi niña. Vendrán momentos difíciles para todo Nâgar, pero todos confiamos en ti.

Pïa sentía mucha emoción mientras caminaba hacia el dragón y observaba aquel anillo que perteneció a su familia; aunque no evitaba sentirse triste al imaginar que pudo haber sido el de su madre. Frotó el aro en su dedo índice y continuó hacia Hotï. Mientras caminaba, notaba una intensa energía emanando de su cuerpo que la conectaba con aquel dragón. Sentía una gran fuerza y una pequeña melancolía. Colocándose a ras de suelo y encogiendo sus alas para que sirvieran de apoyo, Hotï se colocó en posición para que Jenïk y Pïa subieran hasta la silla. Cuando la joven estuvo lo suficientemente cerca del animal, extendió su mano y tocó el ala. Las membranas eran de un color translúcido, mientras que las escamas de su cuerpo eran duras como el metal y su cuerpo estaba hirviendo, pero a pesar de aquello no retiró la mano, ya que aquel calor no parecía afectarla. Tomó impulso y se sentó justo detrás de Jenïk en la gran silla del jinete.

Pïa sentía la respiración del animal, cómo su organismo se movía con cada bocanada. Podía notar la sangre hirviendo de aquel dragón correr por sus venas, era como si estuviese hecho de fuego. Ruth lanzó una última mirada a Pïa y Jenïk mientras levantaba su mano para decir adiós. La bruja decidió no despedirse emotivamente de la chica para no hacer el momento más difícil, pero la pena estaba consumiendo su corazón.

Hotï batió las alas contra el suelo y un torbellino de arena roja se formó mientras el dragón corría por la costa y emprendía el vuelo. Ruth se cubrió los ojos para protegerse de la arena y no revelar las lágrimas que comenzaban a aparecer. En el cielo ya solo se veía una gran y difusa imagen rojiza. Daba la impresión de que aquello era un cometa que surcaba el firmamento nocturno de Nâgar. Pïa experimentaba por primera vez el vuelo del dragón, el viento corriendo deprisa por su cara y la sensación de infinito al mirar el reino. Hotï siguió ascendiendo hasta que las nubes taparon completamente el enorme y frondoso bosque que era el reino de Êger.

Pïa sentía una emoción increíble por lo que estaba pasando; eso era lo que experimentaban los jinetes de dragones en la época que surcaban los cielos de Nâgar. La sensación de poder e inmunidad. La sensación de ser uno mismo con el dragón en el cielo.

El valle de Angostura

Pïa no dejó de hacerse preguntas desde que salieron del puerto de Gîda volando en Hotï, el dragón de Jenïk. Tenía muchas cosas en su mente. La imagen que veían debajo de ellos era increíble, atravesando la bahía de la Doncella, que Jenïk señaló, y le contó su historia.

—Pïa, ¿ves esa bahía esmeralda bajo nosotros? —le preguntó Jenïk.

—Es la bahía de la Doncella. Recuerda ese nombre.

—¿Por qué se llama así?

—La bahía está entre tres ciudades: Cyêna, la capital de Êger, La Esmeralda y Custodia. Se cuentan muchos relatos sobre este lugar; se dice que su nombre viene de una leyenda sobre una joven reina bruja de Nâgar, seguramente de Cyêna. La doncella se sacrificó para salvar a su pequeña primogénita tras el hundimiento de su barco, depositándola dentro de los restos de un barril que flotaba. Aquella madre, sin más energía para continuar, dejó su cuerpo inerte sumergirse y volverse uno con el mar mientras su hija flotaba rumbo a la costa. La mujer entregó la vida con la esperanza de darle la oportunidad a su pequeña de sobrevivir.

—La bahía está perfectamente demarcada en su color diferente al golfo.

—Así es, Pïa. A diferencia del color azul claro del golfo Zarco, esta es de color verde esmeralda, ya que se dice que eran los ojos de aquella doncella, por lo que existe el mito de que la joven bruja vigilaba aquellos mares.

Pïa se quedó embelesada mirando la bahía y pensando en el terrible fin que tuvo aquella reina, pero a su vez, orgullosa de saber que dio su vida por el ser que más amaba, como lo hizo Melinda con ella.

Tras horas de vuelo, el sol ya se levantaba por el este. El jinete y Pïa comenzaban a perder de vista la bahía y ya había hecho acto de presencia el verdor de las montañas que se alzaban al otro lado de la misma. Se adentraban en las cimas boscosas de Êger. Jenïk le pidió a Hotï que descendiera para descansar, comer algo y luego continuar volando bajo entre la cordillera, sabía que era lo más seguro.

Hotï descendió entre la espesura del bosque buscando una parte lo suficientemente tupida para ocultarse. El gran dragón rojo aterrizó de golpe en un lugar frondoso, logrando esconder su gran cuerpo entre los altos fresnos característicos de esa zona de Êger. Jenïk y Pïa bajaron lentamente de la silla para buscar un sitio donde vaciar sus alforjas y poder descansar tras comer algo. Ambos se habían quedado sin agua para continuar el viaje, por lo que se dirigieron a buscar un río cercano y poder reponerla.

—Es tiempo de cazar algo digno de comer —dijo Jenïk camino del río.

Pïa aguzó sus sentidos, muy bien desarrollados tras años de caza en el bosque Kôr, y allí estaba: sintió cerca un pequeño ciervo. Sin pensarlo, sacó su espada de la funda para ir tras el animal. Antes de que pudiera emprender la caza, Jenïk le pidió que guardara su espada, ya que esta vez, aprovechando la oportunidad, tendría que practicar un par de hechizos para dar caza al ciervo.

—Pïa, vas a hacer algo sencillo; primero utilizarás un hechizo para ocultarte, de este modo el ciervo no te verá venir. Pero tienes que ser ágil, ya que este hechizo no esconderá tu olor o apagará tus sonidos. Cuando estés lo suficientemente cerca, usarás *zurvas*, es el hechizo del glamur. Con él lograrás engañar a mentes más débiles para que hagan tu voluntad —la instruyó Jenïk.

Después de estas claras instrucciones, Pïa se sentía como si la estuviesen evaluando.

—*Debek*.

Lo primero que hizo fue ocultar su presencia con este hechizo, y tras él, sigilosamente, se metió entre los arbustos, para así acercase más al ciervo, que estaba en la orilla del riachuelo, bebiendo. Ella se encontraba en la otra orilla.

—*Zurvas*.

Trató de hacer uso de este, pero el hechizo de ocultación se desvaneció, revelando su posición. El ciervo la miró con pavor y de un salto salió corriendo.

Aunque el animal trató de escapar de Pïa, no logró hacerlo de Jenïk, quien actuó rápido haciendo uso de sus hábiles movimientos: se situó frente a él y a una velocidad vertiginosa blandió su daga, acabando de una estocada y sin dolor con la vida del ciervo.

Pïa se quedó pasmada al ver que había fallado, pero muy sorprendida de las destrezas de Jenïk. El hombre dejó al ciervo sin vida en el suelo y se dirigió a ella.

—No puedes dudar tanto de ti misma, debes actuar. No has de olvidar nunca que, para realizar dos hechizos al mismo tiempo, tienes que dividir tu energía mágica; y sobre todo no descuidar ninguno de los dos hechizos. Sé que es algo complicado, pero debes saber que tienes el potencial para realizarlo —le dijo Jenïk para alentarla.

—He sido muy tonta al no fijarme en un detalle tan obvio. Te prometo que mejoraré y que la próxima vez lo haré mejor.

—No tienes por qué disculparte; mucho has logrado ya con el adiestramiento en secreto que ha tenido que darte Ruth. Hagamos algo: acércate a la orilla del río. Vas a invocar un escudo de agua y vas a aumentar el flujo del río, y con él vas a fortalecer tu escudo de agua —le ordenó Jenïk mientras se dirigía al ciervo, sacando la daga para comenzar a prepararlo para la cena.

Pïa sentía otra vez aquella sensación de ser evaluada, y volvió a notar presión. Trató de relajar la mente y enfocar su energía. Se adentró en la orilla y, tocando el agua, colocó su energía lo más equilibrada que pudo e invocó:

—¡AQUA!

La pequeña corriente de agua comenzó a levantarse y a formar una capa alrededor de ella, hasta que segundos después había todo un cascarón cubriéndola.

—¡Perfecto! —le gritó Jenïk a la vez que le arrancaba la piel al animal muerto—. Ahora, fortalécelo.

La energía de Pïa comenzaba a crecer cada vez más, tanto que Jenïk dejó el ciervo un momento y no apartó la mirada de la chica. Sin descuidar el hechizo de protección, Pïa gritó:

—¡AGÜNA AQUA! —Sintió que las piedras del riachuelo temblaban como una alarma ante algo que se acercaba.

Pïa se puso a pensar en el ataque de Üldine, cuando invocó el escudo de agua por primera vez. La energía de la chica empezó a menguar y el escudo de agua a debilitarse.

—¡No pienses, enfócate en tu misión! —le gritó Jenïk.

Recordando todo lo que le había pasado desde que entró al bosque Kôr hacía un par de días, la nueva verdad sobre su vida, la separación de Ruth y Sig, la muerte de Iana; recordando algo aún peor, la muerte de sus padres, la energía de Pïa dio un salto y un aura esmeralda y ámbar la cubrió. El anillo gris comenzó a brillar en un hermoso color verde. Jenïk subió a un árbol cercano para resguardarse, ya que el impacto mágico de Pïa había invocado una gran masa de agua que arrasó con el pequeño caudal del riachuelo, cubriéndola con una gran y gruesa esfera acuática, la cual se desvaneció rápidamente, inundándolo todo.

Aquel hechizo dejó a Pïa totalmente sin energía, empapada y de rodillas en la orilla del riachuelo.

—¿Lo he logrado? —preguntó mientas jadeaba sin fuerzas, pero con entusiasmo por saber el resultado de su intento.

—Lo has logrado; tanto que has asustado a nuestra comida y ha huido —le dijo Jenïk con una carcajada tras ver que la invocación de Pïa había arrastrado el cuerpo del ciervo. Los dos rieron. Jenïk bajó del árbol, extendiéndole la mano a la joven para llevarla de vuelta al campamento.

Allí encontraron a Hotï, que había vuelto de cazar, y ambos sintieron una preocupación que consternaba al dragón.

«Üldine ya debe de estar de regreso, sobrevolando la zona con Dashnör. He sentido la energía mágica emanar de Pïa; seguro que los otros dragones también. Será mejor que volemos entre la espesura del bosque y las montañas. Soy lo suficientemente fuerte para acabar con Uruäk, pero contra él y Yukpä al mismo tiempo sería un suicidio», transmitió Hotï a ambos haris.

—¿Quiénes son Dashnör y Yukpä? —preguntó Pïa.

—Yukpä es el dragón de Dashnör, y este a su vez es uno de los pocos haris que quedan en el mundo. Era uno de mis mejores amigos y de tu padre, hasta que Bëth le llenó la cabeza con sus ideas intransigentes y sin sentido. Yukpä es un dragón verde, dos años más joven que Hotï. Es un macho de mucha fuerza y vigor, como su jinete. Por sus manos corre demasiada sangre de hatras rebeldes.

Los dos haris recogieron las alforjas y comieron un poco de la carne seca que traían en los sacos antes de recoger el campamento para continuar el vuelo. Mientras lo hacían, continuaban su conversación:

—Bëth tiene un dragón, ¿verdad? ¿Cómo es?

Jenïk se quedó en silencio un rato, sin responder la pregunta de Pïa, pero cuando lo intentó su dragón contestó antes que él:

«Makü es el dragón negro de Bëth. Se dice que es el último y verdadero descendiente de la gran Carybaï, la primera dragona sobre la tierra, la mismísima hija de la diosa Amina y el dios del hombre, Ilạn. Carybaï fue una dragona blanca de espinas doradas como el sol. Si al verme te parecí grande, no tienes idea del tamaño que tiene Makü. Fue el asesino de la mayoría de nuestros hermanos y hermanas, incluyendo… —Jenïk lo hizo callar con un gesto de precaución, pero Hotï continuó—: Creo que Pïa merece saber toda la historia. Makü tenía una hermana dragona gemela, Barï, la dragona de tu padre, a la que él mismo asesinó bajo las órdenes de Bëth».

Pïa se llenó de horror al pensar en la terrible locura de Bëth, al ordenar a su dragón la abominable tarea de matar a uno de su propia sangre y, sobre todo, de matar a la dragona de su propio hermano, la dragona de su padre. El alma de Pïa se llenaba cada vez más de una sed insaciable de venganza y justicia. Tenía que dar paz a la memoria de sus padres y, ante todo, librar a Nâgar de la tiranía de quien —aunque no quisiera pararse a pensarlo— era su tía.

Hotï se agachó para que ambos subieran a su lomo. Tras esto, inició su vuelo entre la espesura del bosque y las montañas. Algunas horas habían pasado, y la mirada de Jenïk se mantenía perdida hacia el horizonte, donde ya se veía terminar la cordillera de Êger y en la distancia se comenzaba a vislumbrar el Amydralïn, una enorme montaña que se alzaba frente al mar, con su cúspide plana como si hubiese sido cortada de un hachazo. Sobre el Amydralïn se observaba una amplia y diferente vegetación, que impresionaba ver desde arriba, ya que parecía un paisaje externo a lo que rodeaba la montaña, como si en su cima el Amydralïn albergara su propio mundo.

—Ya casi llegamos. «Hotï, desciende sobre el Amydralïn». Acamparemos allí, recorreremos la zona en busca de comida y pasaremos la noche.

Aquel sitio era impresionante. Era la montaña más alta que Pïa había visto en su vida, pero lo más impactante era el corte plano y perfecto de su cima, de la que brotaban enormes cascadas de agua, y a su alrededor una espesa jungla. El Amydralïn era el origen de los cuatro grandes ríos, allí nacían y desde ellos brotaban los afluentes que recorrían todo Nâgar. Pïa vio el nacimiento del río Nares, uno de los dos ríos de Erû.

Hotï dirigió el vuelo hasta alcanzar la cumbre de la montaña, para luego descender en una zona rocosa llena de estalagmitas. Aquellas formaciones parecían dentaduras de dragones.

—Acamparemos aquí hoy, Pïa. Ya está anocheciendo, y lo mejor será buscar un lugar donde refugiarnos. El valle de Angostura no es precisamente conocido por su seguridad, y mucho menos por la tranquilidad y docilidad de sus criaturas.

—¿Qué clase de criaturas y peligros merodean por este valle? —preguntó Pïa, reflejando más emoción y curiosidad que temor.

—La leyenda cuenta que cuando la dragona Carybaï descendió sobre Nâgar conoció a la raza de los hombres, y en ese encuentro vio a uno con el cual sintió tanto apego que lo volvió su jinete. El dios Ilan y la diosa Amina habían sido los padres y creadores de Carybaï. El primero no aceptaba la unión de la dragona y su jinete, ya que había sido creada por los dioses como un alma libre y regente del mundo terrenal.

—Si el dios Ilan es nuestro dios y tuvo el poder de crear al hombre, ¿por qué no utilizó su poder para acabar con aquel jinete? —preguntó Pïa llena de curiosidad.

—El dios no podía acabar con la vida de aquel hombre, ya que la unión que lo mantenía junto a Carybaï era tan profunda que, si él moría, ella moriría con él. Se dice que la dragona falleció dando a luz a la primera camada de dragones de Nâgar. Tras su muerte, el dios Ilan cortó el árbol de la vida, llamado Amydralïn, donde habían sido creados los primeros hombres, al no resistir el dolor por la pérdida de su hija. Como venganza contra los humanos, llenó el valle de Angostura de toda clase de criaturas para que acabaran con todo aquel que quisiera volver a poner allí sus pies. Dejó a aquellas criaturas vivir y procrearse para que el hombre no pudiera volver nunca a su lugar de origen. Con esto puedes hacerte una idea de lo que hay —le contó Jenïk.

—Y por eso trajiste el huevo aquí. Siendo tan peligroso, sabías que nadie se atrevería a venir —añadió Pïa de forma perspicaz.

—Exactamente. Me enviaron en una misión secreta aquí con el huevo. Por otro lado, gracias a que vinimos aquí, Hotï es ahora mucho más fuerte de lo que era. En estos años hemos estado peleando contra las criaturas más poderosas del valle, hasta el día que estuvieses lista y nos uniéramos a la lucha una última vez.

Llegaron a una zona plana, entre arbustos y estalagmitas. Jenïk sacó un cristal de sangre del bolsillo, lo puso sobre la palma de su mano y, pronunciando unas extrañas palabras, se hizo un corte con el filo en su dedo. El cristal comenzó a brillar.

—Es un cristal de sangre para Ruth, ¿verdad? —le preguntó Pïa.

Jenïk asintió con la cabeza y buscó con la mirada en aquella inmensidad de la montaña, logrando divisar un pequeño mochuelo gris de ojos amarillentos. Era mucho más pequeño que un búho, pero serviría.

—*Zurvas* —pronunció el hechizo de control haciendo que el pequeño animal clavara la mirada sobre él.

El ave alzó el vuelo, planeando hacia Jenïk para posarse en su brazo. El hari abrió la palma de su mano para que el mochuelo cogiera el cristal. Tras esto, este desplegó sus alas una vez más y emprendió el vuelo en la dirección por la que habían llegado Pïa y Jenïk.

—Jenïk, ¿puedo hace…? —Pïa no terminó de hacer aquella

pregunta porque Hotï la interrumpió mentalmente.

«Te aconsejo no hacerle preguntas a Jenïk sobre su vida personal, y menos sobre Ruth; es bastante reservado al respecto», le transmitió el dragón.

Jenïk se percató de la comunicación entre ambos.

—A ver, Pïa, pregunta lo que quieras. Haremos un trato: tú preguntas y yo respondo, pero a cambio tendrás que formular los hechizos de protección —la retó el hari.

—¿Puedes hacer magia? Pero eres un hari, los haris no poseen talento mágico. Aunque tu imagen es diferente a lo que dice Ruth que es un hari. —apuntó, sorprendida, la joven.

—Pequeña Pïa, ¿entonces qué eres tú? —le preguntó Jenïk en tono burlón.

—Uno de tus padres debió de ser una bruja o un mago también…, entonces…, ¡eres un cruzado, como yo! —le dijo Pïa con cierta alegría y empatía—. Y por eso tienes el anillo de magia en tu dedo.

La piedra del anillo de magia de Jenïk era verde malaquita, hecho que la sorprendió, ya que esperaba que fuese un rubí como el kalï de Jenïk y Hotï.

—La historia de mis padres es un poco más complicada que la simple historia de una bruja y un hari. Mi padre fue un elfo y mi madre una hari, tema que a muchos de mi raza durante la Rebelión Roja les pareció una abominación peor que un hari proveniente de un mago y otro hari.

Pïa se quedó completamente sorprendida con la revelación de Jenïk.

—Pero tus orejas…

—Le hice lo mismo que hizo Ruth con tus ojos. Es solo un hechizo para ocultarlas. —Jenïk hizo un movimiento de su mano—. *Da'raz*—Su cara brilló, unas pequeñas y puntiagudas orejas aparecieron. Con otro gesto, las volvió a ocultar.

Pïa miró con atención el sublime cambio de aspecto de Jenïk. Las orejas élficas le cambiaban totalmente el aspecto del su rostro.

—Ruth le prometió a tu madre que te adiestraría en la magia, pero, debido a las circunstancias, no nos dio tiempo. Por esa razón, te ha dejado conmigo, para que sea yo quien la complete. Ruth no le confiaría esto a nadie más —acotó Jenïk—. Directamente no te dije que poseyera dotes mágicas, pero tampoco te lo oculté, ni me lo preguntaste antes.

La emoción llenó el corazón de Pïa al saber que un hari cruzado sería quien la ayudaría a terminar sus estudios mágicos y a encontrar a su dragón.

—Pues bien, ya he respondido a casi dos de tus preguntas, así que te toca tu parte. Y será mejor que hagas un hechizo de protección y otro para ocultarnos mientras pasamos la noche; espero que sean tan potentes como el que has formulado en el bosque —dijo Jenïk con un tono de picardía.

Pïa se quedó pensativa durante un momento, tratando de escudriñar en su mente los hechizos correctos.

—¿Sabes hacerlos? —preguntó Jenïk de manera retadora.

—El de protección, sí, pero el de ocultarnos solo lo he realizado una vez, que fue mi intento fallido en el río.

Jenïk se acercó y de un pequeño saquito que colgaba de su cinturón sacó otro cristal. Se lo puso en las manos a Pïa.

—Utiliza este cristal para encerrar el hechizo. De esa manera no consumirá tu energía; y así también probamos tu anillo. Vamos a ver tus niveles de magia. Pon tanta fuerza como haya en tu alma y repite: *Agüna oldur og debek.*

Tomando el cristal y cerrando los ojos, Pïa pronunció aquel hechizo y dejó que una fuerza enorme de color ámbar rodeara su cuerpo y se disparara dentro del cristal. La piedra esmeralda de su anillo comenzó a brillar de forma extraña y a emitir pequeños destellos. Tras la aventura del bosque, Pïa no se había percatado del cambio de color de la piedra del anillo.

—¿Qué le ha pasado a la piedra de mi anillo? —preguntó.

—Tranquila, tus poderes comienzan a consolidarse. El anillo solo ha tomado su forma definitiva una vez que ha sentido la fuerza y la fuente de tu magia en el río. Es el color de esta —le dijo Jenïk mientras le lanzaba una mirada a Hotï.

Del cristal que le dio para hacer el hechizo comenzaron a salir pequeñas luces verde esmeralda y ámbar que sobrevolaban el rincón donde estaban, conectándose entre ellas y tejiendo una pequeña red que cubría una gran parte de su ubicación. Cuando todos los cúmulos de magia ya estaban conectados, empezaron a apagarse y a desaparecer.

—¡Por la mismísima Amina! En ti hay un gran poder. Esperaba que ni siquiera lograras sacar un cúmulo de magia o que cayera la protección al poco de materializarse; pero has hecho más que eso. Has cubierto un área el triple de grande de lo que podría cubrir un mago aprendiz. Ruth ha hecho un buen trabajo contigo; aunque sé por los mensajes que me enviaba que no completó tu entrenamiento por miedo a que fueses descubierta. Pero tranquila, que para eso estoy yo aquí ahora —le dijo con mucho ánimo.

Pïa se sentía orgullosa de aquellas palabras. Le hacía una gran ilusión poder aprender más magia, ya que Ruth nunca le dejaba hacer hechizos de alto rango. Jenïk extrajo dos sacos de su alforja y los tendió en el suelo para que Pïa durmiera.

—¡*Ignis!* —exclamó, encendiendo una pequeña fogata en el centro del campamento que habían formado—. Trata de dormir, yo haré guardia; aunque con este hechizo, creo que no hará falta —le dijo entre risitas Jenïk.

Pïa le sonrió y tras ello le dijo:

—Gracias.

Aquella conexión con Jenïk era lo más cercano a lo que habría sentido por un padre.

—¿Pïa?

—Sí, Jenïk, ¿pasa algo?

—Ella es lo que más he querido, la he amado desde que la conocí; Ruth ha sido la razón por la que he soportado estos años. Sé que esa era tu pregunta inicial —confesó Jenïk.

—Nunca la había visto mirar a nadie como te mira a ti, Jenïk. Me hace feliz saber que, dentro de tanta locura, alguien ha logrado ser feliz otra vez. Ha valido la pena.

Jenïk revolvió el interior del saco que había tras él para sacar unas tiras de carne seca, pero, cuando se volvió para ofrecérselas a Pïa, la pobre chica ya estaba profundamente dormida. Se quedó observándola: la joven era la extraña combinación de sus padres, verla era ver a los dos al mismo tiempo. Con esa imagen y muchos recuerdos de su viejo amigo, Mathïas, Jenïk se quedó de guardia.

Pïa
El destino

En el Amydralïn aquella noche reinaba el silencio. Solo se oía el ulular de los mochuelos, con sus amarillos ojos, entre los árboles como si fuesen pequeñas luciérnagas. Pïa despertó repentinamente en medio de la noche tras un sueño profundo por una extraña sensación de peligro que acosaba sus sentidos. Se incorporó de golpe y, al abrir los ojos, se dio cuenta de que ni Jenïk ni Hotï estaban ya allí. Toda clase de pensamientos comenzaron a inundar su mente y se sintió completamente confusa y desprotegida. Algo en su corazón le gritaba que corriera y buscara refugio, le daba la sensación de que Bëth los había encontrado. Sin darle más vueltas, y casi como un acto reflejo, se internó con rapidez en las formaciones rocosas, las cuales en medio de la noche incrementaban aún más la sensación de angustia, que poco a poco la consumía. No sabía qué hacer ni a dónde ir. Estaba sola y el pensamiento de que aquella noche podría morir le oprimía el pecho. Desconocía cuánto tiempo había pasado y la distancia que había recorrido, incluso ni sabía dónde estaba, hasta que se detuvo frente a una gran cascada y durante un segundo se dio cuenta de que no había nadie más allí. Una posibilidad que la hacía sentir completamente tonta llegó a su cabeza, y fue que quizás Jenïk y Hotï habían salido a cazar y no quisieron despertarla. Acababa de caer en la cuenta de la reacción irracional que tuvo, y peor aún, sin pensarlo. Tras esa huida solo había logrado perderse.

Pïa notó cómo internamente, y en muy poco tiempo, se había desarrollado en su ser un miedo innegable a lo que estaba por venir. Comenzaron a mezclarse sensaciones que la dejaban totalmente desprotegida y sin estar preparada para aquella lucha tan grande que se le había impuesto. Se sentía cansada y agobiada, en medio de una guerra y una persecución por una persona con la que compartía su sangre y que era la misma asesina de sus padres y de tantos inocentes.

Al mirar a su alrededor, encontró un bosque que estaba en la más absoluta oscuridad. Solo se oía el sonido de una cascada que rompía en su caída contra un lago lleno de piedras, y algún que otro pájaro en los árboles. En ese momento, Pïa pensó en volver sobre sus pasos, pero era inútil: no tenía ni idea de por dónde había venido. Sentía mucha inquietud en aquel sitio desconocido; pensaba que si eso le hubiese pasado en el bosque Kôr ya estaría de regreso sin problema; sin embargo, el lugar donde se encontraba ahora era desconocido. Ya no estaba en casa.

A pesar de que sabía que ninguno de los adeptos de Bëth los había encontrado, ya que sería muy fácil ver un dragón surcar el cielo, no podía deshacerse de la sensación de que en aquel bosque había algo al acecho. Pensó en hacer un hechizo para ocultarse, pero sería inútil, porque lo que estuviese allí fuera ya la había localizado. Sin perder más tiempo, levantó un escudo mágico como le habían enseñado Ruth y Jenïk en su adiestramiento, formando una capa cristalina frente a ella y contra su brazo.

Lo que fuese que la observaba parecía no decidirse a salir para atacar. En vista de la situación, Pïa decidió dar el primer paso y empezó su marcha con andar cauteloso en dirección al caudal del río; sabía que los ríos siempre salían de los bosques, así que este la ayudaría a reencontrarse con Jenïk.

Después de andar un buen tramo y aún sin estar a salvo, pero ya exenta de aquella sensación de opresión en el pecho, comenzó a sentir un extraño cosquilleo en el cuerpo. Sin poder detenerse continuó su caminata, dejando que su escudo se desvaneciera y adentrándose en el agua del río.

La sensación de Pïa empeoraba: el miedo descontrolado y la angustia de verse observada, la estaban paralizando. No sabía qué pasaba, no podía controlar su cuerpo, una vez más comenzaba a sentirse aterrada. Se dirigía hacia el río, y por más que trataba de detenerse, sus miembros no respondían.

Aquello que estaba experimentado ya no era el miedo que había sentido. Algo estaba tomando el control de su ser, y no eran las emociones. Poco a poco comenzó a adentrarse más y más en el agua, y con terror miraba su cuerpo moverse sin poder detenerlo: estaba bajo un encantamiento, alguien la estaba manipulando. No podía ni siquiera mover la cabeza en busca del hechicero que la controlaba, o detenerse para no morir ahogada, ya que esta era claramente la oscura intención de quien estuviera haciendo el encantamiento.

Con el agua ya hasta el cuello, Pïa comenzaba a sentir el pánico de la muerte aferrándose a ella. Segundos después era demasiado tarde; el agua helada la cubría por completo y se vio arrastrada hacia el fondo. Notaba sus fuerzas menguar y no podía ver más que la oscuridad del río absorbiéndola en aquella noche. Rebuscando en su cabeza, trató de encontrar algún hechizo que la ayudara, pero era inútil: ninguna palabra saldría de su boca atragantada por el agua que entraba.

Sin darse por vencida y con la última de sus fuerzas, Pïa gritó para sus adentros el hechizo que le enseñó Ruth para bloquear ataques mágicos:

—*¡Keiren!*

El anillo que tenía en su dedo índice, y que Ruth le había dado en su preludio mágico antes de despedirse, comenzó a brillar con toda la fuerza y esplendor de su color esmeralda. Tras esto, sintió como si le hubiesen dado un tirón y la sacaran de golpe del agua. Pïa salió violentamente a la superficie, aun ahogándose con todo el líquido que había entrado en sus pulmones mientras trataba de librarse del hechizo. Comenzó a vomitar el agua del río que había tragado en su último intento por sobrevivir.

A gatas, arrastrándose por la orilla, logró ver tres pequeñas figuras aladas. Cada una tenía un par de alas de diferentes colores: una, azules; otra, marrones; y la que estaba más atrás, verdes. Aquellas criaturas eran idénticas a Cili, el hada que le entregó el collar y las ayudó en el bosque.

El hada del bosque azul lucía una cabellera del mismo color en forma de campana, lo más parecido a un crisantemo. Tenía el cuerpo pálido, recorrido por unas líneas azules. La de alas marrones mostraba un aspecto muy similar al de Cili, con la diferencia de su coloración otoñal; su cuerpo iba marcado por líneas marrones. La de alas verdes tenía una cabellera de este color enraizada y coronada por una flor de cerezo, y su cuerpo lucía líneas verdes. Las tres, al igual que Cili, se cubrían con una especie de vestimenta rústica hecha con hojas.

Las pequeñas hadas sonrieron y le dieron su señal de aprobación. Luego volaron hacia el bosque, y al poco tiempo volvieron cargando con ellas una espada envainada. Se acercaron hasta donde estaba Pïa tumbada en la orilla, dejando caer el arma en las manos de la joven. Las tres volvieron a sonreír, y con una señal de sus manos le indicaron que la tomara, que era suya.

Pïa sacó la espada de la hermosa vaina de color negro para descubrir que tenía un mango dorado esculpido en forma de raíces, que comenzaban desde su pomo y luego se transformaban en látigos de llamas hasta la base de la hoja. Esta era totalmente plateada, y desprendía un fulgor cegador; parecía hecha de cristal.

Sin mediar palabra, y dando un respingo, las hadas volaron de regreso a los árboles con una mirada temerosa; en medio de aquella ajetreada noche se oyó un rugido agudo no muy lejos de donde estaban.

Pïa sintió su cuerpo estremecerse y llenarse de temor. Aquel rugido no se parecía en nada a los que oyó en medio del mar cuando Üldine las atacó; aquel rugido no era de un dragón. Había algo que se acercaba a ella, se oía a los árboles quebrarse y las fuertes pisadas de un animal que corría tras su presa.

Pïa enseguida gritó:

—¡*Debek!* —Su cuerpo se volvió translúcido, y en aquella orilla del río ya no había nadie.

De un salto salió una bestia felina con un pelaje de variado color; era una exquisita mezcla de tonalidades marrones, doradas y ocres, como el de una liebre, donde resaltaban unos ojos llameantes. De la cabeza del salvaje animal salían unas astas que se entrelazaban como unas enredaderas. Aquella bestia tenía una cola extremadamente larga, que se mecía de un lugar a otro como un látigo; al final se podía observar una especie de aguijón.

Pïa se llenó de temor, nunca había visto una fiera como esa. Era un asbin, un felino letal del Amydralïn, capaz de envenenar sin otro remedio que la muerte, ya que cualquier rasguño del aguijón de su cola era letal.

El animal se detuvo frente a Pïa y, como si supiera que estaba allí, lanzó tal mueca que parecía que se burlaba de ella. La cornamenta del asbin comenzó a resplandecer, y tras ello el felino emitió un soplido de su aliento con el que se esparcieron unas chispas de color plomo sobre el aire a su alrededor y, por supuesto, alrededor de Pïa, que estaba oculta con su hechizo. Aquel truco del asbin no fue nada más que un juego astuto con el cual desactivó el hechizo de Pïa, dejando caer su escudo mágico y haciendo su cuerpo poco a poco visible para revelar su posición. La joven no sabía que los asbins tenían la capacidad de sentir la magia; y su aliento, el poder de dispersarla.

El asbin saltó con toda su furia para cazar su presa, al mismo tiempo que Pïa esquivaba su ataque letal. La bestia la acechaba constantemente mientras ella frenaba los latigazos envenenados de la cola del asbin con la espada, a la vez que evitaba los astazos de la cornamenta y los zarpazos de las garras.

La nueva espada de Pïa era tan liviana que la sentía como una extensión de su propio brazo. El fulgor de su hoja plateada contra la cola del asbin provocaba destellos parecidos a descargas eléctricas en un cielo de tormenta.

Ambas se batieron en una lucha demoledora, pero el asbin por un momento la cogió desprevenida y de un zarpazo la arrojó contra una de las rocas del río, dejándola herida en el costado y con la cabeza sangrando tras el impacto con la piedra. Su espada fue a parar al otro lado de la orilla tras el golpe.

Pïa no tenía escapatoria. La fiera embistió una vez más contra ella. La joven, sin su espada, se percató de que cerca de ella había una rama seca de árbol tirada en el suelo, posiblemente por alguna de las embestidas de la criatura; parecía lo suficientemente fuerte para usarse como una vara y Pïa era experta usándola. La tomó antes de que el asbin la alcanzara, y la utilizó como una palanca para saltar sobre este, provocando que se precipitara contra la roca con que se golpeó ella anteriormente. En el momento que realizaba esta acción con la vara en la mano, le asestó un fuerte golpe a la bestia, dejándola herida.

El asbin estaba tirado en la orilla del río, sangrando. Pïa aprovechó su nueva posición y cogió la espada que le dieron las hadas para acabar con él antes de que pudiese levantarse y volver atacar, pero en ese momento vio la agonía en la mirada del animal, la mirada de súplica, y oyó:

«¡No me mates! Tengo crías que cuidar».

Pïa se giró, buscando a la persona que le había hecho aquella súplica, percatándose de que no había nadie, salvo el asbin. Aún no se había acostumbrado al don de poder entender a las criaturas mágicas, incluyendo los dragones.

—Yo no quería matarte, pero me atacaste sin más —le dijo Pïa.

«No intentaba matarte, hatra, solo estaba midiendo tu valor y tu corazón. —Pïa se asombraba de poder oír lo que aquella bestia pensaba—. He estado en este bosque durante años esperando tu llegada, esperando ponerte a prueba, igual que aquellas hadas; ellas medirían tu fuerza mágica».

—Un momento, entonces, ¿fueron ellas las que intentaron ahogarme?

«No pretendíamos hacerte daño, solo poner a prueba a la elegida para tan importante tarea».

—¿Qué tarea?

«Todo a su tiempo. Estás sangrando; perdóname por las heridas que te he causado. Acerca tu mano a mis astas».

Pïa sintió miedo de que quizás fuese un truco para atraparla y acabar con ella, pero vio sinceridad y bondad en la mirada de aquel

M. Salazar

animal, así que acercó su mano a la cornamenta del asbin. Cuando
la posó, notó un calor muy placentero viniendo desde las astas del
animal y subiendo por su mano; sentía un cosquilleo en su cuerpo,
notaba cómo mejoraba su herida y el dolor menguaba. Después
de un par de minutos, vio su herida del costado cerrada. Se tocó
la cabeza en busca de la otra herida, pero no la encontró. Estaba
completamente sanada.

Aquella bestia tenía poderes mágicos, aparte de su increíble
fuerza. Pïa se levantó asombrada y la bestia le replicó:

«Podrías ahora ayudarme un poco con tus poderes».

La joven soltó una sonrisa avergonzada y se sentó junto al asbin, puso sus manos sobre él y murmuró:

—*Kara.*

El brillo del anillo se extendió por su mano y comenzó a cubrir
las heridas de la fiera, que se puso enseguida a cuatro patas. Tras
esto, Pïa pudo observar a las hadas en las ramas de los árboles, mirando con curiosidad mientras algunas emprendían el vuelo hasta
el lomo del asbin.

«Sube —le dijo este—. Tenemos que darnos prisa».

Sin pensarlo, Pïa subió al lomo del animal junto con algunas
de las hadas; las otras revoleteaban alrededor de ellos. De un salto
el asbin se adentró en una carrera más en aquel espeso bosque
del Amydralïn. En cuestión de minutos habían recorrido una gran
distancia sin detenerse. El asbin se detuvo en un lugar de inma-
culada energía y esplendor: era una cascada de grueso caudal que
chocaba contra las rocas para continuar su camino entre la vegetación. Pïa estaba sorprendida por la belleza de aquel lugar. El
asbin se puso frente a la cascada y, emitiendo un rugido mientras
su cornamenta brillaba, dejó salir de su boca aquellas chispas de
color plomo. Esto hizo que la cascada comenzara a emitir un brillo particular a la vez que se dividía como las cortinas de un gran
salón. El asbin saltó otra vez y se internó en la cueva que se había

revelado tras la retirada del agua. Después de que ambos entraran, la cascada volvió a su sitio, formando la perfecta caída y cubriendo la entrada. Aquel lugar se quedó totalmente a oscuras, y, antes de que Pïa pudiese hacer un hechizo para remediarlo, las alas de las hadas comenzaron a brillar, al igual que la cornamenta del asbin. La cueva se iluminó y Pïa pudo ver las paredes llenas de runas y epigramas que fueron iluminándose con la magia de las criaturas. Estaban ante un largo túnel, que se extendía de forma inclinada hasta perderse de vista.

El asbin comenzó un trote lento a través del túnel iluminado. A medida que avanzaban, podían ver el suelo de la cueva lleno de objetos que por su aspecto parecían mágicos. No había duda de que aquella cavidad era el escondite de las reliquias de las hadas.

—¿A dónde vamos?

Las hadas y el asbin le respondieron al unísono en su mente: «Al final de nuestro trabajo».

—¿Cuál es vuestro trabajo? —preguntó Pïa con curiosidad.

«Cuidar de tu herencia mágica y esperar por ti; y si la situación lo requiere, dar la vida por protegerte, como lo hizo Perlude».

Cuando el asbin pensó aquel nombre, las miradas de las hadas se llenaron de tristeza y bajaron la cabeza.

—¿Quién es Perlude? —quiso saber la joven.

«Perlude era mi hembra, la madre de mis crías. Fue asesinada por unos cazadores que envió la reina. Nuestra raza, la de los asbins, está casi extinta por su culpa y su ambición de poder. Nuestras cornamentas poseen poderes especiales. Nos han dado caza para usarlos como protección de su fortaleza contra ataques de magos o elfos rebeldes; gracias a ello su castillo es impenetrable mágicamente».

Pïa miraba con aflicción el triste semblante que mostraba la cara del felino mientras este continuaba su relato:

«Verás, Perlude y yo fuimos asignados hace años por el caballero hari Jenïk como protectores y jueces a tu llegada. Estuvimos años aquí esperándote; los lazos entre nosotros crecieron y, cuando llegamos al ciclo fértil, nos negamos a procrear porque teníamos una tarea que cumplir. Pero lo inevitable pasó, y Perlude dio a luz a nuestra primera camada. Jenïk nos dio aviso de tu pronta llegada poco después de tener nuestras crías. Un día, Perlude me pidió que me quedara a protegerlos porque ella iba a cazar, y yo estaba más fuerte para cuidarlos. Nunca regresó. Un sentimiento de angustia me invadió, sabía que algo estaba mal. Las crías emitían un lamento sin parar. Estaba seguro de que algo le había pasado a mi amada Perlude.

»Cuando salí en su búsqueda esa noche, encontré en la orilla del río una escena tan escalofriante que no soy capaz de traerla a mi mente; solo puedo decir que la monstruosidad de aquel acto no tiene lugar en los abismos de Seoli, dios de la muerte y el infierno».

Pïa puso la mano sobre el lomo del asbin y pudo sentir aquella pena como suya. Cuando estaba a punto de emitir alguna palabra de consuelo, no pudo hacerlo; el animal se había detenido. Frente a ellos se levantaba un gran muro con más runas y epigramas, que se unían creando una cadena hasta un círculo con la figura de seis pequeñas crías de dragones que se mordían uno a otro la cola, formando una espiral hasta llegar a dos pequeñas aberturas vacías.

«Pïa, es tu turno», le dijo el asbin.

—¿Pero qué de…?

Antes de terminar aquella frase, Pïa sintió una energía extraña venir desde el muro. Sacó su daga del cinturón y, como si le hubiesen dado una orden, hizo un corte en la palma de su mano izquierda, donde tenía el anillo, e impregnó el centro de la espiral con su sangre. Se quitó el anillo de magia y lo colocó en una de las aberturas poniendo, por último, su mano derecha sobre el orificio haciendo que el kalï encajara perfectamente. Cada acción hecha por Pïa de forma innata parecía haber sido guiada.

Repentinamente y de manera mecánica, las runas y epigramas comenzaron a resplandecer en verde esmeralda y dorado ámbar, moviéndose lentamente; se veía cómo caían pedazos de roca y arena mientras los pequeños dragones abrían su mandíbula para soltar la cola de los demás. El muro comenzó a dividirse en dos, quedando de cada lado tres pequeños dragones a dos patas y revelando un altar con toda clase de joyas y reliquias.

La imagen que se levantaba frente a ellos no tenía comparación posible. Detrás de aquel muro se formaba una especie de bóveda de color cobrizo. En el techo de aquella cueva natural se podían ver destellos de luces de colores que no eran más que piedras preciosas que adornaban la cúpula interna. Bajo esta, se observaban centenares de formaciones rocosas que se levantaban alrededor de un altar de piedra, a cada lado del cual se podían ver dos aglomeraciones de rocas que modelaban una especie de alas. El brillo de las piedras de la cúpula se proyectaba sobre el altar, donde un pequeño manojo de mantas aparecía como la envoltura más humilde en medio de aquella fantástica visión.

Pïa no salía de su asombro ante semejante imagen. El asbin la empujó con su hocico, alentándola a acercarse al altar donde reposaban los viejos trapos.

«Pïa, toma el anillo de magia de la pared», le dijo.

El anillo de magia estaba en la boca de uno de los dragones. Pïa se acercó, lo tomó y se lo volvió a poner en el dedo índice de su mano izquierda. Se arrancó un pedazo de tela de la blusa y cubrió su herida. Continuó hasta el altar y acercó sus manos temblorosas a las envolturas, que eran de color dorado y en cuya esquina inferior podía verse bordado un escudo. Este era exquisito; en su centro reposaba un dragón blanco con la cabeza mirando hacia atrás; en el lado derecho e izquierdo aparecían los tenantes, que eran dos cuervos de color azabache, sosteniéndolo; y en el timbre, una corona de seis espigas con una perla en cada una de ellas. Y un lema: *Ex sanguinem, venit squamis.*

Pïa miró con detalle aquel escudo de armas que nunca antes había visto; solo conocía los escudos de armas de los reinos de Nâgar. Sin detenerse ni darle más importancia, tomó en sus manos el paquete que envolvía aquella manta. Era pesado, le daba la sensación de cargar una piedra; más que por el peso, por la dureza al tacto de lo que estaba envuelto. Las hadas se acercaron a Pïa, y cada una cogió una punta de la manta, revelando una hermosa piedra de color negro.

—¡Era un huevo de dragón! —exclamó.

Pïa se llenó de curiosidad, tomó el huevo en sus manos y lo observó detalladamente, girándolo y sintiendo la rugosidad de su superficie. Algo la hizo detenerse, y fue la sensación al tacto de la falta de una parte, como si la cáscara estuviese rota. Al mirar se dio cuenta de que, efectivamente, faltaba una de las escamas del huevo. En ese momento, recordó el kalï en su mano: era la forma que faltaba en el huevo.

«Pïa, debes cuidarlo con tu vida hasta que decida eclosionar. Tu dragón no saldrá del huevo hasta que no sienta que es el momento. Por ahora guárdalo, y regresa con el otro hatra. Toma la bolsa que reposa al lado del altar y métalo allí», le transmitió el asbin.

Un sentimiento de vacío conmovió el corazón de Pïa. No sabía por qué, pero se sintió triste y decepcionada de alguna forma.

La joven tomó el huevo, lo cubrió con la manta y lo introdujo en la bolsa que reposaba al lado del altar, una bolsa de cuero de aspecto resistente y hecha a medida, con un broche en forma de garra que parecía mágico. Pïa se colgó el bolso en el costado y se dirigió al asbin, que se inclinó para que lo montara una vez más. El animal emprendió una carrera frenética por el túnel y de un salto salió a través de la cascada.

«Te llevaré de vuelta con el hari. Agárrate fuerte, iré lo más rápido que pueda para no perder tiempo».

Pïa asintió y se sujetó a él, se dejó llevar por su trote sintiendo la brisa en la cara. Al salir de la cueva, se dio cuenta de todo el tiempo que había pasado desde su carrera frenética: ya había amanecido. El bosque del Amydralïn tenía un aspecto totalmente diferente bajo la luz del día. En todo el camino de regreso, Pïa no pudo quitarse aquel sentimiento tan extraño de su cabeza.

El nido

Tras un rato a lomos del asbin, Pïa comenzaba a reconocer el camino por donde iban. El cielo ahora estaba completamente claro, y en la lejanía se vislumbraba una gran columna roja. Sin duda era Hotï en la distancia. Una sonrisa se empezó a dibujar en su rostro a medida que se acercaban.

Jenïk estaba de pie frente a Hotï, con mirada de preocupación y caminando de lado a lado. Cuando vio a Pïa, a lomos del asbin, dio un salto de júbilo.

—Pïa, lo has logrado… ¡has vuelto!

Ella saltó del lomo del asbin y lo abrazó.

—Lo conseguiste, has pasado las pruebas, y por la bolsa veo que traes contigo el huevo.

Hotï se levantó en dos patas y comenzó a agitar sus alas con gran alegría, creando un pequeño vendaval.

—Sí, he encontrado el huevo —respondió sin emoción.

—Pïa, ¿estás bien? ¿Te ha pasado algo? —le preguntó Jenïk al notar su extraña actitud.

En ese momento, Hotï conectó con Pïa y pudo notar el sentimiento de decepción y la razón que lo causaba.

«Pequeña Pïa, no pasa nada porque el dragón no haya salido de su huevo al tocarlo. Entiendo que te desbordaba la emoción de conocerlo y que el momento mágico de la eclosión del dragón sucediera justo en vuestro encuentro, pero nuestra raza no funciona así. Entiendo aún más que esperabas tocar el huevo y sentirlo allí vivo, pero no ha pasado. El polluelo dentro del huevo está ahí, vivo, esperándote; lo percibo. Saca esa idea tonta de tu cabeza de que quizás ese huevo no es para ti. Dale lugar a sentirse a salvo; ha estado tanto tiempo bajo protección, y sobre todo esperándote y sintiendo el peligro, que ahora mismo está adormecido. Cuando vea que es el momento, él irá a ti. Eso sí, ten por seguro que ese dragón está unido a ti por el destino».

La tristeza de Pïa comenzó a menguar tras las palabras de Hotï.

—Me sentí agobiada cuando el dragón no salió del huevo, y más aún porque no sentí nada al tocarlo; me asaltó un temor de no ser digna y de que todos se hubieran equivocado conmigo.

—Lo que te ocurrió es lo más normal. Tienes tantas expectativas y a la vez desconoces tanto de los hatras. —Le reconfortó Jenïk—. Ruth debió…

«Jenïk, Pïa, debo regresar con mis crías, pero estoy seguro de que nos volveremos a ver», les interrumpió el asbin.

—Espera…, después de todo esto, todavía no me has dicho tu nombre.

«Sanc».

Tras decirle su nombre, Sanc se perdió de vista en el frondoso bosque con un salto veloz.

—Veo que has hecho buena amistad con el señor del Amydralïn. Pïa, ahora que has encontrado el huevo, tenemos que hacer un largo viaje al norte. Iremos a Arröyoïgneo, la isla donde nació tu padre; iremos al hogar sagrado de los dragones y haris. Ahora no es más que una isla fantasma. Pero antes haremos una parada en Gîda.

La emoción de conocer el lugar donde nació su padre le devolvió el ánimo, y aún más la idea de ver a Ruth y a Sig.

Los sacos y demás enseres ya estaban organizados para el viaje. Hotï se inclinó para dejar a Pïa y Jenïk subir a su lomo. Una vez listos y con el batir de sus alas, despegaron de nuevo hacia el cielo. El color rojo rubí de las escamas de Hotï brillaba a plena luz del día. Era un espectáculo hipnotizante, hasta cierto punto cegador, ver el resplandor que emitía el movimiento de las alas del dragón.

Mientras volaban, Jenïk aprovechaba para hablarle a Pïa de magia y de Arröyoïgneo, el hogar de los dragones.

—Te contaré la leyenda de Arröyoïgneo. Se dice que se formó tras la caída de la gran dragona Carybaï, que murió dando a luz en su último vuelo para traer a los seis grandes dragones al mundo. Carybaï no pudo aguantar el esfuerzo del parto y, mientras exhalaba sus últimos suspiros de vida, sus fauces escupieron una gran masa de fuego que, al chocar con el mar, se condensó y explotó, creando la isla que hoy se conoce como Arröyoïgneo. En el agujero de una montaña, alguien encontró los seis huevos de los hijos de Carybaï, cada uno de un color diferente: negro, blanco, rojo, verde, azul y ocre. Nacieron cinco machos y una hembra. Se dice que quien los encontró fue una mujer de una raza creada por la misma diosa Amina, tras la traición de los humanos creados por el dios Ilan. La raza que encontró los huevos sería la que habitaría Arröyoïgneo: los haris. Estos han sido siempre característicos por su piel morena y cabellos castaños, pero sobre todo por el color de sus ojos, dorado, cuyo origen se decía que era la marca de su descendencia del fuego del dragón.

—Jenïk, pero si tú y yo somos haris, nuestros rasgos son diferentes. Empezando por el color de nuestra piel, ambos somos bastante blancos; y mi cabello es de una tonalidad roja. Eso es por el cruce de razas en nuestra sangre, ¿verdad?

—Efectivamente, Pïa. Somos el resultado de la mezcla de dos razas; somos lo que Bëth llama indignos. También por eso poseemos dotes mágicas; ningún hari nace con ellas.

Jenïk continuó contando la historia de los dragones mientras sobrevolaban las montañas de Êger.

—Tras la tragedia de la muerte de la hija dragona de la diosa, esta, como tributo a su memoria, decidió que dos de los seis huevos se quedaran en Arröyoïgneo, por supuesto la dragona negra y el dragón blanco; los otros serían repartidos por Nâgar. Cada uno fue entregado a un individuo de cada raza, como un pacto de armonía y entendimiento entre dragones y las razas de Nâgar. Así se promulgaría el fortalecimiento del lazo único entre dragones y jinetes. De ahí proviene la costumbre hari de entregar los huevos a sus jinetes destinados. Los seis grandes dragones, en su mezcla para poblar el continente, dieron origen a las otras variaciones que hay, como por ejemplo el dragón que viste en el golfo Zarco, el marrón. Con el transcurso de los años, los dragones más difíciles de ver fueron los blancos y negros; eran más comunes lo rojos, verdes, azules o marrones; y algunos ocres. Los últimos blancos y negros vistos fueron la dragona de tu padre y el dragón de Bëth.

—¿Por qué no nacieron más dragones blancos y negros? —preguntó Pïa.

—No se sabe con exactitud, y tras la desgracia de la Rebelión Roja y la muerte de tantos dragones en la guerra, es aún más difícil de saber; igualmente no se sabe por qué, con el paso de los años, los que nacían fueron perdiendo sus tamaños colosales.

—Jenïk, ¿hay dragones salvajes? ¿Sin hatras?

—Según las leyendas que se remontan muchos milenios atrás, sí. Pero nunca he visto un dragón sin hatra. Desde que los haris se ocuparon de la natalidad de los dragones, cada huevo estuvo destinado. De acuerdo con las antiguas enseñanzas, si el hatra no toca el kalï y este no se impregna en él, el huevo se seca. De igual forma, aunque llevamos centurias con los dragones, siguen siendo un misterio en algunas cosas para nosotros.

—Hay tanto aún que tengo que aprender… —dijo Pïa.

—No te preocupes, que yo me encargaré de enseñarte lo que me fue enseñado por mis maestros haris anteriormente.

Durante toda la conversación, Hotï estuvo especialmente callado. Como si el tema que estaban tratando lo incomodara. Esta vez el viaje de vuelta duró más, habían dormido en las cercanías de Custodia.

«Jenïk, ya estamos llegando a Gîda», le transmitió Hotï.

«Desciende cerca del castillo de la reina Kildi», le ordenó Jenïk.

Tras descender en los terrenos cercanos al castillo de Gîda, Pïa pudo ver cómo se acercaba un grupo de siete drifas y una mujer a caballo con dos caballos sin jinetes. Al frente venía la reina Kildi; el resto eran Sig, Ruth, la capitana de las drifas, Gul, y otras cuatro guerreras que Pïa solo había visto en el barco.

Las drifas y Ruth desmontaron y corrieron a su encuentro. Jenïk dio la orden a Hotï de que fuese de caza y no bajara la guardia. Ruth tomó a Pïa en sus brazos con los ojos llenos de lágrimas. Mientras, Sig y Kildi esperaban su turno para abrazarla también.

—¿Estás bien? ¿Cómo ha ido todo? —preguntó Ruth.

—Todo ha ido a la perfección. Pïa es más que digna de la herencia de sus padres —respondió Jenïk.

—¡Mi niña, lograste romper el sello mágico de la cueva! ¡Obra de tus padres!

—¿Y yo no soy digno de un abrazo, Ruth? —reprochó Jenïk.

La cara de la bruja enrojeció por completo, y tímidamente dejó a Pïa y fue hasta los brazos de Jenïk. Sig y Kildi aprovecharon el momento para abordar a la joven.

—¿Y bien? ¿Dónde está? —preguntó Sig.

Un sentimiento de vergüenza inundó a Pïa al creer que había vuelto prácticamente con las manos vacías. Pensó que las decepcionaba, porque creía que todas esperaban verla regresar sobre el lomo de un dragón, y ni siquiera había logrado hacerlo salir del huevo.

—He encontrado el huevo de mi dragón, pero aún no ha eclosionado —respondió.

Lo sacó de la bolsa, envuelto en la manta donde lo encontró, y se lo mostró a las mujeres. El huevo, que parecía una piedra cubierta de escamas rusticas ónices, brillaba en medio del sol de la mañana. Todas se llenaron de asombro y se morían por tocarlo, pero por respeto nadie pidió hacerlo.

—Mi pequeña Pïa, ¿sabes que la manta que tienes en tus manos es la de tu nacimiento? Tus padres, aunque ya no están con nosotros, siempre han encontrado la forma de decirte que están a tu lado —le dijo Ruth.

Aquellas palabras causaron un sentimiento único en el alma de Pïa.

«Y ahora yo estoy contigo».

—Gracias, Ruth, sé que siempre has estado conmigo.

—Y siempre lo estaré, Pïa.

Se dirigieron todos al castillo montados sobre los caballos. La fortaleza lucía en toda su majestuosidad iluminada por aquel día claro y despejado, cosa extraña en el reino de Êger, que se caracterizaba por sus constantes días grises. Pïa se fijó en que todas las torres y sus alrededores estaban llenos de drifas. En su cabeza comenzó a formularse la pregunta de dónde estaban los hombres de esa raza y, sobre todo, quién sería el padre de Sig y rey de Êger.

El castillo de las drifas era una fortaleza de color gris, con enormes bloques de piedra, pero lo más impresionante eran las cúpulas que formaban las enredaderas alrededor de los muros. La cantidad de tipos de aves que había era extraordinaria. Muchas de ellas totalmente desconocidas para Pïa.

Sobre la entrada principal del castillo estaba el escudo de la casa real de las drifas, que mostraba en el centro un grifo marrón de lado erguido en dos patas, extendiendo sus alas y sus garras. De tenantes, el escudo tenía a sus lados las alas rojas de un águila del silencio. El timbre del escudo era una corona de enredaderas con dos flores del paraíso a cada lado, y en el centro se asomaban las plumas doradas que sobresalían de la cabeza del águila del silencio. El lema que se divisaba en la parte inferior sostenida por cada punta del ala del águila era *Fides et Aeternum*.

—Impresionante, ¿no? —le comentó Jenïk—. El reino de las drifas es un espectáculo a la vista, el de ver convivir a todas estas especies de aves. Es como un pequeño ecosistema dentro de estos muros. Se dice que hay ejemplares de todas las especies de aves de Nâgar.

Pïa sintió un poco de pena al ver que Sig se había perdido una vida rodeada de esas maravillas solo por estar en Erû protegiéndola.

—Siento mucho que hayas tenido que ausentarte tantos años de aquí por estar a mi lado como protectora; y sobre todo Iana, quien perdió la vida por cuidarme —dijo Pïa con pesar.

—No tienes nada por lo que pedir perdón. La misión que se nos encomendó era primordial, y si tuviese que volver a hacerlo, no lo dudaría. Pïa, eres mi hermana. De eso no tengas duda. Y por ti haría cualquier cosa. Eres la familia que conozco y amo —le dijo Sig dándole un abrazo y secando las lágrimas que se asomaban en sus ojos.

Ruth se acercó a las jóvenes.

—Entre vuestras madres hubo un lazo único, y entre vosotras puedo ver ese lazo una vez más. La diosa Amina tiene extrañas maneras de jugar con el destino de la gente, y vosotras no sois la excepción.

Desde su majestuoso caballo, Kildi miraba a ambas chicas con ojos nostálgicos y, sobre todo, con ojos maternales. Le enorgullecía ver la relación que se había desarrollado entre Pïa y Sig.

Se encontraban todos frente a la entrada del gran palacio de la reina. Las drifas que custodiaban la puerta se arrodillaron y abrieron a su regente.

El amplio salón tenía las grandes ventanas abiertas, mostrando las extensas enredaderas aferradas a las paredes. Aunque ya habían pasado días desde que llegó al reino por primera vez, a Sig aún le sorprendía la majestuosidad de su propio palacio.

Kildi se sentó sobre el trono-nido y frente a ella se quedaron sus invitados.

—Ruth, Jenïk, ¿cuáles son vuestros planes ahora que Pïa posee el huevo del dragón? ¿A dónde os dirigiréis? ¿Iréis a Arröyoïgneo? —los interrogó Kildi.

—Pasaremos unos días aquí antes de partir a Arröyoïgneo. Ruth y yo entrenaremos un poco la magia de Pïa, ya que, en la defensa y ataque físico, Iana hizo un trabajo impecable —respondió Jenïk.

—Pues bien, lo que necesitéis para el viaje podéis tomarlo. Las defensas de Gîda están activadas completamente. Después del ataque en el golfo Zarco, estamos a la espera de un ataque más violento—advirtió Kildi—. Las drifas están doblando sus guardias. La única bruja que queda en el reino es la vieja Hanya; nos ha ayudado a activar los cristales élficos también. Nos vendría bien que Ruth le echara una mano con ello luego.

—Hotï está de caza cerca, pero atento ante cualquier indicio de ataque. Como dice Su Majestad, debemos estar alertas —añadió Jenïk.

Tras el concilio y la discusión de qué medidas de precaución tomar, Ruth se fue en busca de la vieja Hanya para ayudarla con los hechizos de los cristales élficos. Jenïk se dirigió a los almacenes para comenzar a reunir los suministros que necesitarían durante el viaje. Pïa y Sig se fueron a los jardines del castillo a compartir sus vivencias de los últimos días. Pïa se llevó consigo, muy bien resguardado, el bolso con el huevo de dragón, del que no se había separado ni un instante desde que lo recogió en la cueva.

La voz

Un día entero había pasado desde su llegada a Gîda. Pïa pudo gozar de un plácido descanso tras todas las emociones vividas los días anteriores. Había tenido la oportunidad de conocer un poco más a la madre de Sig, la reina, y hablar con su amiga, después de que por primera vez en su vida hubieran estado alejadas. Jenïk y Ruth no se habían separado ni un segundo más de lo imprescindible.

En aquella mañana gris, Pïa reposaba junto a su huevo en una de las alcobas de la torre del castillo cuando sintió que llamaban a la puerta. Ruth y Jenïk habían venido a por ella para comenzar su entrenamiento. Tras muchas vueltas en la cama, Pïa decidió levantarse. Colgada en la pared, tenía ropa nueva. Una hermosa armadura semirrígida verde con detalles de cuero.

La chica, después de vestirse, tomó el huevo en la bolsa y se fue con ellos a uno de los pabellones de entrenamiento, situados en la parte posterior del castillo. Era considerablemente grande, estaba lleno de columnas, montañas de arena, rocas, pozuelos de agua y árboles. Estaba diseñado para el arduo entrenamiento de las drifas jóvenes. Llevaron a Pïa hasta el centro del recinto, por ser el área que más despejada estaba.

Alrededor del pabellón, en un nivel superior, se hallaban las tribunas de observación. Una de ellas comenzó a llenarse de público, todas drifas; entre ellas destacaba la presencia de la mismísima reina Kildi, y también de la ahora princesa Sig.

—Pïa déjale el huevo a las drifas en la tribuna para que lo custodien mientras entrenamos —le pidió Jenïk.

La chica aferró el huevo aún más a su cuerpo y el hari entendió rápidamente la incomodidad que esta sentía al dejarlo en manos de otro.

—Hotï, ¿te importaría cuidarlo por mí? —le preguntó Pïa.

El dragón infló su pecho y se acercó a ella, para tomar en sus garras el huevo y mantenerlo junto a él.

—Bien, Pïa, siempre me pediste que te enseñara magia avanzada; ahora es el momento —le dijo Ruth con cierta risa burlona en la cara.

Ruth comenzó a moverse lentamente en retroceso, hasta que se ubicó al lado de una de las columnas mientras Jenïk observaba con cautela desde una montaña de rocas.

—Pïa, ¿estás lista? —le preguntó Ruth.

—La pregunta es más bien si lo estás tú —retó la joven.

Aquella respuesta encendió una llama en el alma de Ruth, una llama que estuvo dormida todo el tiempo que la bruja vivió ocultando sus poderes. Con el brillo rojo de su anillo granate, gritó:

—¡*Fulgur*!

Un rayo azul salió de sus manos en dirección a Pïa, quien, levantando un escudo mágico, frenó con dificultad la descarga que le envió Ruth. Sin embargo, no pudo evitar salir volando por los aires.

La joven cayó en la montaña de arena. Aquel impacto solo hizo que cogiera fuerzas para levantarse y con una mirada penetrante, gritó:

—¡*Ignis*!

Una gran bola de fuego salió de las manos de Pïa, ante lo que Ruth espetó:

—¡*Aqua*!

Y una bola de agua chocó con la de fuego de Pïa. Ruth rio, y dijo:

—*¡Debek!* —Volviendo su cuerpo totalmente invisible.

Comenzaron a salir rayos y bolas de fuego desde todas las direcciones, lo cual desconcertaba a Pïa, ya que no podía predecir la posición de Ruth ni de dónde vendrían los ataques.

Pïa escuchaba gritar a su amiga Sig desde las tribunas:

—¡Vamos, Pïa! ¡Tú puedes! No te dejes vencer, usa tu poder.

La chica trataba de bloquear los ataques de su oponente invisible con su escudo mágico, pero estos venían de todos lados. Buscaba refugio entre los pilares y los árboles, pero allá donde fuera los impactos de energía la perseguían.

«Siente la magia», oyó en su cabeza.

—Ya lo sé, pero es muy difícil, eres muy poderosa —contestó Pïa a Ruth.

Sin esperarlo, la joven sintió un golpe de energía en su hombro que la hizo salir disparada contra una de las columnas. La bola de energía venía de Jenïk, que entraba en el campo de batalla. Si Pïa ya iba en desventaja con Ruth, ahora tenía un contrincante más; eso unido a que se sentía avergonzada bajo la mirada de todas las drifas.

—Vamos, Pïa, saca ese poder que vi en el Amydralïn —le dijo Jenïk.

La chica gritó:

—*¡Agüna da'raz!* —Y una gran cúpula de energía se expandió desde ella y reveló la posición de Ruth, haciéndola visible.

«*Agüna inpire*».

«¿Cuál es ese hechizo?», preguntó Pïa mentalmente.

«Úsalo».

«Pero no sé…».

«¡Hazlo!».

—*¡AGÜNA INPIRE!* —gritó Pïa.

Una energía naranja se iluminó alrededor de ella y comenzó a tornarse del color de fuego. Aparecieron unas llamas que cubrieron su cuerpo, que empezó a contorsionarse y a levitar en medio del pabellón. Las llamas crecían cada vez más.

Ruth gritó:

—¡*Keiren!* —Bloqueando la energía alrededor de Pïa. Jenïk utilizó el mismo hechizo y creó un escudo invisible de energía sobre las tribunas donde estaban Kildi y las otras drifas.

No pudieron hacer nada más, ya que el fuego que emanaba de Pïa era indomable.

Se produjo un silencio perturbador en todo el pabellón. Las drifas de las torres y las que estaban en las tribunas sintieron un pavor inmenso ante aquel silencio que se intuía como un presagio. Como el trueno siguiendo al rayo, se oyó una gran explosión. Tras ella, las llamas alrededor de Pïa se extendieron sin control por el lugar, alcanzando todo a su paso.

El intento que hizo Ruth con su hechizo para contener el poder de Pïa solo sirvió para protegerse ella, ya que la propagación de la explosión encogió su escudo. En el otro lado del pabellón se encontraba Jenïk protegiendo a las drifas de las tribunas, pero él estaba completamente indefenso.

Desde su posición, y sin pensarlo, Hotï dio un salto vertiginoso hacia donde estaba Jenïk para llegar a tiempo y extender sus alas a fin de cubrirlo del inminente poder que desató la explosión, manteniendo el huevo de Pïa intacto en sus garras.

Cuando el polvo y las llamas se asentaron un poco, se pudo ver el cuerpo de Pïa sin fuerzas, sangrando en medio del pabellón. Ruth estaba de rodillas tras su escudo de energía, las drifas permanecían con sus escudos de metal formando una sola protección gigante frente a Kildi y Sig, y por último se podía ver a Hotï con sus grandes alas carmesí envolviendo a Jenïk. Las llamas que desató Pïa parecían no haber afectado en nada al dragón.

Las paredes cercanas del castillo, tras el pabellón, estaban completamente calcinadas por el impacto del fuego. Algunas de las drifas que estaban de guardia sobre las murallas se encontraban ahora en el suelo, tiradas, varias de ellas muy malheridas por quemaduras.

Ruth dejó caer su escudo y corrió en ayuda de Pïa, que respiraba con dificultad mientras la sangre corría por su boca, nariz y oídos. Kildi dio órdenes inmediatas a las drifas para que llevaran a la joven y a las otras drifas heridas a la sala sanadora. Mientras se llevaban a Pïa, en el pabellón, Hotï y Jenïk se miraban de manera extraña, llena de sorpresa y curiosidad.

El despertar

Comenzaba a notarse la sensación del invierno por el norte de Nâgar. La brisa fría se colaba por una de las ventanas de la sala sanadora. En la habitación había una larga hilera de camas, una frente a otra, casi todas vacías, salvo aquellas donde se encontraban Pïa y las drifas heridas tras el incidente del pabellón.

Se veía pasar a varias drifas y a la anciana Hanya cada cierto tiempo, esperando a que Pïa despertara del desmayo que tuvo al consumir su fuerza mágica.

Una de las drifas que reposaba en una de las camas cercanas a la de Pïa se levantó, revelando en uno de sus brazos las heridas de quemaduras casi curadas. Se acercó lentamente a la ventana para cerrarla y no dejar pasar más el frío. Tras esto, fue despacio hasta la cama de la joven y la arropó, ya que, aunque estaba inconsciente, temblaba.

Habían pasado apenas cuatro días desde el incidente, y la mayoría de las drifas heridas ya estaban fuera de la sala sanadora. Aquella tarde, con la luz naranja del atardecer entrando por la ventana, Pïa comenzó a abrir los ojos lentamente, tratando de vislumbrar dónde estaba.

Se encontraba bastante dolorida y sentía que cada movimiento le costaba mucho más de lo normal. Al intentar incorporarse, notó una mano suave en su pecho que la hizo regresar y tumbarse de nuevo. Giró la cabeza para encontrarse con la mirada de Ruth, que estaba sentada en una silla al lado de su cama.

—¿Qué me ha pasado? ¿Dónde estoy?

—Estás en la sala sanadora del castillo. Te hemos traído aquí después del incidente en el pabellón —le dijo Ruth, con una mirada sombría—. Pïa, ¿Jenïk te enseñó ese hechizo en tu viaje con él?

—¿Jenïk? No, me lo has gritado tú en el campo de batalla. Por eso lo he hecho. No entiendo por qué me hiciste invocarlo, si era tan potente que hasta… —Las imágenes vinieron a su mente, y recordó que había más personas cerca en el momento del hechizo—. ¿LE HE HECHO DAÑO A ALGUIEN?

—Pïa, ¿por qué dices que yo te hice invocarlo? Tranquila, solo han resultado heridas algunas drifas en las murallas, pero Hanya y yo nos hemos encargado de ello; están bien. Por favor, explícame esa tontería de que yo te ordené hacerlo. En ningún momento te lo he dicho, es un hechizo muy antiguo, uno que solo pueden perpetuar magos cruzados con haris y con un gran talento para la magia, y que supone mucha fuerza y, sobre todo, años de entrenamiento. Jamás te hubiese sometido a algo que pusiera tu vida en peligro —le recriminó Ruth.

Aquellas palabras turbaron la mente de Pïa, llenando esos vacíos con imágenes, comenzó a recordar la voz en el pabellón, la misma voz que días atrás le había hablado. Aquella voz de mujer, aquella voz dulce que Pïa había creído de Ruth, comenzó a tomar un matiz diferente, y con ella un tono diferente también. La voz que le reveló el hechizo y que le había hablado no era la de Ruth. La mente de Pïa la había encajado con ella, pero en realidad no lo era.

—Ruth, no fuiste tú, fue otra persona. Era la voz de una mujer. Alguien se ha estado comunicando conmigo telepáticamente, y he sido tan tonta y despistada que he pensado que eras tú hablándome —le dijo Pïa con mucha consternación.

La cara de Ruth palideció instantáneamente. Aquello quedaba totalmente fuera de lo normal. Alguien con mucho poder había establecido contacto con ella; y lo que más le asustaba era el nivel y poder mágico que tendría esa persona como para lograr que la bruja no detectara la conexión.

—Pïa, lo que me estás contando es muy peligroso. Si hay alguna bruja contactando contigo, alguna de tanto rango como para permanecer oculta hasta ahora, no puede ser nada bueno. Voy a buscar a Jenïk.

—Ruth, ¿cuántas horas llevo inconsciente? ¿Dónde está el huevo? —preguntó Pïa con angustia.

—Has estado inconsciente cuatro días, Pïa; y el huevo ha permanecido todo el tiempo bajo la protección de Hotï y Jenïk. Hace un momento lo han traído a la sala sanadora, y ahora está contigo. Mira al lado de tu almohada —le dijo Ruth mientras salía de la habitación.

Pïa giró la cabeza para encontrar el huevo negro del dragón, tapado entre las mantas a su lado. Sintió un gran alivio al ver que estaba allí sano y salvo. Lo tomó entre sus brazos y, acurrucándose con él, se quedó otra vez dormida.

La tarde se fue rápidamente, y la noche había hecho ya su entrada mientras Pïa dormía plácidamente junto al huevo de dragón. Su respiración volvía a la normalidad, y aquel color enfermizo abandonaba su cuerpo también. Un sonido como el de una explosión y el sonar de unos cuernos de alarma la sacaron de su letargo. Saltó de la cama a la vez que Jenïk entraba de súbito en la sala sanadora. Pïa no entendía lo que pasaba, solo oía gritos y explosiones en las afueras del castillo.

—Pïa, rápido, el castillo está siendo atacado.

Jenïk cogió a Pïa del brazo, tirando de ella, mientras esta metía el huevo en su bolsa de cuero.

—Tenemos que poneros a salvo a ti y al huevo. Dashnör y Üldine están atacando la fortaleza con sus dragones.

—¿Dónde están Ruth, Sig y Kildi? —preguntó Pïa, alarmada y con angustia.

—Sig está bajo protección; fue llevada al bosque del Silencio por órdenes de la reina. Kildi está dirigiendo la defensa con las drifas. Ruth está fortaleciendo los cristales élficos de agua junto a Hanya. Pïa, vístete lo más rápido que puedas, debemos salir ya. —le apremió.

Pïa asintió con la cabeza. Se colocó la armadura verde y emprendió una carrera frenética por los pasillos del castillo, con Jenïk arrastrándola del brazo. Mientras corrían, pudo ver a través de los ventanales una especie de domo de color azul claro que cubría el cielo. Aquel domo parecía el mismísimo firmamento encogido cubriendo el castillo. De no ser por los pilares de fuego que caían sobre este, Pïa hubiese pensado que era de día.

—¿Qué es eso? —preguntó a Jenïk.

—Es un campo de protección creado por seis cristales élficos de agua; fueron un regalo de la reina Razana a Kildi. Al activarlos, forman un domo acuático de protección, especialmente contra el fuego dracónico —le explicó—. Ruth y Hanya están fortaleciendo con sus hechizos el efecto de los cristales, pero debemos darnos prisa, porque no aguantarán.

Pïa y Jenïk llegaron al patio central del castillo donde estaban las dos mujeres. Frente a Ruth y Hanya, un cristal flotaba emanando una energía muy parecida a un torrente de agua, el cual se alzaba hasta el centro del domo y se dispersaba para formar el mismo. Aunque Ruth y Hanya parecían agotadas, no se detenían en sus esfuerzos mágicos por mantener el domo.

—Pïa, quédate con ellas, ayúdalas con el hechizo —le dijo Jenïk.

—¿A dónde vas? —le preguntó Ruth ferozmente.

—Tengo algo pendiente.

—Jenïk, no te atrevas a enfrentarte a los dos dragones tú solo. ¡JENÏK!

El intento de detener a Jenïk fue totalmente vano. El hari no se detuvo. De una carrera salió por uno de los pasillos, y luego solo se vio al gran dragón rojo, Hotï, alzar el vuelo.

Desde dentro, y en las alturas, Jenïk podía ver a las drifas armadas con grandes ballestas ancladas al suelo de las torres y cargando catapultas, a la espera de que lo inevitable pasara y el domo cayera. Jenïk sobrevolaba el castillo a la espera del ataque. En una de las torres estaba Kildi dando órdenes; y en el patio central, Ruth, Hanya y Pïa, esta repitiendo los cánticos de Ruth para proteger el domo.

Desde fuera, Dashnör en su gran Yukpä y Üldine en Uruäk atacaban sin cesar el domo con su fuego dracónico. Lo único extraño para Jenïk era que no había ningún tipo de embestida terrestre.

Sin poder detener lo inevitable, se oyó un gran estallido y el resonar de millones de gotas de cristal caer al suelo. El domo acuático se había roto. Ruth, Hanya y Pïa salieron disparadas contra las paredes del patio central. Sin perder tiempo, las drifas comenzaron el ataque de las catapultas y ballestas contra los dos dragones y sus jinetes.

Las grandes alas verdes de Yukpä se batían en el aire para evitar los lanzamientos de las catapultas y la lluvia de flechas de las drifas. Mientras, Uruäk escupía fuego de sus grandes fauces marrones a las murallas, alcanzando a una gran cantidad de drifas, las cuales se calcinaban entre gritos de dolor, y otras saltaban al vacío al no soportar el daño.

Al ver la horrorosa escena, Jenïk y Hotï salieron al ataque, alcanzando a Uruäk de un mordisco en el cuello y haciendo que Üldine perdiera el equilibrio y casi cayera. Jenïk invocó una espada de energía, dando una gran estocada en uno de los flancos de Uruäk.

Una ráfaga de fuego salió de la nada, alcanzando la parte trasera de Hotï y obligándolo a soltar a Uruäk. Había sido Yukpä, que venía al rescate. Los tres dragones se batían en el aire entre el fuego y los hechizos de Jenïk.

—Si es nada más y nada menos que el gran traidor, el mismísimo Jenïk... —le dijo Dashnör.

—Las únicas ratas traidoras aquí sois vosotros dos. Traidores a nuestros votos de proteger a los dragones. A nuestros votos de hatras. Eso no tiene perdón —contestó Jenïk.

—¿Qué va a saber de honor un asqueroso cruzado como tú? Un hari que se puso del lado de los que mataron al rey. No me queda duda de que tu amor por esa bruja te hizo traicionarnos; seguramente fuiste uno de los asesinos en la Torre de Carode. Como en tus venas corre la asquerosa sangre élfica, seguro que lo hiciste para ganar la aceptación de tu reina —le dijo Üldine.

—Cuando Üldine me contó su encuentro contigo, no sabes la emoción que me invadió. Necesité venir a por ti y acabar contigo; pero primero lo haré con tu dragón. Quiero que veas cómo sufre, y luego te mataré lentamente —profirió Dashnör.

«Hoy no será el día en que muera, de eso puedes estar seguro, Jenïk», le transmitió Hotï a su jinete.

—Üldine, encárgate de la bastarda de Mathïas y Melinda. De mi antiguo amigo me ocupo yo —ordenó Dashnör.

Cuando Üldine salió en picado hacia el castillo, Jenïk trató de detenerla, pero la embestida de Yukpä no se lo permitió. Los dragones verde y rojo se entregaron en una batalla sin detenerse. Mientras tanto, Üldine cargaba contra las catapultas y arrasaba con cuanta drifa encontrara en su camino.

Cuando Kildi se dio cuenta de que no eran oponentes suficientemente fuertes contra un dragón, y al ver la sangrienta escena que estaba dejando Üldine en su pueblo, dio la señal de retirada. En ese preciso momento, una gran bola de energía chocó contra el cuerpo de Üldine, derribándola de su dragón y disparándola contra los árboles de la plaza central. La mujer cayó herida al suelo, con uno de sus brazos roto. Su dragón rastreó la fuente de aquel ataque, encontrando a Ruth en lo alto de la torre con Pïa.

Uruäk preparó su respuesta, y de un soplido cargó sus llamas contra Ruth. Su fuego se vio detenido por Hanya, que invocó un escudo poniéndose entre el dragón y Ruth. Sin más fuerza, Hanya cedió y las llamas de Uruäk la consumieron.

La imagen desgarradora de la muerte de Hanya dejó a Ruth y a Pïa estupefactas. Mientras, el dragón volaba hasta su jinete, que estaba herida. Uruäk se inclinó para que Üldine pudiera montarlo, desplegando sus alas, y de un salto cayó sobre la torre a donde se dirigían ahora Ruth y Pïa, cortándoles el paso.

—Quédate atrás —le ordenó Ruth a Pïa.

—Así que nos volvemos a ver. La famosa Ruth Hellen, la única y última maestra de la Torre de Carode. Mi señora Bëth no se lo va a creer cuando te lleve ante ella con vida; asesinarte le recordará el placer que sintió al acabar con cada uno de tus estudiantes. ¿Magos? ¿Brujas? Nâgar no necesita de vosotros; sois otra escoria igual que los elfos. Razas que se atrevieron a ir en contra de nuestro rey, confabular y planear su asesinato y tratar de matar a nuestra señora Bëth. Ahora llegó el momento de que pagues por ello —le dijo Üldine.

—¿Planear el asesinato del rey Mündir? ¿Con que esa fue la versión de la historia que os contó Bëth para sacar partido y llevaros a la guerra? Tu señora, como la llamas, no es más que una mujer desequilibrada que quiere acabar con cualquiera que se interponga en sus ruines objetivos. Pero ese tiempo ha llegado a su final; el terror y la devastación que ha causado finalmente van a terminar. Vosotros no sois más que unos títeres en sus planes —le reprochó Ruth.

Al oír aquellas palabras, Üldine se llenó de ira, y aunque tenía el brazo izquierdo roto por la caída, desenfundó con el derecho la espada dorada, Quemadora, y embistió contra Ruth al tiempo que ordenaba a Uruäk que atacara; este alzó sus garras en busca de la bruja.

—*¡Agüna oldur!* —gritó Ruth, y se levantó una gran barrera de energía, con la que chocaron y cayeron al suelo Üldine y su dragón marrón.

Pïa estaba proyectando en su cabeza una cantidad de hechizos para combatir, aunque de todos ellos había uno que se paseaba en su mente sin parar: el que había sido responsable de la devastación en el pabellón.

—*¡Agüna silva!* —gritó Pïa, y las enredaderas que bordeaban la torre se hicieron más gruesas, saliendo disparadas contra Uruäk, que aún seguía en el suelo tras el choque con el escudo mágico. Las enredaderas comenzaron a atarlo, dejándolo atrapado. Se hacían cada vez más gruesas y apretaban el cuerpo marrón del dragón cada vez más fuerte, mientras este gritaba por el dolor de la presión.

Üldine aprovechó ese momento para arremeter una vez más contra Ruth, a la que pilló desprevenida. El impacto del golpe de Quemadora contra el escudo que alzó a tiempo la bruja la lanzó contra una pared de la torre, dejándola inconsciente.

Desde el aire, Jenïk vio con pavor la escena y temió que Ruth estuviese muerta. Salió en su auxilio, pero un gran coletazo de Yukpä lo derribó del dragón, cayendo en picado contra el suelo. Hotï se lanzó al rescate de Jenïk para evitar su muerte con la caída. Con sus garras lo tomó y lo abrazó, evitando el impacto con el suelo, pero ambos rodaron malheridos por la ladera del castillo.

De la funda que llevaba en su cintura, Pïa sacó la espada que le entregaron las hadas en el bosque, y Üldine tomó la suya del suelo.

—Bonita espada, pequeña bastarda. Espero que sepas usarla, ya que tu madre no sabía más que trucos baratos de magia. ¡Acabarás como ella! —se burló Üldine.

Ambas mujeres se batieron en un combate cuerpo a cuerpo. Mientras tanto, Uruäk luchaba por deshacerse del hechizo de Pïa, sin éxito. El dragón trataba de escupir fuego, pero las enredaderas le mantenían las fauces completamente selladas.

—Esta vez no te escaparás, maldita cruzada. Solo hay un lugar en el trono, y no será para ti —le dijo Üldine.

—No tengo planes de escapar, solo de acabar contigo —contestó Pïa a la vez que embestía contra Üldine, acertando un gran golpe en la cabeza y dejándola tirada en el suelo.

En la ladera del castillo estaba Yukpä cogiendo a Jenïk malherido en sus garras, y con una pata sobre el cuello de Hotï, malherido también. La imagen del jinete rebelde y su dragón atrapado era desalentadora.

—Es hora de que mueras, mi querido, viejo y traidor amigo; y contigo, el último de los jinetes rebeldes, ya que la bastarda de Mathïas fenecerá hoy sin haberse convertido en hatra —le dijo Dashnör, sacando la espada para acabar con Jenïk.

Pïa, al ver aquella escena, intentó lanzar una bola de energía contra Dashnör para evitar el asesinato de Jenïk, pero un silbido rompió el aire y una ráfaga marrón pasó a su lado. Tres grandes bestias se abalanzaron contra Yukpä. Aquellas tres bestias eran totalmente desconocidas para Pïa, sin embargo, su sorpresa aumentó al ver que sobre el lomo de estas iban Gul, Sig y la reina Kildi. Las tres drifas montaban sendas criaturas mitad felinas, mitad pájaros, siendo increíblemente hermosas; en tamaño no tenían comparación con los dragones, pero tres eran suficientes para hacer tiempo. La mitad delantera de los cuerpos de aquellas criaturas estaba llena de plumas marrones, y las de sus cabezas tenían un hermoso color gris. Contaban con unas garras delante y detrás con unas patas felinas; la mitad trasera de aquellos animales estaba cubierta de pelo de un tono leonado. Eran grifos del Angus.

El grifo que montaba Sig planeó y regresó hacia la torre, golpeando y clavando sus garras en Uruäk y haciendo que el dragón emitiera más gritos de dolor.

Los grifos que montaban la reina Kildi y la capitana Gul embistieron a Yukpä, logrando que soltara a Jenïk y a Hotï. Tras ello, se giraron y regresaron para embestir a Yukpä una vez más, pero el dragón los esquivó, dándole un coletazo mortal al grifo de Gul y atrapando de un mordisco en una pata al que montaba la reina. Esto hizo que Kildi cayera al suelo muy cerca de Jenïk.

Sig salió al recate de su madre mientras el dragón marrón de Üldine lograba abrir sus fauces y escupir fuego, quemando las enredaderas y liberándose. Uruäk se colocó sobre sus dos patas y abrió su gran mandíbula para escupir su fuego dracónico mortal, decidido a acabar con la vida de Sig.

«¡Hazlo, Pïa! ¡Hazlo! ¡Sálvala! ¡Ahora!», le gritó aquella extraña voz femenina a la joven.

—¡*AGÜNA INPIRE!* —gritó, sin pensar en el resultado que desencadenó este hechizo la última vez. Solo pensaba en salvar a su querida amiga.

El cuerpo de Pïa se elevó una vez más en el aire, resplandeciendo, y con su mirada enfocó todo el poder de aquel hechizo contra Üldine y Uruäk. La energía que liberó fue tan grande que, sobre aquella torre, de lo que antes fue el cuerpo de Üldine ahora solo quedaban unos restos completamente consumidos por el fuego del hechizo. Fue tan grande el impacto que el resplandor de la descarga mágica tiró por los aires a Sig y al grifo.

—¡Noooooooooooo! ¡Üldine! ¡Uruäk! —gritó Dashnör.

Al ver aquella escena tan amenazante, Yukpä tomó a Dashnör de un golpe y despegó batiendo sus alas.

«¿Qué haces, Yukpä? ¡Detente! Nooooo, tenemos que acabar con ella. ¡Nooo! Ha asesinado a Üldine y a Uruäk. ¡Detente!», le transmitió Dashnör.

«Mi señor, no puedo permitir que corra el mismo destino. Perdóneme, es mejor que nos retiremos por ahora», contestó Yukpä, pero Dashnör no respondió. Estaba demasiado consternado por la muerte de Üldine.

Tras aquello, Pïa cayó al suelo de rodillas mientras Ruth, que había despertado segundos antes del hechizo, mantenía perpleja la mirada sobre ella.

Pïa estaba siendo testigo de la escena más escalofriante y perturbadora de su corta vida. Miraba cómo el dragón Uruäk, tras la muerte de su jinete, comenzaba a estremecerse en un lamento fúnebre. Aunque ellos, Üldine y Uruäk, habían sido responsables de tantas muertes e injusticias, la imagen no dejó de romper el corazón de Pïa. De los ojos del dragón manaban lágrimas de color perla, y de su boca ya no salían llamas. No había ya fuego en el cuerpo del dragón sin su jinete. Su llanto poco a poco declinaba en intensidad, como se apagaba también la chispa de su vida, hasta que, cerrando sus ojos, se extinguió en el lugar donde anteriormente estuvo Üldine.

Al ver lo que se conocía como Ngäro, la muerte del hatra y, por ende, de su dragón, Pïa cayó desmayada frente al cuerpo sin vida de Uruäk. El kalï de su mano comenzó a sangrar a la par que sus orejas.

La bolsa que protegía el huevo de Pïa, tras la ejecución y el lanzamiento de aquel hechizo, quedó destrozada. Ahora, reposaba desprotegido a los pies de la joven rodeándose de una energía ámbar en el suelo. La fuerza desatada por la muchacha provocó que el huevo comenzara a estremecerse y diera la impresión de que fuera a eclosionar.

Dashnör
El vuelo de la derrota

El odio que albergaba el corazón de Dashnör tras la muerte de la mujer que amaba crecía con cada movimiento de las alas que Yukpä daba para alejarse de Gîda. La sed de venganza dominaba su mente y solo pensaba en volver para acabar con Pïa.

«Mi señor Dashnör, no podemos arriesgarnos, ya ha visto el alcance de los poderes de la hija de Mathïas. No puedo exponerme a perderlo; lamento la muerte de mi hermano Uruäk y de su querida hatra, pero ya no es posible hacer nada», le transmitió Yukpä.

Dashnör no emitía palabra alguna, ni tampoco pensamientos a su dragón; la pena que lo embargaba era inmensa. El jinete solo mantenía la vista fija en Gîda mientras la dejaban atrás.

Tras unas horas de vuelo de camino a la capital de Cyêna, Vallêgrande, Dashnör volvió en sí y decidió comunicarse con Yukpä.

«Tenemos que informar a la reina de lo ocurrido. Debes estar preparado para cualquier cosa, ya que no solo llevaremos la noticia de la muerte de Üldine —aquella frase creó un gesto de dolor en su cara—, sino que tendremos que darle detalles de lo que pasa en Erû y de nuestra reunión con Noú, el rey de los dartáas, en Puertocondenado. No debí haberle hecho caso a Üldine, debimos haber ido directos a Cyêna, ahora ella esta...».

Había pasado aproximadamente un día desde su derrota en Gîda. Yukpä no se había detenido en su recorrido por el golfo Zarco, y Dashnör casi no había probado bocado desde su partida, así que el dragón decidió descender y tocar la costa tan pronto como la vio, sin pedir la aprobación de su hatra. El sector de la costa donde descendieron, la zona oeste de Nômy, guardaba mucho parecido con la del este, la que concordaba frente a Co-Shen, la isla donde se firmó el primer Crisol de Razas y donde se había llegado al acuerdo del armisticio y paz del continente. Sin embargo, ahora no era más que el templo oscuro de las orcris; aunque esto solo era conocido por la reina y los más cercanos a ella. Era un secreto de guerra que el monarca mantenía y que el rey Noú, sabedor del mismo, había revelado a Dashnör.

Las orcris eran la rama femenina de los orcos que nacían con facultades mágicas; eran conocidas por su talento en la hematomancia, magia de sangre, y la magia verde.

La mayoría de los orcos no poseían talentos mágicos, y casi todos eran machos; eran pocas las orcris que nacían, y las que lo hacían venían con talento para la magia de sangre. Una orco mujer, dentro del patriarcado de su raza, era una vergüenza; razón por la que eran expulsadas o exiliadas de las tribus orcas para terminar muriendo. Solo se mantenía un bajo nivel de orcris en cada tribu con un solo objetivo: reproducirse.

Bëth aprovechó el sufrimiento de las pocas orcris que sobrevivieron a la expulsión por mar, para tenderles la mano a cambio de su favor, así que refugiaba en secreto a las supervivientes en la abadía de Co-Shen, situada en la isla con el mismo nombre. La ínsula estaba envuelta permanentemente en una espesa niebla que impedía visualizarla, con el objetivo de que no se descubriera quiénes eran sus habitantes. No era un territorio visitado, pues quien entraba no volvía a ser visto. Había cambiado con los años.

Ya no era el prado verde que todos recordaban; ahora era una tierra árida y terrosa, se veían sus picos arenosos emergentes, y en el centro de la isla, en medio de un pantano negro, que era lo que quedaba de lo que fue alguna vez un hermoso lago, se levantaba un castillo bordeado por una delgada muralla que lo protegía, con forma sencilla rectangular y un pasillo cubierto que lo conectaba a un palacete más pequeño. Aquella edificación era lo que ahora se conocía como la Abadía de Sangre, el centro de adiestramiento de las orcris en hematomancia.

Dashnör dejó su mirada perdida en la parte externa de las montañas de Nômy, contemplando los picos nevados más bajos de la cordillera de Nievenegra, recordando la guerra que desató Beth contra los enanos tras perder su apoyo.

Cuando comenzó la persecución mágica, Bëth reclamó la ayuda de esta raza para acabar con los magos, brujas y elfos. A pesar de que mantenían una relación muy tensa con los elfos, los enanos se negaron.

Bëth, en su locura e ira por la falta de colaboración de estos y la negación a unirse a sus filas, arremetió contra su reino, haciendo que estos sellaran las entradas de las montañas de Nômy que hacían frontera con Cyêna, conocida como La Boca. Los enanos, como los protectores de los reinos del norte, les dieron la espalda a los reinos del sur, en vista de los ataques de los dragones y la cantidad de muertes y sufrimiento que Bëth estaba causando en las antiguas familias enanas. Antes de unirse a una tirana, prefirieron sellar su contacto con los reinos del sur.

Cuando Dashnör acabó su pausa nocturna en las faldas de las montañas para dormir, comer y dejar que Yukpä fuera de caza, decidió continuar el viaje de un día que le quedaba. Llegaría a Vallêgrande ya entrada la noche. Saber que debía enfrentar el juicio de Bëth le causaba un sentimiento de inquietud ante lo que estaba por venir.

Tras el largo trayecto, por fin llegó a Vallêgrande. Había caído hacía ya rato la noche; las antorchas del castillo estaban encendidas, creando una imagen de majestuosidad. El castillo de Vallêgrande era de piedra blanca, con extensos terrenos, y en cada muralla se encontraban elementos defensivos. Las murallas y torres tenían formas circulares, la edificación contaba con un foso central, donde hacían sus entradas en tiempo de hatras los dragones; ahora solo albergaba al gran dragón de Bëth, a pesar de que tenía capacidad para albergar a cinco dragones machos maduros. Aquella abertura central estaba rodeada de arcos que fueron sellados por orden de Bëth cuando tomó el trono, y el único que mantenían abierto era el de su habitación, que contaba con una dimensión imponente, dando vista tanto al foso como a la parte externa del castillo.

Dashnör descendió, vislumbrando a la reina en el arco de su alcoba. Desmontó a Yukpä y le dio órdenes de irse de caza. El hari emprendió el camino hasta la alcoba de Bëth.

—Mi señora —dijo mientras se arrodillaba frente a ella.

—¿Y bien? Dame tu informe de la situación. Dime cómo es posible que hayan acabado con Üldine. Sí, pude sentir la agonía de su dragón, al igual que tú —le requirió Bëth.

—Mi señora, la situación es más grave de lo que imaginábamos. Los dartáas se niegan a cooperar con vuestra causa. Señalan que el pacto fue que, tras apoyaros, vos desterraríais a los elfos y les devolveríais las tierras de Erû que fueron arrebatadas tras el pacto de Co-Shen. Dicen que no volverán a participar en otra guerra innecesaria, que no marcharán en contra de otra raza de Nâgar —reportó Dashnör.

—Malditas sabandijas, desagradecidas. No serían nada sin mí, estarían aún en Puertocondenado con su asqueroso rey pudriéndose en su isla. De no ser por mí, los malditos elfos seguirían siendo dueños de las tierras de Erû. Yo les devolví sus tierras, ¿y así me pagan? Iré yo misma ante ese cobarde de Noú y lo obligaré a sacar a todos los dartáas que quedan en su asquerosa isla, y que imponga a los que están en Erû y al alto consejo seguirme —reprochó Bëth con mirada enfurecida.

—Mi reina, ya he ido a Puertocondenado. Cuando nos envió tras la hija de Mathïas, Üldine —al decir su nombre volvió a sentir aquella punzada de dolor— y yo nos separamos, y decidí adelantarme. Noú dice que no va a intervenir en este asunto. Aduce que, si vuestra voluntad es acabar con todas las razas del reino, podéis hacerlo sin su apoyo. El alto consejo solo acota que ellos únicamente querían el bien para su pueblo, lo cual lamentan.

—¡MALDITO NOÚ Y MALDITO CONSEJO! Sabía que esto pasaría; pero lamentará su arrogancia. Sabía que la situación con los dartáas en Erû era mala; ya había contactado con su consejo en tu ausencia. Van a lamentar no haber cambiado de opinión. Por otro lado, Dashnör, ¿cómo es posible que Üldine y su dragón perecieran?

—Ha sido la hija de Mathïas. Creo que hemos subestimado a la bastarda. Supera los poderes de su madre, pero aún no los controla; tras la derrota de Üldine quedó casi inconsciente en el suelo, lo cual determina que no tiene la fuerza ni la preparación suficientes para dominarlos. Mi señora, he logrado ver el huevo, ya está en manos de la chica.

—Bien, debemos tomar medidas inmediatas antes de que eclosione; no podemos dejar que ese dragón nazca. Respecto a su poder mágico, no hay de qué preocuparse; también lo tengo controlado. Al parecer lo debo hacer yo todo para que salga bien —le reprochó Bëth.

—Mi señora, ¿cuáles serán nuestros próximos pasos?

—No tienes por qué preocuparte. Pronto verás que todos pagarán por lo que han hecho.

Bëth dijo aquellas palabras con tono malévolo.

Las decisiones oscuras

Habían pasado varios días desde la llegada de Dashnör a Cyêna. El recuerdo de la muerte de Üldine lo perseguía.

«Mi señor, ¿está usted bien?», le preguntó Yukpä.

«No, Yukpä. Ya no sé lo que está bien o lo que está mal. La muerte de Üldine me ha sacudido como ninguna otra cosa podía hacerlo en la vida, todos los asesinatos que he cometido, toda la sangre que corre por mis manos tras estos años de guerra y dominio. Mira todo lo que he sacrificado por ayudar a Bëth a llegar al poder. Todos los hatras que asesiné, los dragones que hice caer por ella, y todas las cosas de las cuales me tuve que desprender en los años de rebelión; cosas que me remuerden el alma».

«Tuve que haber hecho más, perdóneme».

«Esto no tiene nada que ver contigo. Estas son las consecuencias de todo lo que hemos cosechado».

El hombre comenzó a sentir que enloquecía dentro de las paredes del castillo, a la espera de las órdenes de Bëth. Estaba tumbado en su cama, entrecerrando los ojos para tratar de dormir, cuando sintió una presencia cerca de él: sintió a Üldine. Eso le hizo saltar de la cama y rebuscar como un loco en la habitación. Su imaginación y su dolor le habían jugado una mala pasada.

Tras esa extraña sensación, Dashnör decidió bajar a los terrenos del castillo en busca de descanso y para intentar concentrarse, ya que no lograba enfocar ninguno de sus pensamientos. Mientras bajaba las escaleras, cayó en la cuenta de un detalle que había pasado por alto: lo vacío que estaba el castillo, y la ausencia de los dartáas. Veía muy pocos caballeros y guardias humanos, y no había dartáas. Aunque parecía una nimiedad, era algo que no sabía cómo había pasado por alto.

«Mi señor Dashnör, salga enseguida a los jardines del castillo», le transmitió Yukpä.

«¿Qué pasa, Yukpä? ¿Hay algún peligro?».

«Salga, mi señor, por favor».

Dashnör emprendió un recorrido a toda velocidad por las escaleras del castillo hasta la salida de los jardines mientras comenzaba a oír cuernos de guerra y tambores marcando el paso. Al llegar a la entrada de los jardines, se encontró con una escena espeluznante. Frente al castillo, en dirección a la costa este, se veían tropas marchando. La cantidad de guerreros parecía infinita, se perdía la vista buscando el último en las filas. Al contemplar aquella imagen, Dashnör corrió hasta la alcoba de Bëth para anunciar que estaban bajo amenaza de ataque.

Sin perder tiempo, abrió de golpe las puertas de la habitación, para encontrar a la reina asomada al gran balcón que daba a los jardines.

—Mi señora, el castillo está siendo atacado. Las tropas marchan en nuestra dirección, hay que dar la alerta, debemos prepararnos. Los dartáas no están en sus puestos, han abandonado el castillo… ¡es un ataque planeado! —clamó Dashnör con desespero.

Cuando Bëth oyó la noticia, su cara se llenó de pánico. Tan pronto como abrió la boca para dar una orden a Dashnör, una carcajada salió de ella. Dashnör no entendía lo que estaba pasando. Parecía como si la reina hubiese enloquecido, como si el miedo se hubiera apoderado de ella y, como reflejo de su conmoción, emitiera tal risa frenética. Bëth se dirigió lentamente al balcón contrario, el que daba al foso, mientras seguía con aquella risa desequilibrada.

—Tranquilízate, Dashnör, no estamos bajo ningún asedio; son

nuestros nuevos aliados, que han llegado para emprender de una vez el ataque definitivo. Es hora de que me encargue yo de todo, como debí hacerlo desde un principio. Te dije que ya era consciente de la situación de los dartáas, y que lo iban a lamentar. Las tropas que marchan hacia nuestro castillo son orcos —explicó.

Dashnör no podía creer lo que acababa de oír.

«¿Orcos, la escoria más tóxica y corrupta de todas? ¿La reina estaba utilizando orcos para lograr su cometido?», pensó Dashnör.

—Mi señora, ¿orcos? No podemos traer orcos a Nâgar, sabemos que no son de fiar; acabarán con todo a su paso, son criaturas traic... —trató de argumentar Dashnör, pero Bëth lo interrumpió.

—¿Traicioneras? ¿Traicioneras, dices? ¿Hablas de traición cuando tú y Üldine, dos haris de mi propia raza, me traicionasteis, mintiéndome, haciéndome creer que habíais hecho vuestro trabajo y ahora tengo que resolver lo que vosotros no culminasteis? ¿Traición, dices, cuando durante todos estos años te has estado acostando con Üldine a mis espaldas, a pesar de que cualquier procreación entre haris quedó totalmente prohibida? Da gracias a Amina que Üldine era tan estéril como Dezgu, las tierras de los propios orcos. De haber procreado, las cabezas de los dos ya estarían en dos picas en la entrada de mi castillo, como están las de los dartáas. Sí, como oyes, allí están, como advertencia a quien me traiciona. Que te quede claro, Dashnör, no te equivoques: yo soy la reina, y lo seré siempre, cueste lo que cueste, ¡así tenga que entregarles el maldito continente a los orcos! —le gritó Bëth—. Ya antes hemos hecho uso de ellos, solo que de las orcris. ¿O no recuerdas cómo logramos influir en los humanos y los dartáas? Si no hubiese sido por las orcris, con su hematomancia y su magia verde, no habríamos logrado el apoyo de la población no mágica de Cyêna y de los dartáas del norte de la isla de Puertocondenado que querían recuperar Erû. Ahora, utilizaremos a los machos; serán los guerreros que nos lleven a la victoria definitiva. Recuerda que no deben enterarse de que dimos acogida a las orcris exiliadas y les entregamos la isla de Co-Shen —le advirtió Bëth.

Tras la perorata de la reina, algo en Dashnör le hizo recordar las palabras susurradas del rey Noú: «La magia de sangre de las orcris no había tenido ningún efecto sobre los dartáas, somos inmunes a la mayoría de las magias. Las orcris lo sabían, habían engañado a la reina». En ese momento, concluyó que tanto los dartáas como los orcos habían utilizado a Bëth para lograr sus propósitos: unos para volver al continente y hacerse con Erû, y los otros… de las intenciones de los otros aún dudaba.

Algo en Dashnör le hizo callarse aquel pensamiento, simplemente bajó la cabeza y asintió sin más remedio. En las afueras se oían los cuernos de los orcos y el aleteo de Makü, que los escoltaba desde su desembarco en la costa este.

Dashnör conocía el peligro que entrañaban las decisiones de su reina. Más de veinte años atrás, Bëth comenzó a desarrollar sus planes para los haris. Entre sus decisiones, una fue que, como conocía la vieja tradición de los orcos de exiliar o ejecutar a la orcris que pariera una hembra por la vergüenza que traía a la tribu, planeó salvarlas a cambio de sus favores de magia de sangre. Con esto logró nublar y manipular la mente de muchos de los humanos no mágicos junto a los dartáas, para ponerlos en contra de los magos, brujas y elfos; todo ello con el objetivo de vengar el asesinato de su padre.

Beth aprovechó la isla de Co-Shen, que estaba perfectamente ubicada en el este del continente, para refugiar a todas las orcris que lograban salvarse del exilio. Estas camuflaron la isla entre la niebla y fundaron la Abadía de Sangre, desde donde la apoyaron y perpetuaron su legado de hematomancia.

Sin el respaldo de los dartáas, Bëth había logrado el de otra fuerza extranjera, los orcos, que provenían de las tierras de Dezgu. Dicha comarca doblaba el tamaño del reino de Cyêna; se encontraba muy al este del continente. Los orcos no habían intentado atacar otra vez Nâgar desde la antigua cacería de hombres, esto se debía a la actual presencia de las razas mágicas y a la división de las tierras, haciendo al continente lo suficientemente fuerte contra cualquier invasión. Pero ahora no existía razón para ello, ya que habían sido prácticamente invitados a entrar.

El vuelo al norte

Las filas de orcos sobre Cyêna ofrecían una imagen escalofriante. Se extendían desde las faldas del castillo hasta perder la vista. Se habían instalado en campamentos rudimentarios sobre una vasta y extensa llanura. Aunque su llegada era muy reciente, ya se comenzaba a apreciar los estragos de los orcos sobre el reino: la tierra se manchaba de destrucción tras el paso de estas criaturas.

Bëth les dio total libertad para disponer de lo que quisieran. Ya habían saqueado algunos pueblos a su paso, lo que estaba incrementando el sentimiento de disgusto y molestia entre los cyênitas. Se habían emitido quejas y realizado algunos levantamientos, pero con el pleno poder y la libertad dados por Bëth, los orcos habían aplastado a los humanos que se revelaban. No era sorprendente que ya hubieran comenzado las bajas de estos en el reino.

Los gritos y rugidos de los orcos inundaban el castillo; pero no solo eso, también lo hacía el pestilente hedor que traían con su presencia. Todo ello continuaba martirizando la cabeza de Dashnör, que no paraba de dar vueltas en su alcoba. Su preocupación pronto alcanzó la mente de Yukpä.

«¿Mi señor?».

«Yukpä, esto es una locura. ¡Orcos! ¡Bëth ha traído orcos a Cyêna! Sabes perfectamente de lo que son capaces, no son seres de fiar. Yukpä, creo que la situación se le está yendo de las manos a la reina. Los orcos representan un peligro muy grande».

«¿Le preocupa Dëre?».

«Cuidado con lo que dices, Makü puede intervenir en tu conciencia y oír la conversación».

«No hay peligro, mi señor, Makü está al este, guiando más filas de orcos que están llegando a la costa desde Dezgu».

«¿MÁS? Esto es insano. No podemos permitirlo. Yukpä, iremos a Sîgurd. Ha llegado la hora».

«¿Qué le dirá a la reina para justificar nuestra partida?».

«Tranquilo; le diremos que vamos a hacer un reconocimiento de los pueblos al norte, debido a las últimas revueltas por los orcos».

Dashnör salió de su alcoba y se dirigió en busca de algunas provisiones antes de partir. El castillo había pasado de la guardia dartáana a la guardia humana, y actualmente estaba lleno de orcos. Bëth había relevado toda la seguridad del castillo, confiándola a los orcos. Los humanos fueron enviados a patrullar y controlar los levantamientos en los pueblos, mientras que los orcos fueron nombrados protectores de la reina. Aquellas criaturas eran repugnantes: el verde enfermizo de su piel, sus hileras de dientes amarillos y llenos de restos de comida, sus pequeños ojos negros y las largas babas que caían de sus mandíbulas... La imagen era tan nauseabunda como su hedor, que se expandía por todo el castillo.

De camino a la alcoba de Bëth, Dashnör se topó con muchos orcos, que miraba con desprecio y repugnancia mientras estos devolvían una expresión de sarcasmo y burla al hatra. El hombre no entendía la extrema decisión que había tomado la reina respecto a estas criaturas. Cuando intentó acercarse a la puerta de la alcoba de Bëth, dos grandes orcos se interpusieron frente a la entrada con sus hachas cruzadas.

—¿Qué creéis que hacéis, idiotas? —les dijo Dashnör.

—La reina no pedirte, fuera —le respondió el orco más alto con un vocabulario tosco y torpe.

—No necesito autorización para ver a la reina. Ahora, apartaos de mi camino.

—Jinete, tú querer tu vida, irte.

Las voces entre los orcos y Dashnör habían subido tanto que la puerta de la alcoba se abrió, y Bëth se asomó.

—¿Qué demonios pasa aquí? —preguntó, irritada.

—Señora, jinete. No permiso.

—¿Qué deseas, Dashnör?

—Mi señora, solo quería comunicarle que voy a patrullar los pueblos del norte; estaré un par de días fuera.

—Ya he mandado a la guardia terrestre y a los cazadores. No hace falta que vayas. Te necesito aquí.

—Mi señora, no confío en que las patrullas mantengan los levantamientos bajo control; si me permite… —trató Dashnör de terminar, pero la reina no se lo permitió.

—Te he dado una orden, y es que te quedes aquí. Y deja de molestarme. Ahora retírate, tengo una campaña de ataque que planificar.

Dashnör intentó hablar una vez más, pero Bëth le cerró la puerta en la cara y los orcos se interpusieron de nuevo. Con tal orden de la reina, ahora no tenía excusas para ir a Sîgurd sin que ella se enterara.

Esa misma noche, y como un golpe de suerte, llegaron noticias de los disturbios que comenzaban al norte de Cyêna por la presencia de los orcos. Estaba iniciándose una guerra civil entre los cyênitas y la fuerza invasora extranjera.

Bëth convocó un consejo urgente. Llamó al capitán de los orcos, Gubu; a su capitán de la guardia terrestre, Rael; y a Dashnör. Todos estaban ya en la sala de reuniones del castillo para discutir sobre las revueltas humanas y los próximos pasos que dar.

—Os reúno aquí por un asunto que tiene que ser atendido de inmediato. Al parecer, los desagradecidos ciudadanos de muchos pueblos se están levantando en contra de su reina debido a la aparición de nuestros amigos orcos. Dicen no estar de acuerdo con su presencia aquí —expuso Bëth mientras se paseaba en torno a la mesa.

—Mi señora, respeto al capitán de los orcos, pero la destrucción que están dejando a su paso no es justificable —recriminó el capitán de la guardia terrestre, Rael, un hombre moreno, de gran estatura y con cicatrices que mostraban sus años de experiencia en la guerra.

—No creo que sea para tanto, humano; solo tomamos lo necesario para poder mantener a nuestra gente cómoda en estas tierras. De otra forma no podríamos apoyar a nuestra reina —contestó el capitán de los orcos.

Teniendo en cuenta el mal manejo del idioma que tenía su raza, este poseía un muy buen dominio de él. Para ser un orco, la apariencia de Gubu era muy decente, si esa fuese la palabra más adecuada. Su piel era de un color más cercano al marrón que al verde enfermizo de los orcos ordinarios. De la parte inferior de su boca no salían los dos grandes colmillos amarillentos; quizás por este motivo la lengua humana que hablaba era mejor que las palabras tropezadas y los balbuceos que emitían los de su especie. No poseía deformidades por las habituales peleas por poder y rango de sus congéneres. Era un orco bastante humanizado.

—¿Cómodos? Están matando, saqueando y dejando únicamente destrucción. Mi señora, esto es inaceptable para el reino.

—Rael, cálmate, ahora más que nunca necesitamos el apoyo de nuestros amigos orcos. Tendremos que sacrificar algunas cosas. Lamentablemente, no estamos para quejas ni llantos. La hija de Melinda está viva y preparándose para el ataque; hemos perdido a Üldine y el apoyo de los dartáas. No hay lugar para lamentaciones —le dijo Bëth con tono cortante—. Ahora bien, Dashnör, al final tendré que enviarte al norte, aunque la idea no me hace ninguna gracia. Necesito que controles aquellos pueblos, sobre todo Lindera; al estar tan cerca el reino enano, siempre han ocultado algún sentimiento de rebeldía. Rael, recluta a cada hombre de cada pueblo de Cyêna, pronto marcharemos sobre Erû. Mi querido Gubu, puedes decirles a los orcos que tienen plena libertad de tomar lo que quieran a su paso.

—Muchas gracias, mi señora, no dudamos nunca de su hospitalidad. No se preocupe, lo tomaremos.

Dashnör observaba a Gubu con ojos llenos de rabia y desconfianza mientras cruzaba miradas con Rael, en busca de un momento tras el consejo para hablar.

Gubu salió de la sala de consejo; tras él, Rael, y cuando Dashnör iba a hacer lo mismo, la reina le habló:

—Dashnör, no te tomes mucho tiempo, te necesito aquí.

—Como ordene, mi señora.

Algo le hacía sentir a Dashnör que Bëth sabía que se traía algo entre manos. En el pasillo del castillo, el hari alcanzó a Rael.

—Rael, tengo que hablar contigo. Vamos al foso.

—Vamos.

Ambos hombres caminaron hacia allí. Los dos tenían ciertos rasgos similares: casi tenían la misma altura y el mismo color de piel. El pelo ondulado y castaño de Dashnör hacía un juego perfecto con su tez morena, mientras que el cabello café y rizado de Rael le daba un toque diferente.

—Rael, volaré al norte, a Sîgurd; pero voy a necesitar que me cubras con la reina. Eres de las pocas personas en quien confío y que me ha ayudado todos estos años.

—Dashnör, ¿por qué no me dejas ir a mí? Será menos sospechoso. La reina se encuentra en un constante estado de paranoia, y está tomando decisiones muy radicales. Por otro lado, tú solo has estado una vez en Sîgurd. Dëre no te conoce.

—Esta vez tengo que ir; la situación, como dices, está empeorando. Ya no puedo más con esto, hay muchos riesgos, y no permitiré que le pase o me pase algo.

—Está bien, Dashnör; pero no te tomes más que el tiempo obvio. No podré cubrir tanto tu ausencia. ¿Cuándo partes?

—Ahora mismo, no tengo mucho que preparar. Deséame suerte, viejo amigo.

Tras un abrazo, ambos se despidieron, y Dashnör se subió a Yukpä, el cual extendió sus alas y dio impulso para salir al vuelo del castillo.

«Mi señor, ¿está listo para conocer a su hijo después de tantos años?», le transmitió el dragón.

«Más que nunca».

Jenïk
La espiral y el origen

La batalla en el castillo de Gîda causó estragos irreparables. La fortaleza se llenó de piras fúnebres como acto de ceremonia de partida de las drifas caídas cuyos cuerpos pudieron ser rescatados tras el fuego de Uruäk. Esta era una costumbre drífica cuando una guerrera moría. Las víctimas eran envueltas en una especie de esfera con ramas secas de los árboles del bosque del Silencio de Êger antes de la ceremonia fúnebre. Se decía que los antepasados las guiaban en aquella esfera para su descanso.

Había dos piras diferentes a las demás; dos piras blancas y sin el nido de ramas en llamas: la de la bruja Hanya y la del grifo que montó Gul.

La reina Kildi y la princesa Sig estaban en la cabecera de la ceremonia. Todas las drifas presentes vestían atuendos negros hechos con plumas color azabache de alguna especie de ave del reino. Junto a la reina y la princesa estaban aquellas dos majestuosas criaturas que habían acompañado y peleado ferozmente en la batalla, los grifos, ambos cabizbajos, mientras las llamas consumían los cuerpos de las guerreras caídas y el de su compañero.

En las ventanas de la sala sanadora se reflejaba el resplandor del fuego de las piras fúnebres. En una de las camas reposaba Pïa entre convulsiones, y con ella el huevo de dragón agitándose bruscamente. Jenïk y Ruth se miraban con ojos de preocupación mientras veían a la chica estremecerse y murmurar palabras ininteligibles.

—¿Cómo ha logrado Pïa hacer el *Inpire*? Es un hechizo muy difícil, sobre todo si nadie se lo ha enseñado —dijo el hari con preocupación.

—No tengo ni idea, solo sé lo que me dijo: que alguien estaba tratando de contactar con ella mentalmente, que era la voz de una mujer la que le había dicho que lo hiciera en el pabellón —contestó Ruth.

—No entiendo quién puede estar tras esto. Sea quien sea, es lo suficientemente poderoso para pasar por ti y por mí sin que sintamos la conexión. Tendríamos que haberla notado. Ruth, me preocupa mucho Pïa y el estado en que está.

—Jenïk…

—Dime.

—El *Inpire* solo ha sido hecho por un hatra con sangre hari y mágica; y puedo contar con una mano los que ha tenido la historia, incluyéndote a ti. Y ni siquiera tú has podido llevar a cabo un hechizo tan complicado. Me inquieta qué es lo que puede esconderse tras esto.

Jenïk la miró con ojos llenos de consternación. Después, devolvió la mirada sobre Pïa, guardando silencio.

Habían pasado ya un par de días, y Pïa continuaba en la sala sanadora, sin dar señales de mejoría. Ruth había hecho cuanto sabía para ayudar a mejorar su estado, pero todo fue en vano. Las drifas también lo intentaron, aunque sin resultado. Aquella tarde, ya anocheciendo, Jenïk tomó una decisión, puesto que no aguantaba más la situación. Estaba junto a Ruth en la sala sanadora.

—No creo que logremos hacer mucho aquí —dijo.

—¿Qué insinúas?

—Me llevaré a Pïa a Arröyoïgneo. Ven conmigo, partiremos hoy mismo.

—Pero en Arröyoïgneo no hay nada, no es más que una isla abandonada —rebatió con inseguridad Ruth.

—Es el único sitio seguro ahora mismo; y bajo estas circunstancias a un hari no hay lugar que le haga más bien que su tierra. Llevémosla a la espiral del volcán, el huevo está amenazando con eclosionar. Pïa debe estar bien y con fuerza suficiente para ese momento.

—Partamos ya.

Jenïk tomó a Pïa en sus brazos; y Ruth, el huevo. Cuando ambos se dirigían a la puerta, hizo su entrada Kildi.

—¿A dónde vais? ¿Qué habéis decidido? —les preguntó la reina de las drifas.

—Llevaremos a Pïa a Arröyoïgneo —respondió Jenïk.

—Me parece lo más sensato. Arröyoïgneo está muy cerca, al norte, así que no supondrá un problema, y será seguro llegar. Si algún ataque se dirigiera hacia vosotros, tendría que pasar primero por Êger, y yo opondría toda nuestra fuerza para detenerlo el tiempo suficiente.

Detrás de Kildi estaba Sig, que tímidamente se acercó a Jenïk y puso su mano sobre la frente de Pïa.

—¿Se va a poner bien? —preguntó.

—Esperemos que sí, mi niña. Jenïk quiere llevar a Pïa a la antigua espiral del volcán, en Arröyoïgneo, para sanarla. Él mejor que nadie conoce los misterios y poderes de esa isla sobre los de su clase. Confío plenamente en que Jenïk sabe lo que hace; no te angusties, haremos todo lo posible por salvarla. Será una tarea muy difícil, ya que el hechizo que formuló Pïa es uno de los más antiguos; se requieren tantos años para aprenderlo y ejecutarlo que son pocos los que pueden hacerlo o han vivido para contarlo. Ahora mismo la energía del alma de Pïa ha menguado casi por completo; tenemos que restablecerla —explicó Ruth.

—Pediré que llenen vuestras alforjas para el viaje. Ruth, por favor, envíame un cristal de sangre tan pronto como lleguéis. Mandaré un camar con vosotros para estar informada —dijo Kildi, llamando a una drifa y dándole la orden.

—Muchas gracias, Kildi. Partimos ya —contestó la bruja.

Sin perder más tiempo, ambos salieron con Pïa y el huevo en los brazos de la sala sanadora y recorrieron el castillo hasta el patio donde estaba Hotï. Sig abrazó a su madre con la mirada llena de preocupación.

—Jenïk, dame unos minutos —le pidió Ruth.

La mujer subió a toda prisa por el castillo, hasta su alcoba. La espada de Pïa reposaba en una mesa y cerca de ella estaban las cosas de Ruth. La mujer sustrajo aquel cristal de carga y con un pequeño hechizo metió la espada de la joven, haciéndola desaparecer a la vista. Sin perder más tiempo, bajó al patio para partir.

Junto a Hotï estaban las drifas con las alforjas ya listas para la partida. Jenïk subió a la silla del dragón, y entre las guerreras y él acomodaron a Pïa, atándola con suaves cuerdas para mantenerla a salvo en el vuelo. Ruth se subió tras la joven, dejándola en medio de los dos jinetes, por su seguridad, y atándose a ella. Había depositado el vibrante huevo ónice de dragón en una de las alforjas, entre varias mantas de cuero. Estaba calentándose cada vez más.

Tras un impulso, Hotï ganó velocidad y, sin mucho esfuerzo, despegó del suelo. Kildi se hallaba en la entrada del castillo con un camar en el hombro, y dándole una señal, lo hizo volar.

—Que Amina proteja su camino.

Hotï volaba con el mayor de los cuidados, tanto para proteger a Pïa como para no causar la caída de nadie. El viento frío del entrante invierno hacía el vuelo un poco incómodo para Ruth, que miraba cómo Pïa se estremecía cada vez más. Afortunadamente, Hotï emitía un calor placentero para todos.

La mañana había transcurrido, y con el fin de ella, un sol reconfortante de mediodía iluminaba la costa septentrional de Êger, donde habían decidido hacer una parada antes de adentrarse en el mar del norte.

Esa parte de Êger era especialmente hermosa: una larga costa de playa virgen que se extendía hasta donde la vista se perdía. Las montañas eran bajas y se volvían totalmente planas según se acercaban al mar, manteniendo hasta la orilla el color rojizo de la arena de Êger. Jenïk había mandado a Hotï de cacería mientras ellos se acomodaban bajo la sombra de los árboles, a los pies de las pequeñas montañas, vigilando constantemente a Pïa y al huevo.

—¿Crees que mejorará? Nunca había visto a nadie ejecutar ese hechizo. No sé cuáles serán los resultados —preguntó Ruth.

—Pïa es más fuerte de lo que parece; saldrá adelante. Lo que me preocupa es el estado del huevo, que amenaza con eclosionar pronto, y ella sigue inconsciente. Es muy inquietante. Nunca he visto huevos eclosionando fuera de nuestra isla.

—Tenemos que llegar cuanto antes a Arröyoïgneo.

«Jenïk, ya estoy de vuelta, prepárense para partir. Tardaremos un día más, llegaremos cuando el sol caiga», le trasmitió Hotï.

—Recojamos todo, Hotï está por llegar.

Una vez más dieron comienzo a la ardua labor de subir a Pïa al dragón, atarla a Ruth y despegar con cuidado de no terminar con una desgraciada caída. Afortunadamente, todo fue como la seda, y dejaron la tierra firme atrás.

Tras un día de vuelo, el sol comenzaba a ocultarse en el horizonte, como si se ahogara en el mar, iluminando el cielo de tonos naranjas. A lo lejos se veía cómo se alzaba una gran montaña, una isla nacía del mar, y en su centro se levantaba un gran volcán: era Arröyoïgneo. La isla principal estaba rodeada por otras más pequeñas y largas, formando un escudo.

—¡Cuántos años han pasado desde la última vez que estuvimos aquí, cuántos años han pasado desde aquellas guerras sangrientas, cuántos hermanos y hermanas cayeron, cuántos dragones perecieron! Todo por la ambición de poder y el egoísmo de una sola persona —evocó Jenïk.

—Los tiempos están cambiando. Nacen nuevas esperanzas. Todo va a mejorar, pero ahora tenemos una labor y un objetivo, que es salvar la vida de Pïa y hacer eclosionar el huevo.

«Jenïk, ¿dónde quieres que aterricemos?», transmitió Hotï.

Al terminar aquellas palabras, y de manera inesperada, el cuerpo de Pïa comenzó a estremecerse de manera brutal. Estaba hirviendo y temblaba frenéticamente. Ruth tuvo que usar toda su fuerza para sostenerla, ya que las cuerdas empezaban a ceder.

—Jenïk, rápido, hay que llegar cuanto antes. Pïa está convulsionando, no puedo sujetarla más.

«Hotï, a la espiral del volcán; vuela tan rápido como puedas», le ordenó Jenïk, que se giró para sostener a Pïa, ayudando a Ruth, y evitar la caída de la chica. Mientras ambos sujetaban el cuerpo convulsionante de la joven, Hotï bajaba a toda velocidad de manera brusca a una explanada que sobresalía del camino de subida al volcán. Sin una sola sacudida, el animal se posó sobre sus cuatro patas en la explanada.

Ruth y Jenïk desataron rápidamente el cuerpo de Pïa y lo bajaron del dragón. El lugar donde habían aterrizado parecía haber sido creado por el hombre, simulando un gran balcón frente a la entrada del volcán.

—Rápido, vamos adentro, a la espiral —ordenó Jenïk.

La abertura frontal era colosal, lo suficientemente grande como para que pudieran pasar seis dragones machos adultos. El tamaño de la montaña era descomunal. Ambos entraron con Pïa en los brazos, Hotï los seguía de cerca sin bajar la guardia.

La parte interna del volcán parecía un enorme coliseo. En el centro había arena y, alrededor de esta, tallados en las rocas, asientos. En medio de la arena se podía observar una especie de espiral que se iba hundiendo por tramos cada vez más hasta el centro del cráter; estaba marcada con algo parecido a piedras negras, con el mismo color del huevo de Pïa. Aquellas piedras (o lo que quedaba de ellas, ya que muchas parecían borradas por el tiempo) formaban una espiral perfecta, y en su centro se veía un gran nido hecho de troncos y otros restos quemados.

Jenïk corrió y colocó a Pïa justo en ese punto, en medio de todos los restos quemados, manchando su blanca piel de hollín y tierra, mientras su cuerpo se estremecía.

—Ruth, deposita el huevo en el centro, junto a Pïa —ordenó.

«Hotï, ya sabes qué hacer», transmitió a su dragón, que comenzó a batir sus alas bruscamente, levantando una tormenta de arena en medio del coliseo, y de un salto cayó sobre una plataforma alta en la parte superior del volcán.

Ruth no se había dado cuenta de que al nivel de la arena había asientos que parecían creados para un público humano, o, en todo caso, para haris, mientras que la parte alta estaba llena de una especie de plataformas de gran tamaño que poco a poco cubrían la luz que entraba por el orificio superior del volcán; aquellos salientes parecían balcones para un público de gran tamaño, como los dragones. Cada plataforma estaba hecha de la misma piedra negra de la espiral, y en la zona delantera se levantaba un pequeño altar del mismo color, gastado actualmente por el tiempo.

—¡Ahora, HOTÏ! —gritó Jenïk.

—¿Qué planeas hacer? ¿De qué va todo esto? ¿Cómo ayudará a Pïa? —preguntó, angustiada, Ruth.

—Ruth, vas a presenciar un ritual que solo los haris conocemos, uno que solo hemos vivido nosotros, uno que se olvidó con tantas guerras y que se abandonó con la isla.

El gran Hotï abrió sus fauces y comenzó a escupir fuego sobre la piedra negra de la plataforma. En cuestión de segundos, la piedra se tornó de un rojo incandescente, y un pequeño temblor empezó a sacudir la arena.

—Jenïk, explícame qué está pasando.

—Ruth, lo que estás presenciando es un complejo ritual que realizaban los haris para hacer que los huevos eclosionaran. Cuando habitábamos esta isla, las dragonas anidaban en la gran espiral. Por mandato de los Lagesa, todas las eclosiones debían tener lugar aquí. Con el tiempo y con las antiguas enseñanzas, aprendimos otra función, y es que, cuando un jinete caía enfermo o herido en batalla, los dragones prestaban su energía y la condensaban en la espiral de fuego. Esto servía para proveer de su magia al hatra. Cuando vi caer a Pïa y que no despertaba, este ritual vino a mi cabeza; y más al ver al huevo amenazando con eclosionar.

—Nunca había oído hablar de esto.

—Era muy normal en tiempo de guerras: se reunían los hatras y dragones en la gran espiral para curar a los primeros y volver a la batalla. También se utilizó mucho para acelerar el nacimiento de los huevos de dragones que quedaron en el reino tras la Rebelión Roja. Ahora veamos si funciona; no sé si con un solo dragón será suficiente.

—Hay muchas cosas de vuestra raza que los mismos dragones aún mantienen en secreto, han hecho bien en desconfiar del hombre. Estos animales siguen siendo un misterio; tras tantos años aún lo son.

—¿Ves las piedras negras en cada plataforma? Son piedras de

fuego del volcán, todas canalizan juntas la energía hasta las piedras que forman la espiral en el centro de la arena.

Tras la emoción de aquel ritual, Ruth había olvidado por un momento a Pïa, y en ese instante fijó su mirada en ella. Vio cómo las piedras del centro de la arena comenzaban a vibrar y a cambiar su color.

Hotï seguía lanzando fuego por sus fauces. El cuerpo de Pïa empezó a estremecerse, y las piedras de la espiral iban cambiando a un rojo llameante. El huevo, al lado de Pïa, se puso a vibrar, al igual que las piedras de fuego a su alrededor, pero esta vez de manera más controlada. Los ojos de la joven hicieron un intento de abrirse mientras su respiración parecía calmarse y su cuerpo volvía a estar bajo control. Se oyó un tímido crujido, como el de un cristal que se rompe. Los ojos de Pïa se abrieron de golpe, y al mismo tiempo voló por los aires un pequeño trozo de material negro: el huevo, al lado de la joven, había estallado, y su cáscara caía pedazo a pedazo.

Pïa se incorporó inmediatamente con un profundo suspiro, y de inmediato puso sus ojos sobre la pequeña criatura que estaba a su lado, envuelta en una especie de baba que la cubría, y temblando mientras se tambaleaba para ponerse sobre sus cuatro patas.

Hotï, que estaba en lo más alto de la plataforma, se irguió y comenzó a batir las alas, soltando llamaradas de un lado a otro y rugiendo en júbilo por el nacimiento de un dragón. Volvían los dragones a Nâgar.

El recién nacido animal extendió sus alas aún llenas de aquella sustancia viscosa y alzó la mirada hacia los ojos de Pïa para, en un ataque de timidez, bajar la cabeza. Los ojos del reptil eran de un dorado intenso, idénticos a los de los haris, a los de Pïa. El pequeño dragón se le acercó dando tumbos y tropezones, llegando hasta la mano de la joven, y allí comenzó a lamer el kalï, del cual manaba sangre.

El dragón tenía la piel translúcida aún; sus alas estaban entumecidas y temblorosas; y de su lomo salían protuberancias blancas: mostraba todas las señales de su reciente nacimiento. Se quedó lamiendo la sangre de Pïa, y levantó la mirada para encontrar los ojos dorados de su jinete, que lo observaba con asombro.

«¿Pïa?», transmitió aquel ser. Era una voz suave, llena de dulzura; una voz acogedora, una voz que Pïa ya había oído. La que le había hecho convocar aquel hechizo que casi le costó la vida; la misma que confundió con la de Ruth.

«¿Corö?».

«Sí, ese es mi nombre», respondió la dragona recién nacida.

Todos los haris
El nacimiento

El júbilo que desbordó Hotï al ver a la criatura salir del huevo y la ilusión de Jenïk no cabían en sus pechos. La emoción de volver a ver el nacimiento un dragón en el continente tras tantos años de guerra era desbordante. Lo único que la superaba era la energía que crecía cada segundo en el corazón de Pïa, perdiéndose, adentrándose y fortaleciéndose mientras miraba al pequeño animal.

Desafortunadamente, la emoción y la esperanza que reinaban en el volcán de Arröyoïgneo se vio interrumpida cuando Jenïk recordó que no serían ellos los únicos que habían sentido el sutil impacto en el pecho y en su kalï, al igual que Hotï, anunciando el nacimiento de un nuevo dragón.

Muy lejos de Arröyoïgneo, sobre las montañas de Nômy, iba Dashnör sobre Yukpä. Un suave pellizco en el pecho de ambos los hizo estremecerse y casi perder el control del vuelo.

«Mi señor, ¿lo ha sentido?».

«Desde luego. El dragón de la hija de Mathïas ha nacido. No

podemos continuar hacia Sîgurd, tenemos que regresar inmediatamente al castillo. Bëth también lo habrá sentido, ya no tenemos excusa para estar fuera tanto tiempo. Lo siento por mi hijo, pero por su futuro esto tendrá que esperar. Volvamos a Vallêgrande».

El gran dragón verde de Dashnör dio la vuelta, planeando por el borde de las montañas de Nômy y tomando la dirección de Cyêna.

Mucho más al sur de la posición de Dashnör, en el castillo de Vallêgrande, Rosafuego, se oyó el rugido perturbador del gran Makü cuando sintió el nacimiento de un nuevo dragón. Se veían las llamaradas salir del foso del castillo, y a los orcos correr despavoridos tratando de huir de las llamas.

«Mi señora, ha nacido el dragón de la bastarda».

«Lo he sentido, Makü; pero no vivirá lo suficiente ni para aprender a volar. Esperaremos a Dashnör. Hoy mismo atacaremos Erû, no quedará ni un dartáa. Desde hoy los nuevos dueños de Erû son los orcos, y después caerá Êger», le dijo con júbilo Bëth.

«Me prepararé para salir al ataque en cuanto llegue Dashnör».

Bëth se apoyaba en el arco que daba al foso donde estaba Makü. La mirada de la mujer se perdía en el cielo, llena de odio y sed de venganza. Los objetivos de Bëth estaban claros.

Muy lejos de la capital del reino de Cyêna, otra capital, Âbbir, en Sîgurd, estaba habitada por una población subterránea, en apariencia, de hombres y mujeres, los archais, de los que se contaban muchas historias de poder y derrota. Âbbir estaba enterrada en el desierto, donde se decía que se exiliaron los mismos archais en busca de paz. Aquella ciudad albergaba a ilustres personajes, algunos dotados de sabiduría, otros de fuerza, y algunos de los que ya no quedaba: de magia.

La pequeña capital, olvidada en el tiempo por los otros reinos, guardaba un gran secreto, uno tan importante que costó vidas y esfuerzos mantenerlo oculto. La ciudad le brindaba hogar a un joven llamado Dëre, de quince años de edad. La gente hablaba de él, pero no se atrevían a hacerlo en voz alta. Era un chico de hermoso cabello rizado y castaño, un color característico de los casi extintos haris, y poseía la hermosa piel morena y los ojos llameantes de esa raza.

Los únicos que conocían perfectamente la procedencia del chico eran los sabios ancianos que gobernaban la ciudad. Había llegado a Âbbir aún en el vientre de su madre, una jinete de dragones, una que volaba en un dragón marrón, una que llegó ocultándose de la vista, llamada Üldine. Cuatro meses después se puso de parto, y tras traer a aquel hermoso niño al mundo, se levantó y, con lágrimas en los ojos, dio instrucciones a los archais más ancianos sobre lo que debían hacer. Tras ello cerró la puerta y desapareció en la noche a lomos de su dragón. Dëre creció sin conocer a sus padres, bajo la protección de los sabios de Âbbir; pero creció sabiendo la verdad: de dónde venía, quién era y por qué debía mantenerse en secreto su identidad.

La noche de la eclosión del huevo de Corö, Dëre estaba tumbado en su cama, tratando de conciliar el sueño. Una intensa punzada le hizo sentir que le faltaba el aire para respirar y que se ahogaba poco a poco. El chico cayó de su cama al suelo, rodando hasta la puerta en busca de los ancianos. Su habitación estaba muy cerca del salón donde se encontraba el consejo archai. Tras mucho esfuerzo y con la respiración entrecortada, Dëre entró en la sala de los sabios. Eran cinco, cada uno sentado en una gran silla al fondo de la estancia. Aunque se los conocía como los ancianos sabios, la verdad era que sus apariencias no mostraban ningún rastro del paso del tiempo. Si bien las razas mágicas envejecían lentamente en Nâgar, los archais puros, al igual que los mismísimos elfos, podían vivir centurias sin envejecer. Los cinco sabios contaban con muchos años de actividad en sus vidas, pero todos tenían una apariencia de hombres maduros. Su piel era increíblemente blanca, tenían cabellos platinados y unos ojos de color rojizo. Cuatro de ellos vestían ligeras túnicas de colores, y el hombre sentando en el centro lucía una especie de armadura ligera y corta.

Dëre entró bruscamente al salón y cayó de rodillas. Los ancianos se acercaron a él, pidiéndole que se calmara, que respirara lentamente y controlara el sentimiento que se clavaba en su pecho.

—Dëre, debes calmarte. Lo que sientes quizás sea el nacimiento de un dragón; estás experimentando la conexión de los haris —le dijo Raflu, el hombre con un bastón que se arrodilló junto a él.

—¿Ha sido…? —intentó preguntar el chico, pero Raflu no lo dejó terminar.

—No, no ha sido el huevo de la cámara acorazada; no ha sido el huevo que dejó tu madre para ti cuando nos encargó tu cuidado. Ha sido otro dragón. Pero tu huevo ha comenzado a moverse; está reaccionando al nacimiento de su hermano. No podemos aplazar más esto.

—Pero ¿cómo puede sentir la conexión si aún no está unido a un dragón? —preguntó Urlu.

—No es momento para hacernos preguntas. Hay que llevarlo a la cámara. —ordenó Raflu.

El joven se levantó con dificultad y caminó hacia una pequeña puerta que se encontraba tras las cinco sillas de los consejeros. Al abrirla, dio visibilidad a una hermosa cámara, en la cual reposaba sobre un altar un gran huevo verde, con una escama de color diferente, una escama azul. El huevo se movía ligeramente.

Dashnör
El polvo

Tras sentir la eclosión del huevo del dragón de Pïa, Dashnör no tuvo más opción que volar de regreso al castillo de Cyêna. Había alcanzado ya las montañas de Nômy en el momento que sintió el nacimiento del dragón; estaba todavía muy lejos de la ciudad de Âbbir, lugar donde se encontraba el hijo que había tenido con Üldine a escondidas de la reina Beth, debido al peligro al que exponían sus vidas por romper la ley de emparejamiento entre haris.

Después de la rebelión y la guerra, la reina decretó muchas leyes y mandatos para asegurar su perpetuación en el trono; una de ellas fue la de prohibir que los haris que habían quedado tras la guerra procrearan. La reina sabía lo que implicaba traer más haris al mundo. Pero aquella prohibición no fue lo suficientemente fuerte para mantener a Dashnör y Üldine lejos del sentimiento que comenzaba a crecer entre ellos, ni mucho menos para que dicho sentimiento no diera resultados. Para cuando se supo del embarazo de Melinda y se promulgó la ley, ambos habían estado meses librando las guerras de Bëth, y para ese entonces Üldine ya llevaba cuatro meses encinta.

Se realizó toda una estratagema que le permitiera excusarse y estar ausente del reino casi cinco meses más, el tiempo de embarazo que le quedaba sin que la reina se enterara. Tomaron ventaja de la campaña de búsqueda de Melinda, y lo usaron como coartada para ausentarse. Afortunadamente, lo lograron: contactaron con los archais, y pactaron con ellos para que Üldine permaneciera en secreto el tiempo suficiente hasta que naciera el bebé, para más tarde hacerse cargo de él.

Üldine y Dashnör no podían cuidar al pequeño ni levantar sospechas de su existencia, por lo que no lo visitaron en todos los años que pasaron mientras creció; pero dieron órdenes claras de que le contaran toda la verdad, lo adiestraran y educaran lo mejor posible. Para aquel niño llamado Dëre... había un plan.

Tras varias horas de vuelo, Dashnör se acercaba ya al castillo, que estaba extrañamente en silencio, a pesar de la noticia de la eclosión del huevo y que él sabía que Bëth habría sentido. El edificio y sus alrededores contaban con unos pocos orcos protegiéndolo; desde lejos no se sentía la presencia de Makü en el foso. Era una noche especialmente tranquila.

Yukpä planeó suavemente sobre la fortaleza. Las escamas verdes del dragón brillaban hermosamente bajo la luz de la luna. Yukpä dio un par de vueltas hasta que puso sus cuatro patas en el suelo duro del foso. La habitación de Bëth estaba iluminada, lo que indicaba que la reina se hallaba en el castillo, aunque su dragón no: seguramente estaría guiando más tropas orcas hacia allí.

Dashnör bajó del lomo de su dragón y se dirigió hacia el gran salón. En su camino vio a varios orcos rondando por los pasillos y a otros cuantos en las torres. Decidió subir directamente a la alcoba de Bëth. Al llegar allí, volvió a encontrar a aquellos dos grandes y musculados orcos; esta vez no pusieron ninguna resistencia ni emitieron palabra alguna, solo abrieron la puerta para dejarlo entrar.

Sin mediar palabra, se adentró en la habitación y dejó a los orcos tras él. Encontró a Bëth reclinada en el arco que daba vista al foso.

—Mi señora, supongo que no os sorprendo si os notifico el nacimiento del dragón, ya que estoy seguro de que vos también lo habéis sentido.

Bëth estaba callada, con la mirada fija en Yukpä, que estaba tumbado en el foso.

—Desde luego, no hay nada de sorpresa en esa noticia. He sentido el nacimiento del dragón de la bastarda; un nacimiento que se tuvo que haber evitado, pero no se hizo. Siempre me he empeñado en poner en manos equivocadas las decisiones y acciones importantes —le dijo Bëth mientras clavaba las manos en el marco de la ventana.

—Mi señora, os pido perdón una vez más por haberos fallado y no haber acabado con la hija de Mathïas cuando pude. Perdonadme, mi señora, por haberos engañado; no soy digno de vos.

Aquellas palabras hicieron que Bëth se girara con suavidad y mirara fijamente a Dashnör.

—La hija de Melinda y Mathïas ha sido uno de los peores errores que he dejado cometer, uno de mis mayores fracasos. Tenía tantos planes, tantos objetivos…; nunca he tomado decisiones o me he planteado cosas sin una razón detrás de ello. ¿Sabes por qué mi padre convocó aquel Crisol de Razas para el armisticio en la Torre de Carode?

—No, mi señora. De la noche de la Torre de Carode sé lo que saben todos: la rebelión de los Bór con el apoyo de los elfos, los magos y brujas de la torre para cometer el asesinato de su padre, Mündir, por Amadeus Bór; e intentar su asesinato también. Luego de eso, nuestra intervención en la ejecución en el bosque Rosagrís de los magos y brujas de la Torre de Carode.

—Y eso es exactamente lo que tú y todos debéis saber. Aquel hecho fue lo que ayudó a influir más rápida y fácilmente en los cyênitas. ¿Pero fue eso lo que pasó? —le dijo Bëth con una mirada teatral. Su rostro comenzaba a mostrar unos rasgos de demencia que antes no habían sido percibidos por Dashnör.

—¿Hay algo que no sepa?

—Mi querido Dashnör, mi padre siempre decía que las mentiras son como el polvo: puedes sacudirlo, ocultarlo, barrerlo, hacerlo desaparecer de la faz del mundo, pero siempre volverá y estará ahí, siempre lo descubrirás frente a ti. Hoy te voy a mostrar el polvo que nunca has visto, y tú me vas a mostrar el tuyo —las palabras de Bëth se llenaban cada vez más de intriga y locura—. Como sabes, mi padre compartió al principio mis ideales sobre nuestra superioridad, pero luego cambió de parecer al ver la cantidad de muertes y estragos que dejó la guerra. Él ya no compartía nuestra creencia en la pureza de los haris, nuestra superioridad, nuestra idea de dominio, nuestro derecho a poseer este mundo. ¿Sabes cuántas veces intentó detenerme? Pero no pudo, la semilla de la discordia estaba sembrada.

—Mi señora, ¿a qué viene todo esto ahora?

—No me interrumpas, déjame terminar, que el final te va a gustar. Cuando comencé la rebelión contra las otras razas sabía que, mientras mi padre estuviese en medio, no podría hacer nada; los haris lo respetaban. Tampoco podía hacer nada mientras los Bór fuesen los protectores del continente. Manipular a mi padre fue muy fácil. Fingir arrepentimiento y pedirle que convocara aquel armisticio… ¡qué fácil fue! Le pedí que invitara al heredero de cada reino. Debían ir todos; pero aquel imbécil de Amadeus Bór fue muy precavido: no mandó a su hija, esa perra de Melinda; se presentó él. Yo fui con mi padre, como representación de los haris y en signo de buena voluntad. Volamos hasta la torre. Mi padre iba en el gran Tupï, su dragón azul. Makü nunca hubiese podido contra él; lo doblaba en tamaño y experiencia. Lo tenía claro: no podía ser un rival de guerra contra él.

Bëth sabía que Dashnör comenzaba a tener más claro lo que intentaba decirle. Lo miró fijamente mientras él abría sus ojos en un gesto de gran asombro. Bëth continuó.

—¡Sí! Es completamente cierto lo que piensas. No fue una daga de los Bór la que cortó la garganta de mi padre. Fue la mía. Mientras estaba sentado en la mesa del consejo junto a los herederos, yo me hallaba detrás de él, como una sombra, como lo que ya no quería ser. Acabé con su vida, y así se produjo el Ngäro, y murió su gran Tupï. El dragón azul cayó del cielo, desplomándose sobre la Torre de Carode y causando el pánico absoluto. En ese momento, entraron diez de los mercenarios que contraté; no podía involucrar a ningún hari en aquel acto, ya que tenían que quedar fuera de ello.

Dashnör comenzaba a entrar en pánico oyendo el secreto que le estaba revelando Bëth, al ver las barbaridades que era capaz de cometer esa mujer por poder. La reina prosiguió con su discurso:

—Se ocuparon rápidamente de aquel regicidio. La que más trabajo nos dio fue la pequeña princesa drifa; pero, afortunadamente, acabamos con ella, aunque nos costó tres de los diez mercenarios. La sangre de cada uno de ellos y la de mi padre cubría mi cuerpo…, cuánta gloria en un solo sitio. El resto de la historia ya la conoces: escapé «antes de que me asesinaran aquellos despiadados magos», y fui en busca de mis hermanos haris para dar la noticia del asesinato de mi padre. Si los haris hubiesen tomado parte y se hubiesen enterado de que fui yo quien lo mató, ninguno me habría apoyado como lo hicieron tras aquella noche. Recuerdo cómo regresamos a vengar a mi pobre padre, y quemamos la Torre de Carode hasta sus cimientos en venganza, con los magos y brujas dentro. A los supervivientes les cortamos las manos para que no utilizaran esos asquerosos anillos de magia, y luego los ahorcamos en el bosque Rosagrís. Bueno, no a todos. A muchos los hicimos prisioneros. Pero esa parte de la historia ya la sabes; estuviste allí apoyándome ciegamente, sin saber la verdad.

—Pero, Bëth, ¿cómo pudiste matar al rey? ¡A tu padre! ¿Cómo pudiste mentirnos sobre la verdad de su asesinato? —preguntó anonadado Dashnör, sin respetar el protocolo al dirigirse a su reina.

—¿Me habrían apoyado si les hubiese dicho que asesiné a mi padre para lograr mi cometido? —Bëth se quedó esperando una respuesta de Dashnör, pero este solo la miraba con asombro, lo que claramente era un «no»—. Ni siquiera puedes contestar a ello; sabes que no lo hubiesen hecho. En fin, ya te he mostrado ese polvo en mi vida que vuelve una y otra vez. Ahora veamos el tuyo.

Bëth dio una palmada, y la puerta de su alcoba se abrió. Tras un par de minutos, dos orcos aparecieron arrastrando algo atado a una cadena. Los gritos que daba la persona que arrastraban los orcos eran tan espeluznantes que Dashnör no podía soportarlo. No podía ver quién era el prisionero, ya que aquellas bestias lo cubrían con el gran grosor de sus cuerpos. Solo se veía el escalofriante rastro de sangre que quedaba tras ellos.

Cuando los orcos se apartaron tirando la cadena al suelo, la imagen que presenció terminó de hundirlo. La persona que arrastraban era su amigo y capitán de la guardia terrestre, Rael. Las claras evidencias de tortura eran simplemente brutales: al cuerpo de Rael le faltaban una pierna y las manos.

—¿QUÉ DEMONIOS SIGNIFICA ESTO? ¿QUÉ LE HAN HECHO A RAEL? —gritó con furia Dashnör mientras se lanzaba al suelo para sostener a su amigo.

Rael temblaba a causa del gran dolor que experimentaba su cuerpo en sus últimos minutos de vida. De su boca emanaban grandes cantidades de sangre.

—Dash, Dash…, lo sien… to…, no he podi… do guar… dar tu se… creto más. Hu… ye, Dash, lo saben todo, ¡huye! —le dijo Rael mientras se cerraban sus ojos y caía sin vida.

Aquellas palabras resonaron en el cuerpo de Dashnör. Bëth sabía todo: había torturado a Rael hasta arrancarle la verdad. No había tiempo que perder; Bëth daría enseguida la orden de su ejecución. Sin malgastar un segundo, conectó con Yukpä.

«¡Huye! ¡Vete ahora! Es una trampa», transmitió a su dragón.

«Mi señor, no lo voy a dejar, no permitiré que le pase nada».

Cuando Yukpä intentó emprender su marcha en contra del balcón de la habitación de Bëth para ir al rescate de su jinete, una gran masa negra cayó del cielo sobre él: Makü había estado sobrevolando el castillo a una altitud imperceptible.

Yukpä yacía ahora tirado en el suelo del foso, con los afilados dientes de Makü clavados en su cuello, las cuatro patas sobre él, y las alas quebradas tras el impresionante impacto que le propinó el dragón de la reina.

Dashnör percibió la gran agonía de Yukpä e intentó acercarse al balcón en su búsqueda, pero sintió el severo impacto de un objeto pesado en la espalda. Uno de los orcos lo había golpeado con el mango de su hacha. Los gritos de dolor de Yukpä podían romper el corazón a cualquiera; eran como los chillidos de un pequeño cachorro perdido llamando a su madre.

Mientras el dragón gritaba de dolor, Bëth se paseaba por su habitación como quien escuchaba una melodía. Movía las manos con los ojos cerrados, como si aquel sonido fuese placentero. A continuación, los abrió y les dijo a los orcos que lo llevaran al balcón.

—Y bien, mi querido Dashnör: este es tu polvo, el que intentaste esconder, pero siguió apareciendo. Un hijo con Üldine. Rompisteis el mandato contra la procreación. Al parecer, las leyes no os quedaron claras. ¿Cuántas más mentiras hay, Dashnör? No me puedo creer la cantidad de basura traidora que tenía a mi alrededor. Pero, sobre todo, cuán ingenuos habéis sido al creer que podíais mentirme. No sabes el placer que sentí al torturar a Rael hasta que habló. Me dio casi todos los detalles; lo único que no logré sacarle es el paradero de ese bastardo. Aunque estoy segura de que está al norte; es allí a donde tanto insistías en ir.

—Bëth, no lo entiendes, era absurda esa idea de prohibir emparejarnos. ¿Qué sentido tenía? ¿Acabar con nuestra raza tras la guerra? Por favor, deja a Yukpä fuera de esto. Deja a mi hijo fuera, es inocente.

—En la guerra y en el poder no hay inocentes. ¿Es que jamás entendiste mi cometido? No quería más haris, no quería más dragones, solo me necesitaba a mí misma y a Makü. No necesitaba más amenazas contra mi trono, no quería a nadie deseando mi lugar ni conspirando contra mí. Yo soy única; yo soy la reina y lo seré siempre. El trono es mío y siempre lo será. Pero esos no eran los planes que tenías con Üldine; eso también logré sacárselo a Rael mientras le quitaban uno a uno los dedos. Planeabas criar al bastardo hasta que fuese adulto y organizar un ataque para encumbrarlo al trono, como el último hari. En aquella camada de la dragona Barï había un huevo más, no solo el de la bastarda de Mathïas. Robasteis ese huevo y lo guardasteis, creyendo que seríais capaces de forjar un nuevo jinete. Planeabais derrocarme y subir a vuestro hijo al trono. ¡Qué astutos, mis generales!

—No íbamos a permitir que le hicieras daño a nuestro hijo, ni íbamos a dejar que terminaras con nuestra raza.

—Solo me queda una duda. Si no querías que acabara con nuestra raza, ¿por qué aceptaste matar a la hija de Mathïas? Bueno, creo que mi pregunta a estas alturas es muy tonta; obviamente, si representa un gran peligro para mi reinado, representaría uno más grande para el de tu hijo, ya que sería ella la legítima reina. Mi querido Dashnör, se supone que la mente retorcida es la mía.

—Teníamos que instaurar un nuevo reino; uno donde nosotros, los haris, guiáramos al pueblo; uno donde nacieran más dragones. Uno donde ningún Lagesa nos mintiera más. ¡Sí, Bëth! Üldine y yo lo descubrimos. Los Lagesa nunca han tenido visiones de los hatras destinados a cada uno de los huevos, todo ha sido una mentira de tus antepasados y tuya para manteneros en el poder y a la cabeza de los haris. ¡No eres la única que ha visto de vuelta el polvo de otros! —gritó Dashnör lleno de odio mientras permanecía tirado en el suelo.

—Ya es tarde, Dashnör; nadie va a oírte, nadie se enterará de ello. Y, aunque así fuese, Makü será el último dragón en el mundo. Aprenderás que conmigo no se juega. Ahora hay dos bastardos con los que tengo que acabar. Solo es un obstáculo más. Y el dragón de tu hijo ni siquiera ha nacido aún. Bien; ya solo necesito que me digas dónde está ese bastardo.

—Nunca te dejaré acercarte a él.

Bëth levantó la mano y le hizo una señal a Makü. Este soltó el cuello de Yukpä, pero duró poco el alivio, ya que de un mordisco le arrancó un ala.

—¡Nooooo! Detente, no le hagas daño a Yukpä; no, por favor, detente. Te diré lo que quieras.

Cuando Yukpä oyó aquellas palabras, le transmitió un pensamiento triste a Dashnör, una despedida.

«No dejaré que le hagan daño a su hijo, mi señor».

El dragón verde acumuló la fuerza que quedaba en su cuerpo mientras sangraba por su ala derecha arrancada, y se liberó de Makü. Trató de alcanzar el balcón donde estaban, pero el dragón de la reina lo embistió con su gran cola y lo lanzó contra uno de los muros del foso, provocando la destrucción de una parte del castillo y la muerte instantánea de Yukpä.

Cuando Dashnör sintió su kalï apagarse y la conexión con Yukpä desvanecerse, percibió su vida perdida; y, al igual que su dragón, utilizó las últimas fuerzas de su cuerpo para liberarse de los orcos. Saltó por la ventana y se estrelló contra el suelo, cerca del cuerpo inerte de Yukpä. Allí yacían los cadáveres sin vida del dragón y su hatra. Sin su fiel montura, la vida de Dashnör perdió el sentido, y se llevó el polvo del secreto del paradero de su hijo al más allá.

Dëre
La pérdida y el anhelo

Dëre había pasado todo el día en aquella pequeña habitación, con sus ojos de color dorado clavados en el huevo de dragón mientras este se movía levemente. Ansiaba tanto hacer la conexión con el kalï del huevo, ansiaba tanto verlo nacer...

Los consejeros archais habían recibido de Üldine aquel huevo para protegerlo hasta que llegara el momento. Tenían órdenes explícitas de no dejar que Dëre tocara el kalï, ya que aquello revelaría el secreto.

Uno de los ancianos archais tenía un secreto muy guardado que solo era conocido por sus colegas. Garlu, el tercero al mando del consejo, tenía el poder de predecir el porvenir; cuando algún acontecimiento brusco provocaba una alteración en el futuro, él era capaz de percibirlo. Esa era una de las tantas razones por las que los sabios archais vivían aislados en Sîgurd. Desde tiempos ancestrales, sus consejos eran altamente requeridos por los reyes, tanto por la percepción de la verdad que tenían como por lo acertado de sus palabras. Tras la guerra, se apartaron para evitar ser partícipes de los futuros derramamientos de sangre en el continente, y sobre todo en pro de resguardar a Dëre de Bëth.

Los cinco ancianos entraron en la sala donde estaba el joven con la mirada fija en el huevo. Garlu se acercó al chico, posando su pálida mano sobre su hombro moreno.

—Dëre, lamentablemente tenemos que comunicarte la pronta muerte de tu padre.

Dëre se quedó un momento helado, era una sensación extraña. El joven nunca había conocido a su padre, no podía sentir dolor, no podía lamentar la muerte de alguien que nunca había estado en su vida; pero pensó en el sacrificio que hizo por mantenerlo a salvo. Eso trajo lágrimas a sus ojos.

—Dëre, ha llegado el momento, debemos hacerlo ahora. La reina sentirá la conexión, pero no sabrá exactamente dónde. La muerte de tu padre lo eclipsará. Tendrá la sospecha de que estás en el reino enano o aquí; esto nos dará algo de tiempo. Dëre, está a punto de pasar. Toca el kalï del huevo —le dijo Sarlu, el anciano más joven y con menos rango de los cinco.

Sin pensarlo más, el hari se acercó al huevo de color verde y colocó su morena mano sobre su superficie, pero sin tocar la pequeña escama azul. La mano de Dëre comenzó a recorrer una por una las escamas verdes del huevo, hasta que la palma se posó en el kalï. En ese momento, los cinco consejeros comenzaron lo que se conocía como «la invocación del kalï» en el idioma antiguo de los haris. Claramente, habían sido adiestrados por Üldine para ejecutarlo.

Una gran descarga recorrió el cuerpo del chico, tumbándolo en el suelo. La sensación de dolor que recorría a Dëre lo hacía estremecerse; sentía cómo todo su ser se conectaba a la pequeña escama que ahora estaba adherida a la palma de su mano. Los cinco ancianos se acercaron para sostenerlo mientras se estabilizaba. Sarlu se puso a hablarle hasta que volvió en sí y, poco a poco, empezó a abrir los ojos. Tras un par de minutos, el joven se incorporó, mirando la palma de su mano con restos de sangre, y en medio el gran kalï azul brillando. Lo que tanto había esperado se hacía realidad: al fin era el jinete de aquel huevo que había visto reposar tantos años en esa habitación sin poder tocarlo.

Los cinco ancianos y Dëre habían estado tan embelesados en la transmutación del kalï que se habían olvidado del huevo de dragón, hasta que oyeron el crujir de un cascarón rompiéndose.

Dëre se incorporó de un salto para mirar el huevo, pero para su decepción sobre el altar solo había restos de un cascarón verde vacío, lo cual le creó una sensación de angustia. De inmediato se puso a buscar por todos lados, si bien en la habitación no había rastro del pequeño dragón que debía de haber nacido. Los consejeros comenzaron a ponerse tensos, y Dëre a desesperarse.

—¿Qué ha pasado? ¿Dónde está el dragón? ¿O es que acaso el huevo estaba vacío?

Diciendo aquellas palabras, la mirada de Dëre se entristeció.

Los ancianos lo observaban sin poder darle consuelo o explicación. Para sorpresa de Dëre, desde la lámpara que colgaba del techo de la habitación acorazada, cayó un polluelo azul a sus brazos: el pequeño dragón lo miraba con ojos traviesos.

«Lo siento, no quise asustarte».

Dëre le sonrió y lo abrazó con todas sus fuerzas.

«Mi nombre es Pumë», le notificó el pequeño macho.

Nâgar
Lo incierto

La noticia del nacimiento de otro dragón en tan poco tiempo no pasó desapercibida. Los haris que quedaban en el mundo lograron sentirlo.

Muy lejos de Sîgurd, en Arröyoïgneo, Jenïk y Pïa estaban en la gran arena del volcán cuando ambos percibieron la conexión del kalï y, tras ello, el nacimiento del dragón. De golpe, Jenïk se puso de pie mirando a la joven.

—¡Es imposible! —exclamó.

Pïa estaba tumbada en el suelo, con la mirada fija en su pequeña dragona, Corö.

—¿Qué es lo que he sentido? —preguntó.

Ruth estaba junto a ella cuando vio la reacción de ambos.

—¿Qué está pasando? —indagó.

—Ha nacido otro dragón —le respondió Jenïk.

Ruth y Pïa se quedaron boquiabiertas.

—¡Imposible! El último huevo de dragón que sobrevivió fue el de Pïa, y mira todo lo que tuvimos que hacer para mantenerlo a salvo. ¿Cómo es posible que haya otro? —dijo Ruth con asombro.

—No tengo la menor idea; pero ha nacido, al norte del continente. Hay otro hatra en el mundo, y un nuevo dragón —aseguró Jenïk.

—Eso debería alegrarnos, ¿no? —preguntó Pïa.

—Depende de a quién vaya a apoyar este nuevo jinete y de quién sea. Pïa, debemos continuar tu entrenamiento en este lugar, Arröyoïgneo. Nos encargaremos Ruth y yo. También debemos dejar que Corö crezca aquí, junto a Hotï; tiene que aprender de un maestro. No podemos regresar al continente aún, no estamos preparados —le explicó Jenïk.

—No podemos hacer eso. ¿Qué pasa si Bëth ataca Êger? ¿Qué va a pasar con la reina Kildi? ¿Con Sig? No las puedo abandonar.

—Pïa, en estos momentos la prioridad es tu seguridad y que Corö crezca sana —dijo Ruth.

Pïa asintió con la cabeza sin más remedio. La idea de que su amiga estuviese en peligro le inquietaba el corazón. Corö jugaba entre sus piernas, causándole algunos rasguños. Hotï no apartaba la mirada de la pequeña dragona; un sentimiento de paternidad se despertaba en él.

Un rugido en la distancia los puso a todos en alerta. Fue muy fuerte y se sintió muy cerca. Hotï dio un salto y se colocó al frente.

«Jenïk, atrás».

Pïa cogió a Corö en sus brazos, y levantó un escudo al mismo tiempo que Jenïk y Ruth.

La luz del amanecer que entraba por la gran abertura de la pared del volcán comenzó a apagarse cuando tres grandes figuras hicieron su entrada. Era difícil divisarlas en la penumbra, pero, al acercarse, lograron distinguir tres grandes dragones: uno marrón, uno azul y uno verde.

Hotï se puso en posición de dispuesto, esperando poder defender a su jinete y al resto ante el ataque de los tres dragones y sus hatras. En ese momento, se dio cuenta de que los tres dragones que entraban en la cueva no llevaban a nadie montándolos. Tras mirarlos detenidamente, Hotï divisó algo extraño en ellos.

«Jenïk, son dragones libres. Mira los kalïs: el del marrón, en su pata; el del azul, en su ala; y el del verde, en su pecho. Son dragones salvajes».

«Imposible, no existen dragones sin hatras, no es más que una leyenda. No nacen dragones si no se transmuta el kalï y se hace la invocación. Es imposible», respondió Jenïk.

«O eso es lo que os han hecho creer, jinete. Déjanos presentarnos; no venimos con intenciones ocultas», le transmitió uno de los dragones.

Jenïk les pidió a todos que bajaran los escudos mágicos. Pïa había entendido toda la conversación mental. Hotï volvió a su posición normal, pero sin quitar el ojo de los movimientos de aquellas tres bestias, que anduvieron hasta posarse frente al resto en la arena. Ruth se mantenía a la expectativa, ya que no entendía lo que estaba pasando.

Aquel amanecer en Cyêna era decisivo. La reina ya sabía que el hijo de Dashnör y Üldine había hecho la conexión y su huevo había eclosionado; pero eso no la perturbaba en absoluto. Bëth vestía su armadura negra de batalla, que hizo forjar con las cornamentas de los asbins para su protección mágica; la acompañaba Sueñoeterno, su espada. Se subió a su dragón, Makü. Frente al castillo se extendían filas infinitas de orcos que marchaban hacia el oeste del continente, a Erû. El objetivo de la reina era claro: tomaría Erû y aniquilaría a todos los dartáas que le dieron la espalda.

La mayoría del ejército orco ya había marchado días antes hacia allí, y había comenzado el ataque. Toda la frontera con Cyêna estaba tomada, y la devastación de los orcos llegaba hasta la mitad de Erû, que quedó dividido por el río Nares. La mitad del Estado libre de Erû estaba destruida.

Los orcos habían quemado todo a su paso; las ciudades, pueblos y asentamientos no eran ahora más que cenizas. Frente a los poblados se apilaban los cuerpos sin vida de todos los dartáas que habían sido asesinados en los asaltos, y con ellos una cierta cantidad de humanos.

Parte de Erû estaba tomada por los orcos, mientras que las revueltas de las ciudades en Cyêna habían sido aplacadas por la guardia terrestre de la reina y el ejército orco. La cantidad de ellos que seguían desembarcando por el este de Cyêna era impresionante.

La noticia de la toma de Erû corrió rápido, así como la de la masacre que cometían los nuevos soldados de la reina. Los pueblos dartáanos del suroeste de Erû comenzaron la evacuación por mar; se decía que muchos regresaban a Puertocondenado buscando el auxilio del rey. El gran consejo dartáano se mantenía en Iglaî, la capital de Erû; se negaban a abandonar las armas y entregar la ciudad.

El futuro de Nâgar era totalmente incierto. Cyêna estaba a merced de los orcos. Erû iba cayendo del este al oeste, mientras que, en la ciudad de Iglaî, los dartáas y el alto consejo se resistían a abandonar sus tierras. De camino venían más hordas orcas y, a lomos de Makü, la reina Bëth. Êger se estaba recuperando de las pérdidas y daños del ataque de Dashnör y Üldine. La reina Kildi comenzaba a trazar los que serían sus próximos pasos. En Nômy, los enanos aún no daban indicios de ayuda. La Boca, las puertas de la cordillera de Nievenegra, continuaban selladas, no se sabía nada de los enanos: su reino no había sido atacado, por lo que se mantenían neutrales ante la situación actual. En Sîgurd, el consejo de ancianos sabios comenzaba los preparativos para la defensa y protección de Dëre, ahora que sabían que la reina iría tras él. En

Puertosanto, la comunidad élfica compartía la neutralidad de los enanos. En Arröyoïgneo, se daba paso al descubrimiento más inesperado de todos: dragones libres.

En esos momentos, ni siquiera el anciano archai Garlu era capaz de prever el futuro del continente. Nâgar se hundía en su época más oscura. La memoria del resurgimiento de los dragones empezaba, y con ella terminaba la historia de la Erû dartáana.

Nota del autor:

Querido jinete, deseo que hayas disfrutado de tu aventura en Escamas de Sangre y esperes con ganas la publicación del siguiente libro. Antes de salir de Nâgar, te agradecería infinitamente si pudieras dejar tu opinión en Amazon y Goodreads sobre lo que te ha parecido mi libro. Tu opinión es lo que otros verán y los animará a leerme. Ayúdame a llegar a más lectores como tú.

¡Perih, hatra! ¡Que los dioses te guíen!
M. Salazar

Personajes

Amadeus Bór: rey de Cyêna, padre de Melinda y vigilante del continente.

Amehló: antiguo general del ejército de Bëth en la Rebelión Roja.

Bëth Lagesa: heredera del trono de Arröyoïgneo y usurpadora del trono de Cyêna. Conocida como la opresora. La ambición la llevó a lo más alto del poder y no permitirá que le sea arrebatado.

Bihana Zaralas: hija mayor de la reina élfica.

Bïonda Lagesa: hermana de Bëth, gemela de Tärva y tercera en línea de sucesión al trono.

Bröm Lagesa: hermano de Bëth y segundo en la línea de sucesión al trono.

Cili: hada del bosque que cargará con la responsabilidad de proteger un gran tesoro en la cripta de las hadas.

Dashnör: hatra de Yukpä, uno de los generales del ejército de Bëth, hari de sangre pura y perteneciente a los Alientos de Fuego.

Dëre: hari misterioso que al igual que Pïa desencadenará eventos inesperados.

Ferlu: autoridad suprema de los archais que dirige el consejo de los cinco sabios.

Fred / Fredalôn: el gran artesano y amigo más cercano de la reina élfica.

Garlu: archai perteneciente al consejo de ancianos y que posee el don de ver destellos del futuro.

Gubu: capitán de los orcos.

Gul: capitana de las drifas tras la partida de Iana en una misión secreta.

Hanya: antigua bruja humana que pidió refugio a la reina Kildi.

Iana: capitana de las dríficas y una de las mejores guerreras de Êger.

Jenïk: hatra cruzado que jugó un papel importante en la Rebelión Roja. Se mantiene oculto de la vista de todos esperando el momento de resurgir de entre las sombras.

Kea Grun: hija mayor de la reina drífica.

Kildi Grun: reina de las drifas, se sienta en la silla-nido desde donde reina todo el territorio de Êger.

Mathïas Lagesa: hijo bastardo del rey hariano Mündir Lagesa. Su lealtad ha sido cuestionada muchas veces. Sus acciones lo han llevado una y otra vez con su familia.

Melinda Bór: heredera del trono de Cyêna. Bruja de alto rango con antigua sangre cruzada. Tras el Crisol de Razas de Carode, lleva años huyendo de la sanguinaria Bëth.

Milu: archai perteneciente al consejo de ancianos.

Mündir Lagesa: rey de los haris, padre de los hermanos Lagesa, con el reino establecido en Arröyoïgneo.

Nanos: hijo del rey enano.

Noú Nedma: rey dartáano de Puertocondenado. Jugó un papel importante en la Guerra de Separación de su isla. Reina con sabiduría y justicia.

Perlude: asbin y compañera de Sanc.

Pïa: ella será la gran desencadenante de las acciones en Escamas de sangre. Pïa se convertirá en la gran piedra en el camino de Bëth.

Rael: capitán de la guardia terrestre de Bëth. Amigo cercano de Dashnör.

Raflu: archai perteneciente al consejo de ancianos.

Razana Zaralas: reina de los elfos, reinó sobre Erû antes de la Rebelión Roja, ahora reside en Puertosanto.

Ruth Hellen: antigua directora de la Torre de Carode. Una de las brujas más poderosas de Nâgar. Protectora del poco conocimiento mágico que sobrevivió al azote del destino.

Sanc: el señor del Amydralïn. Es el asbin que custodia uno de los objetos más deseados de Nâgar.

Sarlu: archai perteneciente al consejo de ancianos. El más joven de los cinco.

Sig Grun: segunda hija de la reina drífica. Mejor amiga de Pïa.

Tärva Lagesa: hermano de Bëth, gemelo de Bïonda y cuarto en línea de sucesión al trono.

Üldine: hatra de Uruäk, generala del ejército de Bëth, hari de sangre pura y perteneciente a los Alientos de Fuego.

Urlu: archai perteneciente al consejo de ancianos.

Dragones

Añü: dragón rojo unido al hari Bröm Lagesa.

Banïva: dragón marrón unido al hari Tärva Lagesa.

Barï: dragona blanca unida al hari cruzado Mathïas Lagesa. Gemela de Makü.

Carybaï: dragona blanca de espinas doradas. Conocida como la primera dragona del mundo, hija de los dioses Ilan y Amina. La leyenda dice que murió trayendo al mundo a los seis primeros huevos de dragón.

Cuïva: dragón azul unido a la hari Bïonda Lagesa.

Hotï: dragón rojo rubí unido al hari cruzado Jenïk.

Makü: dragón negro unido a la hari Bëth Lagesa. Gemelo de Barï.

Tupï: dragón azul unido al rey hariano Mündir Lagesa.

Uruäk: dragón marrón unido a la hari Üldine.

Yukpä: dragón verde unido al hari Dashnör.

Cronología

500 a.P.: ocurre el gran cataclismo que separa Puertosanto y Puertocondenado de Erû.

100 a.P.: se desatan las grandes guerras por las tierras y dominios de Nâgar.

0: el gran evento que marca el fin y el inicio de la era fijada por los antiguos historiadores de Nâgar.

3 d.P.: Razana se convierte en la reina de los elfos.

100 d.P.: se inicia la conocida Centuria Dorada.

Se firma el primer Crisol de Razas en la isla de Co-Shen, dividiéndose los reinos y estados.

Se proclama Âbbir como capital de Sîgurd.

101 d.P.: se desata la «Guerra Buena» expulsando a los dartáas de Erû.

150 d.P.: muere el padre de Noú y este se hace rey de los dartáas en Puertocondenado.

178 d.P.: unen a Bëth y Makü.

Unen a Jenïk con Hotï.

180 d.P.: unen a Yukpä con Dashnör.

Uruäk con Üldine.

183 d.P.: empiezan a gestarse los planes de guerra por los haris.

185 d.P.: se inicia la Rebelión Roja (primera guerra dracónica).

Unen a Mathïas con Barï.

190 d.P.: estalla la Guerra de Separación, durando 10 años, en Puertocondenado.

200 d.P.: empieza la Centuria Ónice.

Se lleva a cabo el Crisol de Razas en Carode (el Rayo en la Torre).

Con el regicidio en Carode comienza la guerra.

Bëth toma el castillo de Vallêgrande.

Parte de los dartáas toman Erû.

201 d.P.: se sella La Boca a principios del año tras los ataques de Bëth contra los enanos.

202 d.P.: termina la guerra en Erû contra los elfos expulsándolos del reino.

Termina la Rebelión Roja.

203 d.P.: muere la dragona Barï.

204 d.P.: Bëth prohíbe el emparejamiento de haris tras el embarazo de Melinda.

205 d.P.: la Noche de la Derrota.

Ruth se instala en Agra'ad.

220 d.P.: actualidad.

Acerca del autor

Juan F. Mendoza Salazar, cuyo seudónimo es «M. Salazar», es un escritor emergente afincado en la ciudad de Madrid. De padres venezolanos (un marinero y una ama de casa), graduado en Filología Inglesa y especializado en Literatura en la Universidad de Oriente, Venezuela, ahora dedica su tiempo a dejar su imaginación recorrer los cielos de la ciudad europea que adoptó como suya, Madrid, mientras evoca el paraíso del recuerdo de su ciudad natal, Cumaná. Lleno de influencia de sus profesores de Literatura, ha tomado las riendas de las historias que decidió no leer, sino escribir.

Índice

Made in the USA
Monee, IL
05 June 2023

35320863R00149